洛天记

你的生命如石火风灯，
我却想赠你百岁欢年。

Zhangyunxin
Works

张芸欣 ㊔

河南人民出版社

图书在版编目(CIP)数据

洛天记 / 张芸欣著. —郑州 : 河南人民出版社, 2016. 7(2018. 2 重印)
ISBN 978-7-215-10323-8

Ⅰ. ①洛… Ⅱ. ①张… Ⅲ. ①短篇小说-小说集-中国-当代 Ⅳ. ①I247. 7

中国版本图书馆 CIP 数据核字(2016)第 188592 号

河南人民出版社出版发行
(地址:郑州市经五路 66 号　邮政编码:450002　电话:65788067)
新华书店经销　　河南新华印刷集团有限公司印刷
开本 889 毫米×1194 毫米　1/32　印张 8
字数 200 千字
2016 年 9 月第 1 版　　2018 年 2 月第 2 次印刷

定价:36. 80 元

自序

洛天之梦

我是在三年前开始写古文的。

像是灵光初现，是连我自己都无法克制的一种冲动。

那时候写的第一个系列文就是《洛天记》。

第一篇文前后写了三遍，是一篇仙侠文，不算多么出彩，出刊后反应平平，对我来说却非常有纪念意义。

这篇文章开启了我写古文的道路，那是一个我从未涉及的领域，来得有点迟，连我自己都没有预料到。

那时候我已经是一个写校园文写了十年的“老作者”了，没有人想过我会来写古言。

在我写古言的初期，受到了许多同行朋友的嘲笑，他们说古言盛行的时候你没写，现在古言没落了，我们都不写了，你怎么才开始写？

他们说，你是在走一条死胡同。

在这个古言局势非常不济的时代，青春都市类型的文正在如火如荼地走俏，我深知市场对古言的苛刻。

可即使如此，也并没有影响我喜欢写古言这件事。

起初写得并不是很顺畅，以往所有的故事结构、文字功底在古言上好像都失去了作用，我就如同一个新人，写出来的每篇文章都被编辑打回重写，每次修改完文档都是密密麻麻的红色，看上去凄惨一片，却也痛快淋漓。

因为热爱，所以并不惧怕反复，更不惧怕修改。

这样反复再三，半年之后，我写古言的水平开始有所长进，需要修改的部分逐渐减少，到后来就渐渐不需要改正了。

但这并不能说明我写得有多好，只能说明，我做到了叙述完整，故事流畅，把握住了写古言的基本节奏。

这已然令我欣慰。

不知不觉《洛天记》已写了三年有余。

加上最新的中篇《日月昭昭》，整整二十篇。

起初写这个故事，是为了督促自己坚持做这件事情，所以列了一个庞大的架构。

《洛天记》是发生在洛天大陆三界十林三十六洞七十二城里面的各种爱情故事，凡人、仙人、妖魔，在那个我幻想的世界里，总有各种各样缠绵悱恻的故事上演，我渴望把我想到的每一段爱情故事，都分享给你们。

三年里也收到了很多读者的反馈，从开始的反应平淡到后来的热情满满，你们的每一条留言都是我坚持写下去的动力，你们让我相信只要热爱，再艰难的死胡同都能看到冲破黑暗的希望。

很多人问我这个系列什么时候能够完结。

我在这里告诉大家，这个系列在开创初期，就没打算有完结的一天。

它是一个我想起来就可以写一写的系列文，不管过去三年、六年、九年，还是十年，不管读者衍生出了多少代，我都希望可以一直写下去。

我写的每一个故事都有尘埃落定的结局，唯独这个系列，我舍不得让它结束。

所以，请容许我有这么一点点小私心，留着它永不收尾。

这次是我第一次将它集结出版，收录了这三年里面比较经典的十几篇故事，都是大家念念不忘的故事，那些曾经零散地出现在杂志上的故事，将一次性地摆在大家面前。

一个洛天大陆的雏形渐渐展现，从洛烟国开始，到如今，所有的一切都像是美丽的梦境。

三年前，我想写一个梦，一个叫洛天记的梦。

三年后，我把这个梦装在一本书里，放在你们的面前。

希望这个梦里的故事可以打动你。

或许多年后你们不再喜欢看书，也不再喜欢看我的故事。可如果当你们回想起它，还会微笑，悲伤，感动。

这就足够了。

欢迎你们到我的梦里来。

洛天一梦，至此终生。

目录

锦书慢行

兰舟叶叶情，画影柳轻轻。

锦书慢慢行，莺歌别依依。

——《洛诗集》

壹·『木盒』

收到南宫璟给我的木盒时，已是元承三十六年。

我陪幼女在府中的蝶院玩耍，暖风和煦，藤花漫漫而落。她拿着一只纸鸢，踩在落花的石子路上，疯癫可爱的模样，尤像我幼年。

木盒是有人放在府邸门前的。上好的紫光檀木，盒的盖面上雕刻着杨柳枝蔓，雕工精细，藤蔓图纹环绕着内嵌的两个小字——轻轻。

轻轻，是我的名字，出嫁之后，众人皆喊我甄夫人。

我相公甄华也只喊我夫人，已经有六年了，除了父亲，再无他人喊过我轻轻。

画影柳轻轻，锦书慢慢行。这是南宫璟赠予我的一首诗，我曾挂于闺房的幔帐上，日日睁眼便能看见它。

只有半阕，不想，却让我念了半生。

木盒上带着一把银锁，是我当年送给他的出征之礼。

他当时笑我说，这种东西当礼物真是半点诚意都没有。

我以为他早丢了，原来他还留着。

可是钥匙呢？那把开锁的钥匙呢？

我坐在藤花树下沉思钥匙的去处，日光斜散，树荫筛影，那些尘封的往事像是有了画面，穿越经年，径直朝我走来。

贰·『初遇』

我与南宫璟相识在元承二十五年。

帝都的朝颜花开了整整一个春季，如今落花满径，到处飘散着一股香气。

我在练功的院中种下一株，日日浇灌，却怎样也不见它开花。

表哥笑我与花无缘，舞刀弄枪才是我的专长。

我并不服气，每日对朝颜花浇灌得更仔细了些。

南宫璟随他父亲至镖局拜会的那日，恰逢我的生辰，父亲让人煮了一碗寿面与一只大寿包端到我练功的小院。

刚出锅的面与寿包有些烫嘴，我想玩玩再回来吃，谁知那日路上也没遇到什么好玩的事儿，晃荡了一会儿我便又翻墙回来了。

那年我十四岁，自幼练习武功，打架从未输过，却在翻墙上屡屡受挫。父亲怕我翻得太好太嚣张，于是将镖局的墙越筑越高。

我翻出去的时候跌了个狗啃泥，翻回来的时候也没有例外。

不过我这次没有跌到地上，而是跌到了一个人的怀里。

温暖得让人不想起身的怀抱，长长的手臂将我护着，像枝蔓，却是柔软的。

我没有跌得狗啃泥，他却被我压得蹙紧了眉头。

那是我第一次见到南宫璟，白玉无瑕的面容，连微蹙的眉头都那般动人，大抵是在镖局里见惯了粗犷的叔叔伯伯，从没见过这么漂亮的小公子，我一时间有点儿花痴。

“你是从哪里来的野丫头？”他半眯着眼问道。

“野丫头！”一句话把我对他的好感全都浇灭了，想我活泼可爱聪明伶俐，哪里像野丫头了？

我一把推开他站了起来，气鼓鼓地说：“本姑娘是这镖局的大小姐柳轻轻！才不是什么野丫头！”

他也站了起来，拍了拍身上的尘埃，纤尘光影落在他的身上，更显露出几分清俊。

他笑意盎然地打量我一番：“你就是那个总爱和别人打架的柳轻轻？久仰久仰！”

什么？我的出名难道不是因为我武功超群吗？怎么会是打架？

看着他似笑非笑的好看脸庞，我平复了一下心情，看样子他像是来府上的客人，来者是客，我不打算和他计较。

“虽然你讲话很讨厌，但是，本小姐今天心情好，就不与你计较了。”我摸了摸有些饿的肚子，想起我的寿面和寿包，所有的不愉快就都没有了。

可是当我走到石桌旁，只看到两只空碗的时候，我愤怒的情绪再也无法抑制，“哪个混蛋吃了本姑娘的寿面和寿包？”

伺候我的小桃从屋里跑了出来，“小姐，刚才南宫公子说他有些饿，老爷就先将寿面给他吃了，说等您回来再重新给您做一份。”

“什么！”居然有这种没有天理的事情！我恶狠狠地转过头，看到南宫璟手里还拿着没吃完的寿包挑眉道：“这儿还有半个，你要不要吃？”

这次换我眯起眼睛来看他，如果目光能杀死人，他现在应该已经死无全尸了！

“你不吃我吃了。”他悠然自得地把剩下的半个寿包塞入了口中。

“小桃，去把我的鹰枪拿来。”我沉沉地说道。

“小姐，你不要冲动啊……”

“不就是一个寿包和一碗寿面吗？”他还在大放厥词！

“不用拿鹰枪了……”

“这就对了，淑女动口不动手……”

“南宫公子，你快走吧，别再说了……”小桃对着南宫璟使眼色。

“喂，你干吗走过来？怎么你还想动手？你……你居然打我……啊……”

一拳下去，我心中所有的烦闷都烟消云散了，果然打人才是人生最大的乐事啊。

等到父亲将我从南宫璟身上拉开的时候，他已经被我打得鼻青脸肿差点半身不遂了，南宫老爷吓得赶忙上前检查南宫璟的伤情。

父亲见我闯了大祸，扬手便要打我，我闭着眼准备受这一巴掌，南宫璟却出声阻止道："伯父莫要生气，轻轻和我闹着玩呢。"

南宫璟的父亲也笑着说道："两个孩子闹着玩，柳兄不要介怀。"

猫哭耗子假慈悲！

"小女太鲁莽，让南宫兄见笑了。"父亲赔礼道歉。

"我看他们两个是一见如故，才忘了礼数，不知轻轻许了人家没有，我看璟儿与她投缘，不如定下娃娃亲如何？"

"此话当真？小女粗俗鲁莽，德容言功无一精通，样貌普通家世平平，南宫兄莫不是在开玩笑？"

父亲的一席话让我有种自己是被捡来的错觉。

"柳兄言重了，我看轻轻颇为可爱，我也甚是喜欢，不如择日我便上门定礼。"

"小女承蒙厚爱，柳某岂有不答应之理。"

……

我还没反应过来发生了什么，南宫璟悄悄在我耳边对我说："以后你再这么凶，小心我休了你！"

我突然意识到，我的亲爹当着我的面把我卖了！

清风拂过院中的朝颜花，一夕间，从不长蕊的朝颜花竟长出了花蕊，我想那应该是同情的盛开。

叁·『拜师』

我就这么稀里糊涂地与南宫璟定了娃娃亲。

这件事一度成为洛花国百姓口中最不可思议的事情。

南宫家曾是洛花国出了名的将军世家，只是十年前南宫老爷在与洛羽国的大战中告捷归来，却没能见上他夫人的最后一面，从此他便辞去官职，在帝都买下几间店铺，做些闲散生意。

南宫璟八岁便被送入太学，在样貌上与左相公子曲云深并称双绝，然曲云深文采抚琴皆为上乘，让洛花国女子趋之若鹜。南宫璟却不学无术，课业倒数，贪玩虚度，门庭倒比曲云深冷落了许多。

在得知了南宫璟这么多草包事迹之后，我对这个人的好感全无！

在我心里，我柳轻轻要嫁的一定是个盖世英雄，怎么会是这样一个不学无术、贪图享乐的草包？

我开始琢磨着搅黄这门婚事，在家里对父亲撒泼打滚，就差没有上吊明志。

但是父亲不为所动，说什么也不肯解除婚约。

我去找表哥帮我想法子，表哥说，男人最要面子了，你当着众人的面给他一巴掌，再拿话羞辱他，让他从此抬不起头，他一气之定会下把婚事解除了。

这个方法虽然有点儿歹毒，但为了我的幸福说什么也要试试。

于是翌日我便穿戴整齐，蹲在太学门口等他下学。

当我在地上画出第五十个圈圈的时候，南宫璟终于从太学里走了出来，一众俊男身穿白衣，看上去个个都像是双生，但是很奇怪，我总是能一眼就辨认出南宫璟。

谁让他长了一张漂亮到令人发指的脸！简直有辱斯文！

我想到此番前来的目的，立马站起身来，大步冲上前，他看到我走过来，刚要展开笑脸，就被我的一个巴掌打愣在原地。

来来往往的俊男们都停下了脚步，纷纷对我投来震惊的目光，我看着南宫璟脸上鲜红的手掌印，一时也有点懊恼，不过表哥说了，舍不得美男毁不了婚，千万不要手软。

差点忘了说台词，我立刻补了一句："南宫璟，就你一个草包想娶我，门儿都没有。"

世界顷刻间安静了下来，人流都驻足不前，最后还是南宫璟身旁的一个美男开口说道："南宫，这就是你口中亭亭玉立婉约温柔的小媳妇儿吗？我怎么看着不像啊？"

南宫璟摸了摸脸，表情有些不自然地说："我媳妇儿只是偶尔彪悍了一点点，平日里对我还是很温柔的。”

你乱讲，你胡说，你不要脸！这些话我还没来得及喊出口，父亲冰冷的声音已经在我身后响起：“轻轻，你给我滚过来！”

南宫璟眼见我被父亲像拎小鸡一样拎了起来，却只是捂着脸同情地看着我说：“媳妇儿，你要倒霉了……”

当我提着鹰枪，吹着刺骨的冷风，被罚练柳式枪法第三天，我还是没有收到南宫家退婚的消息，反而收到了宫璟差人送来的一盒“采香斋”有名的卤翅膀，以及一封给我的信。

信里只写了一句话：媳妇儿，你这辈子插翅都难飞出我的手掌心。

我把纸条揉成一团丢在地上踩了又踩，好你个南宫璟，居然敢挑衅我！

肆·『装病』

当众打人的计谋没有成功，反而让我的名声更加糟糕，悍妇泼妇什么盆子都往我头上扣。看来这个南宫璟段数太高，一般招数不好对付。

于是我又找到了我的智囊团表哥。

表哥帮我想了个天衣无缝的法子——假装生病。

这不能是小病，得是大病，表哥从一个开医馆的友人那儿要了个独门奇药，吃下去之后身上会起斑，就像是中了麻风一样，谁都知道麻风会传染，这消息一传出去南宫家肯定要退婚。

我觉得此计甚是不错，于是拿了药之后迅速地吃了下去。

果然不过一会儿，我的身上开始起不大不小的斑点，成片成片的吓得我爹魂不附体，大夫说我这是得了麻风病。一时间这个消息传遍了洛花国，我躺在床上，愉快地想，这下你要退婚了吧？

听闻南宫老爷想要上门退婚，是南宫璟在他门外跪了整整一晚才把这事儿压了下来。

第二天他拖着染了风寒的身子来看我，大家都以为我得了麻风，没人敢靠近我。

他拎着鸡汤推开房门，扑上来就把我抱在怀里说：“媳妇儿，你怎么长成这样了？”

“我有麻风！”我强调。

“我知道。”

“这会传染！”

“我知道。”

“可能会死！”

“我知道。”他把鸡汤端到我面前，“你就是死了，也是我媳妇儿，你生是我的人，死是我的鬼。”

不知道为什么，我明明那么讨厌南宫璟，可是当他说出这句话的时候，我的心里还是感觉有点儿震撼。

我乖乖地喝完鸡汤之后，他把我扶起来，让我的头枕在他的肩膀上，然后从怀里掏出一枚平安符放在我手中：“媳妇儿，他们说昭化寺的平安符很有效，我给你求了一个。”

“这种东西你也信？”我不屑。

“我都拿十年寿命和菩萨交换了，他怎么能不信守诺言呢！”

“你真是……有毛病……”我忍不住吐槽，心里却是从未有过的暖。

南宫璟睁着好看的眼睛说：“我没毛病能喜欢你吗？你又不漂亮又不温柔还总打我。”

我瞪他：“你信不信我可以揍你第三次？”

他笑起来：“我信啊，可是只要你能好起来，让我拿什么去交换我都愿意。真的。”

“那你能上进吗？能别总是贪玩吗？”我看着他。

“能，你让我怎么样我就怎么样，好不好？”他低下头来，漆黑的瞳孔如水波般一层层地荡入我的心中。

那一刻我想起他信上的那句话：你插翅也难逃出我的手掌心。

伍·『和好』

我的麻风过几日就好转了，身上的斑点也都退了，大夫都觉得不可思议。

只有我和表哥知道发生了什么，为了封住表哥的嘴，我请他吃了好几顿天香楼的醉鸭。

我再也没有闹过悔婚的戏码，老老实实地待在镖局练鹰枪与诗书。

父亲说嫁入南宫家，光会武功也是不行的，诗词歌赋女红什么的都要一并学习。

南宫璟在那日之后开始勤读诗书，进步飞快，就连他平日里最不擅长的武学，也开始精进了起来。

他少了来看我的时间少了，一心扑在课业与习武上，不知道是不是为了实现对我的诺言。

不论是不是，我对他的抵抗情绪却是消弭了。

我知道他课业比较忙，常常让小桃教我做些菜给他送去。

我开始像他口中的小媳妇儿一样，站在太学的门前，拎着食盒巴巴地等他。

许多人都认识我了，特别是和南宫璟私交甚好的曲云深，每次看我出现，他总会笑着揶揄：“哟，温柔婉约的小媳妇儿又来给你相公送吃的啦？”

南宫璟厚着脸皮应他：“别羡慕了，你不是有个阮小姐了吗？云深不知梦归处，似是彩云舞蝶衣呢！”

曲云深只好告饶退去。

后来南宫璟告诉我，这句诗是曲云深为了心上人阮梦蝶所作，题在束淮河畔的凉亭上。那阮梦蝶我是知道的，尚书之女，美貌名扬，是个有名的大家闺秀。

南宫璟与我坐在束淮河畔，朝颜花翩翩而落，他吃着我煮的菜，叹息道：“怎么人家的媳妇儿都是大家闺秀，就我媳妇儿是个野蛮丫头，我怎么那么命苦……”

“那人家相公还会写情诗呢？怎么没见你给我写？”

“那么肉麻的事情只有曲云深这种多情种才会做。”

“你怎么不说是你写不来？”

“你竟然敢小看我！看我不收拾你！”

南宫璟站起来追着我跑，朝颜花开了十里，花枝灼灼，翩若惊鸿，我仿佛置身在旖旎的景致中，有种从未有过的快乐。

每次我跑累了，南宫璟便一把将我抱在怀里，用长长的手臂圈着我。我依偎在他温暖的怀抱里，真希望此生都不要离开。只要能与他在一起，天涯海角，山长水远，哪里都好。

陆·『分别』

我及笄那年，南宫璟十八。

他从太学结业，考取了武状元。

他的好友曲云深拔得了文状元的头衔，两人一时间享誉洛天大陆。

只是曲云深虽是左相之子，却无心仕途，终日醉心诗词歌赋，倒是南宫璟被皇上封了少将军，随军出征。

洛海国野心勃勃，近年蠢蠢欲动，伺机起兵，南宫璟带兵征战，迫在眉睫。

他出征前带我去看花灯。

上元节的花灯总是出奇的美丽，他牵着我的手在人群中穿梭，人潮汹涌，街市喧闹，一片笙歌中，我们两个却静得没有半分声响。

仅是指尖传来微凉的触感，直通对方的心里。

我们站在束淮河畔等烟火，寂静的夜空里有人在放孔明灯，一盏一盏似星辰璀璨。

我从怀中掏出一柄银锁给他："这是我今日在银铺买的，说能保佑出征的人平安。"

"你确定这是保佑平安而不是为了把我锁住？"

"谁稀罕锁住你啊。"我感到自己脸颊微红。

他笑着跑到卖灯的小贩面前，半晌之后提回一盏灯递到我手中："也不知道送你什么，写两句诗给你，别总说我不懂浪漫。"

我接过灯，看到素灯上写着两句诗：画影柳轻轻，锦书慢慢行。

我心里一动，嘴上却说："这也算诗啊，一点都不深情！"

"一个武状元水平有限，你就凑合着看吧……"他笑嘻嘻地牵回我的手。

有人惊呼一声："烟花。"

夜空中绽放着灿烂的烟花，开出绚烂的色彩，人流涌动之中南宫璟突然搂着我，温热的唇靠在我的耳边："轻轻，等我出征回来，我们就成婚，我们做一对真正的夫妻，永不分离。"

周围虽然声音嘈杂，我却听得清清楚楚，那声音在東淮十里的朝颜花海中，带着暖意，徐徐盛开。

我攥紧南宫璟的手望着他："你可千万要活着回来。"

"放心吧，我这把锁还要找你这把钥匙才能解开呢。"他笑得明亮。

那一年的夜空有我从未见过的绮丽，我身边的这个人，成了我全部的牵挂，我一心一意地想要与他厮守，总觉得一生的时间都不够，只要他出征回来，我们便能一直在一起，举案齐眉。

柒·『归来』

南宫璟出征后，我将灯笼纸拆了下来，挂在闺房的幔帐上，日日睁眼便能瞧见，仿佛他就在我身边一般。

我开始学习写书信。

字迹太丑也不管，一笔一画认真书写，把我对他的思念都倾注在纸上，每日一封，送往军营。

我开始关心边关战事，洛海国来势汹汹，一连攻下洛花国的两座城池，南宫璟他们应对艰险，有胜有败。

他起初还有给我回信，内容简单，字迹潦草，看得出他时间紧张，字里行间还是透着一股调侃和没正经的坏样子，看得我每次都忍不住想骂他。

其实不管他回多少字，都不重要，只要知道他平安，我就安心了。

半年之后，他渐渐很少回信，有些信件甚至找人代笔。

听闻赤水关一战他们损失惨重，我军中了敌人奸计，南宫璟和一众将士被困，敌人利用毒烟之阵，想逼南宫璟出来。

那几天我总是提心吊胆，好多个夜晚都想去找他，我怕我不去找他，就再也见不到他了。可是父亲竟一早察觉，将我扣在了府中。

好在没过几日便传来消息，南宫璟冲破了敌人的围攻，与前来救援的军队里应外合，一举将洛海国的军队全部歼灭。

洛海国大败，弃械投降，为表诚意，献出城池十座，立下契书，永不进犯。

南宫璟凯旋。

我与全城百姓一样，守在街市上等着他，一场战役打了整整一年，虽然损兵折将，却还算平安。

我穿了一身粉色翠云软衫，一早便起来梳洗打扮，点脂画眉，小桃说："小姐，我从来没见你这么好看过呢，南宫公子看到了一定认不出来。"

城门大开，军队浩浩荡荡地归来。这么多年，我总能一眼就认出南宫璟，他骑在枣红色的马上，一身银色铠甲披身，白皙的肌肤早已被棕蜜色代替，却难掩他挺拔的英姿。

他身旁有另一名女子与他并排而行，一身异族服饰，虽不及洛花国女子婉约柔媚，却有着一股洒脱的野性，艳丽得让人移不开眼。

她与南宫璟说着话，态度亲昵，她看向他的目光让我的心里一阵紧缩。

那样的目光我太熟悉了，我看了那么多年，怎会不知。

那是喜欢一个人才有的目光。

南宫璟的目光与我相遇，我以为他会下马来和我说话，可是他没有，他平静地将目光从我的身上掠过，径直去往皇宫的方向。

我在他的军队后面跟了很久，路上的人都在说："南宫将军身旁这个女子就是那耶族的大公主阿嘉娜，听闻这次我们能打胜仗，她起到了关键性的作用呢……他与我们南宫将军真是男才女貌的一对璧人啊。"

我停在原地，不断地宽慰自己，这些都不是真的，南宫璟怎么可能喜欢上别人，这只是谣传而已。

直到皇上赐婚的消息传遍了洛花国，我才知道，这一切都是真的，南宫璟要与别人成婚了，而新娘并不是我。

捌 · 『梦碎』

我怎么能相信这件事呢？我们自小结亲，我从讨厌他，到喜欢他，这一路不算漫长却也是弥足珍贵。我们走过那么多条街，一同看过朝颜花开，一同经历了那么多，他怎么会与别人成婚了呢？

父亲气得在房中摔东西："他们南宫家当我们柳家是什么？说都不说一声就悔婚，简直欺人太甚，轻轻，你别难过，爹带你去问个清楚。"

我还没有从南宫璟成婚的消息中清醒过来，就被父亲带到了南宫府。

南宫府已经挂满了红色绸缎，本是喜气的红，落在我眼中却是刺眼的伤。

父亲一脚踢开了南宫府的大门，径直前往大厅，南宫璟和南宫老爷都在，还有那个那耶族的公主阿嘉娜。

"南宫兄，你倒是和我说说清楚，圣上的赐婚是什么意思？"父亲质问道。

"柳兄……"南宫老爷露出了为难的神色。

"南宫璟，你父亲不好意思说，你说吧！"

南宫璟转过身来，我与他目光相对，一年未见，他一身戎甲，风姿卓华，可他却站在别人的身旁，再也不是那个爱我的少年。

"什么怎么回事？这还不清楚吗？圣上让我与南宫璟成婚，他要成为我的驸马，随我去那耶族。"阿嘉娜气势汹汹地对我说道。

我转头看着南宫璟，目露哀伤地问："她说的是不是真的？你当真要去那耶做驸马了？"

他脸色苍白，目光沉沉，却还是点了点头："对不起，轻轻。"

轻轻，他这么多年都没脸没皮地喊我"小媳妇儿"，唯独喊了那么一次"轻轻"，便是临别前让我等他，可是我等到他回来，他却要与别人成婚。

感情变数，风云莫测，真叫人措手不及。

"你这小子！"父亲一巴掌打在南宫璟的脸上，清脆的巴掌声，伴随着惊天的雷声呼啸而来。

"你怎么动手打人啊？"阿嘉娜赶忙去看南宫璟的脸，关切心疼的模样让我心中一颤。

我拉过父亲说："走吧。爹。"抬起头，看着南宫璟，我以为他会给我一个解释，可是他眼神淡然，没有丝毫想要辩解的样子。我便知道，再多说什么都无用了。

"南宫璟，我柳轻轻今日与你恩断义绝，从此再无瓜葛。"我咬牙说完这些，倾盆大雨便落了下来，青灰的天色顷刻便覆盖在南宫璟的身上，他笼在阴影里的身体隐隐地抖了一下。

我不再看他，转头朝外面走去，任雨水倾盆而下，浇湿我的周身。

我不知道在雨中走了多久，我走过東淮河畔，走过小桥，走过那些和南宫璟曾经一起走过的地方，最后蹲在太学的门口一动也不动。

我想起以前我常在这里等他下学，一众白衣学子里，我总能一眼认出他，那时候我那么讨厌他，怎么都赶不走他，所有人都笑他找了个凶悍的媳妇儿，可是他却毫不在乎。

很多学子从里面次第而出，他们打着伞，在雨中迈着步子，我多么希望他们里面有那个一直疼我爱我的南宫璟，他会如往昔那般带着笑意朝我走来，将我搂在怀里。

可是我知道，南宫璟再也不会从里面出来了。

他爱上了别人，即将离开洛花国，远赴他乡。

原来青梅竹马的情谊，白首到头的诺言，不离不弃的海誓山盟，在不经意间，说变，也就变了。

玖 · 『再无白首』

回家之后我大病三日。

喝不进药，只是反反复复地做梦。我梦到自己站在朝颜花下，蝴蝶纷飞，花香馥郁，一切依然绚烂美好，而我却感受不到一点点温暖。

我看到南宫璟站在不远处，我跑过去想要拉住他，他却飞快地跑开了。

我追着他一直跑一直跑，他却突然消失不见了。

在梦里我竟没有哭，心疼得像裂开了一样却还是哭不出来，我不敢问他为什么这样对我，我怕听到他说："我不喜欢你了，我不要你了。"

我是那样害怕他对我说这句话。我连听的勇气都没有。

病好之后，我将挂在幔帐上的灯笼纸撕掉了，连同南宫璟赠我的平安符一并丢在院中。朝颜花不知何时已经开满了整个院子，像我们漫漫而开的错落时光。

我将它们全部连根拔起，那些花茎上带着刺，我全然不顾，任由它们将我的双手扎得鲜血淋漓，痛彻心扉。

拔完之后我坐在院中，看着大雁飞过万里晴空，划出一道道痕迹。

我放了一把火，将整个院中的花草全部烧掉，燃烧的火焰化成一阵阵青烟散入云霄，仿佛那些年我与南宫璟的温柔过往，都一并消散了。

我与他，就此别过，再无白首。

拾·『锦书』

我与甄华成婚于元承三十年。

他只是一名小小的县丞，是我在一次走镖的途中救下的书生。我并没有放在心上，而他却日日记挂，最终上门提亲。

他没有任何贵重物品，只有他母亲喂养的鸡鸭以及十坛老酒。

他一身白衣站在厅堂中央，有些紧张地与父亲承诺："我是真心喜欢轻轻，会待她好的。"

有一瞬间，我在他的眉眼中看到了熟悉的神情，似乎多年前也有人曾这般对我说过。

我允了这门婚事，彼年南宫璟已经离开洛花国两年。

南宫老爷也搬离了帝都不知去处。

我与甄华到了清阳县，他待我极好，日子虽清贫，倒也静好。

四年中，我为他诞下一双儿女，再也没有问过南宫璟的事情。

他成了我春花秋梦中一道最深的伤疤，不敢触及，只能假装遗忘。

直到收到这只上了锁的木盒。

我骗甄华思念父亲，回了一趟帝都。

我在旧宅的墙角下挖出了那枚钥匙，出嫁前我亲手将它埋在了这里，本想要丢掉，却总是舍不得。

钥匙虽然沾染了岁月的痕迹，却依然顺利地插入了锁芯。

木盒被打开的一瞬间，我便看到了厚厚的一沓书信。暗黄的信封上，南宫璟的字迹清晰端正，每一封都写着：轻轻亲启。

我将那些信一封一封地打开，在那些片言碎语的信里我看到了很多我不知道的真相。

当年他之所以那般对我，并不是因为他变了心，而是因为他在和洛海国的大战中中了敌方的一种奇毒，那下毒之人在战争中死去，虽然毒性被阿嘉娜控制了下来，却依然无药可解。

阿嘉娜确实是爱着他的，可是他却从未想过要与她在一起。

只是他知自己的毒无药可医，不想让我后半生成为寡妇，孤苦无依，所以串通阿嘉娜演了这出戏。为了让这戏看上去更逼真，他还求皇上赐婚，随阿嘉娜回了那耶族。

他其实根本没有跟阿嘉娜去那耶族，而是独自去往天芒山，搭了一间草庐，聊度残生。

有一封信写在数月前：

吾爱轻轻，我们离别，六年有余。

但距我初次见你，却已有十一载了。

尚记得初见之时，春风和煦，碧柳如烟，我随父至你府上拜谒，你于高墙之上落于我怀，朝颜芬芳，花艳灼灼，都不敌你刹那间的笑靥嫣然。

从此你便深藏我心，长久难以忘怀。

我们五年间的相处，虽总是嬉闹调侃，却溢满温情。

你不让须眉，舞刀弄枪，我亦步亦趋，陪在身侧。

幼时你厌我骂我要与我分离，我暗自伤心了许久，为了悔婚你假装生病，我见你受苦，依旧自责不已。

我本惰懒，却因为你变得勤勉无畏。只想有朝一日，能成为你所仰慕的英雄。

出征一年，大漠莽原，浴血奋战，每每身陷险境，总能想起你说要等我回去。因此我想，切不能辜负你。

我离开之后，书童告知你夫待你极好，如我曾想过的那般爱惜你，我深感欣慰。

近日我在门前种下杨柳，隐居山林，常望柳恍惚，以为你在树下。

斜月西沉，星云漫天，我总会想起你一身粉裙，语笑嫣然，婷婷向我走来。

不知是否因为预知自己将死，总易想起儿时旧事。

你提花灯一盏，站在茫茫人群中，我们双手紧握，看烟花璀璨，我总想这样与你一世安好。

若你还在，一定又要笑我没正经了罢。

……

我从日出看到日落，看了两千多封书信，最后一封是他写在半月前的。字体微颤，断断续续，像是忍受着巨大的痛苦。

我一直看到天色灰暗，再也没有一丝光线，才停了下来。

仿佛我们错漏的那些年华，通过这些锦书都如数补齐了。

终·『最后一愿』

我将木盒带去束淮河畔。

朝颜花在三年前的一个夜里全部凋谢，之后便再也没有长出花蕊，无人知晓发生了什么。

洛花国从此再无朝颜花。

可是光秃秃的枝干还立于束淮河畔，伴随着新种下的柳树，稀疏生长。

有人在亭中抚琴，婉转动听，仿佛将时光拉得悠长缓慢。

我想起南宫璟在最后一封书信里写道："天芒山上有个传说，若死后将尸身葬于此，可满足一个心愿。

"我的心愿就是长佑你平安，若还能再得一愿，便是再见你一面。

"可是我知，这些都不是我内心最盼望的。

"若有来生，我渴盼与你白首相携，厮守终生。

"任岁月变迁，沧海桑田，执手恩爱，永不分离。"

兰舟叶叶情，画影柳轻轻。锦书慢慢行，莺歌别依依。这是南宫璟赠予我的那首全诗，他在我出嫁之后，悄悄来到这里，题于凉亭上。

只是经年辗转，我们踏遍锦书千万，却再也无法遇见。

蝶梦春朝

云深不知梦归处，似是彩云舞蝶衣。
春颜锦绣醉花颜，惊鸿掠影羽翩翩。
——《洛诗集》

『楔子』

曲云深再次坐在柬淮河畔抚那首《凤蝶飞》，已是五年后。

早春的日光伴随着悠长动听的琴声，似珠盘掉落，辗转迂回。

他在这朝颜树下坚持弹奏了整整五年，只为守着朝颜花开。

全洛花国的百姓都知，这朝颜树在五年前的一个夜晚全部落败后，便再也没有长出花蕊。

无人知晓发生了什么，曲云深却在花落的那夜突然惊醒过来。

他在梦中听到了一个声音。

“花颜落了败，来年春暖花开，你，还会来等我吗？”

后来他在凤羽阁的小舟上想以命来换这个声音主人的去向，凤羽阁的主人夙愿却告诉他：“你没有资格以命换命，因为你的命是别人换给你的。”

曲云深不知道那个人是谁，但愿意以命换他幸福安康的人，必定是挚爱他的。

从那个时候开始，他便日日来到柬淮河畔，抚琴笙歌，期待朝颜花开。

期待与她再次于花树下相逢。

壹·『朝颜花』

在这盛产花卉的洛花国，众人只知道，朝颜花开艳丽无比，芳香十里。却不知朝颜花之所以会开，并不是因为气候与土壤，而是因为一种叫朝颜的蝴蝶。

它们每年春季落在朝颜花上，朝颜花沾了它的磷粉，才会开出艳丽的花朵。

这种蝴蝶原本生活在千里之外索拉峡谷的蝶羽族中，只因有一只蝴蝶爱上了一个凡人，不惜触犯族规，来到了这洛天大陆的洛花国，才促成了朝颜花开的盛景。

我的娘亲就是那只逃离索拉峡谷的蝶羽族人。因叛逃蝶羽族，她被族长施了封印，再也没了法力。

她在我十五岁那年离开了，因我爹患了重病，她和夙愿进行了生命的交换。

夙愿是凤羽阁的主人，洛天大陆众人皆知，他生活于一叶扁舟之上，终日随风而行，以收集人的性命为生。听闻他可帮任何人实现心愿，只要你舍得付出你的性命。

爹爹考取功名，娘一路跟随着他，他却在封官那日娶了将军之女。娘当时虽怀着我，却只能忍痛做小。

我比妹妹先出生，因为相貌丑陋，大娘不许任何人提及我的存在。

这么多年，爹爹虽有心，却碍于大娘的身份和家中的地位不敢明着对我们好，每次见娘都只是来去匆匆。

娘死的那晚，我跪在爹爹的房门前，求他去看娘最后一眼，可是任我喊哑了嗓子，他都没有出来。最后是妹妹一桶凉水浇醒了我：“你就是喊破了喉咙，爹也不会理你这个丑八怪的。”我望着紧闭的房门，深知爹爹不会从里面走出来了，那是我第一次目睹薄情寡义，有种痛彻心扉的刻骨。

娘亲的尸身被姥姥带回拉索峡谷，她临走时抱着我说："颜儿，蝶羽族女子及笄之日便能化蝶，但你孤身一人是飞不回索拉峡谷的，你一定要等姥姥来接你。"

等待姥姥的日子冗长而煎熬，因思念娘亲，我每天夜里都会去柬淮河畔的朝颜树下看朝颜花开。

娘说她因朝颜花与爹相识，从此天涯海角，只想追随他。

我不知娘为何会爱着连她性命都护不住的男子，爱得那样痴，那样无怨无悔。

直至那一日，我遇到了曲云深，我才明白，爱是这世间万物中最容易让人沉迷的东西，让人甘之如饴，甚至忘却生死。

贰·『曲云深』

曲云深是洛花国无人不晓的才子。

十岁便在御前成诗，得到天子赞赏，十五岁高中状元，加上生父乃朝中左相，一时间名冠洛花国。

可是他这人清高自傲，唯独爱诗词歌赋，终日留连轻音雅士，无心入仕。

这让曲相爷颇为头疼。

那晚子时，我在去柬淮河途经的胭脂巷中遇到他。

他在胭脂巷内与飞贼纠缠，那飞贼欲抢他手中的紫檀古琴，扬起手中的刀正要朝他砍下去，我一把捡起巷子边的竹棍朝那飞贼头上砸了过去。

飞贼"扑通"一声倒地，我从未打过人，一时愣在原地。曲云深睁大了眼眸看着我说："傻站着干吗？快跑呀！"

我还没反应过来，已经被曲云深一把拉过跑开，路上我只听见耳边的风声，仅能感知到曲云深手中传来的温暖，如梦如幻，恍惚得有些不真实。

跑到柬淮河畔，我们才停下脚步，迎着河畔的花香，我们不约而同地相视一笑。我的目光落在我们紧握的双手上，不免有了一丝羞怯，急急地将手抽了回来。

"姑娘深夜外出不怕遇到歹人吗？"他问我，凝视着我戴着面纱的脸。

“遇到歹人更好，死了倒也清净。”我迎风而立，望着東淮湖面叹息。

“小小年纪怎能把死挂在嘴边？”他宽慰我，“我想你定是和家人吵架了才赌气外出的吧？一会儿我送你回去可好？”曲云深把我当成了与家人闹脾气的刁蛮千金。

我难得来了兴致：“公子别忘了，你的命可还是我救的呢。”

“我知你是个厉害的丫头。”他唇边漫开一抹笑，伸手揉了揉我的鬓发，他的手掌宽大温暖，从未有人这样温柔地对我。

那夜他在湖畔抚琴，袅袅琴音中，曲云深一袭白衣，鬓若刀裁，修长的手指仿若行云流水般肆意拨弄着琴弦，琴到深处他慢慢地闭上了眼，似沉醉在这美丽的仙境中不愿醒来。

我被他的琴声感染，随音起舞，不知不觉中，我发现自己身姿轻盈，化身成一只蝴蝶飞在朝颜花中。

我忆起，这便是姥姥说过的化蝶，它能随朝颜花的颜色而变，心思悸动皆因身旁的人。

我慌忙变回真身，曲云深这才睁开眼睛，好在并未看到我化蝶的模样。

曲落之后他送我回阮府，将他身上的水貂毛披风一把拢在我身上，仔细叮嘱道：“以后莫要夜里出来，家人会担心的。”

因他这句话，我眼中的泪险些落下来，他哪里知道，这阮府之大，却再也没有我的家人。

“开心些，以后我会来看你的。”曲云深温柔地说道。

那是我十五年来经历过的最温暖的一日，虽然我蒙着面纱，他看不清我的容貌，可是他给我的关怀与温柔，足以让我在日后的岁月中想念许久。

叁·『错认』

夙愿在后来曾问我：“小蝴蝶，若你那日没有戴着面纱，是否就不会与曲云深错过？”

我不知这个假如是否存在。

我只知道，因为面貌丑陋，我的存在不被允许告知于人前，全洛花国的人只知尚书府有一位千金小姐名叫阮梦蝶。而我的名字却从未被人提及。

所有人都只喊我阿颜，朝颜花的颜。

可是我并不如朝颜花那般艳丽美好。

因为丑陋，我遭受过太多的伤害，我害怕曲云深在看到我真实的样貌之后会怕我，甚至讨厌我。

我只能一再地躲避他，那么至少在他心里，我还是一个美好的幻象。

曲云深是在半月后爹爹的生辰之日来的阮府。

彼时寒冬已经过去了大半，整个阮府热闹异常。我穿着粗布麻衣，缩在没有炭火的南苑绣一只蝴蝶图案的香囊，准备给爹爹送去。

不是重礼，却是娘生前用朝颜花汁调配的香料与蚕丝制成的云锦布，本是要给我做衣衫的，却被阮梦蝶剪破了，我偷偷留了一小块，现下只够缝制一个香囊。

我拿着香囊刚走到阮府的蝶花园中，便一眼看到了曲云深。

他随他父亲来阮府贺寿，半月未见，他依旧一袭白衣，束发明眸，肌似雪莲盛开，温和的阳光透过头顶的花树筛到他的身上，落拓成一道倾城的光影，让人忍不住驻足。

他拿着一管玉箫，吹着那夜弹给我听的曲。

他真的守约来看我了，我有一些喜悦，准备上前的时候，却发现有一抹粉色的身影早我一步站在了他的面前，流云锦绣翠绿袄，下摆垂坠着如少女般梦幻的瓔珞。

那是仅小我一岁的妹妹阮梦蝶，她盈盈含笑地站在曲云深身侧，声音酥暖地喊道："曲公子，你是来看我的吗？"

曲云深愣了一愣，看着眼前美丽的人儿，似乎是在辨认她是谁，阮梦蝶又道："曲公子半月前才送我回来，这会儿就不认识我了吗？"

曲云深狐疑地问道："你的声音怎么不哑了？"

"在府中调养了半月已经慢慢好转了。"阮梦蝶对答如流，仿佛她与曲云深早已相识。

有太多相似的地方，曲云深这才笑道："原来是阮家小姐阮梦蝶，失敬失敬。"

阮梦蝶一下跳到蝶花园的秋千上，说："曲公子，帮我摇秋千吧。"

曲云深的眼底露出了一丝温柔的笑意，在灿灿的日光下，晃得我心里有些绞痛。

我这才想起半月前我回家的那晚，阮梦蝶明明看见了我，却没有如往常那样奚落嘲讽我。

原来她目睹了曲云深送我回来的一幕，牢牢地记在了心里，趁着今日，冒充了我。

我了解阮梦蝶的心思，佳人爱才子，何况那才子是才貌足以倾国倾城的曲云深。

我又算得了什么呢？那夜与曲云深道别后，我所有好看的衣衫都被阮梦蝶剪碎了，只能穿着下人的粗布麻衣，吃些粗茶淡饭，在府中煎熬地等着姥姥将我带回索拉峡谷。

那个在曲云深眼中厉害的小丫头，不过是阮府里任谁都可欺凌的无人承认身份的大小姐。

曲云深与阮梦蝶荡秋千的画面，映衬在蝶花园中，美好得让我不忍再看。

我转过身，捏着手中那份寒酸的贺礼，慢慢地走回了破旧的南苑。

肆·『惧怕』

那日后，阮梦蝶忽然让我去她身边伺候，爹不忍，刚想替我说句话，就被大娘凌厉的眼神给瞪了回来。

"到底是姐妹，姐姐照顾妹妹本也没什么不妥。"大娘一句话，我便被打发到阮梦蝶身边伺候。

阮梦蝶在我过去伺候的当天，就当着府中众人的面将我脸上的面纱扯了下来。我没了面纱顿时惶恐异常，阮梦蝶却笑着把面纱拿在手中说："这么丑，有什么可遮掩的，我就是要曲公子看见你的脸，对你感到恶心。"

她将面纱放在烛火上烧毁，得意地靠在我耳边道："你娘是个狐媚子，她抢走了我爹对我娘的爱，我也要你看着我幸福，我想那种感觉一定很不错。"

她让我给她端茶递水，洗脸洗脚，入夜还要为她坐在长廊守夜。

寂静深夜，我忍着寒意，告诉自己，这样的煎熬终究会过去，姥姥定会来接我回索拉峡谷的，我会变成真正有法力的朝颜蝴蝶，在娘亲出生的地方长命百岁。

曲云深常常来看阮梦蝶。

他教她抚琴，带她去游船，告诉她那首曲的名字叫《凤蝶飞》。

这些或许本来是要说给我听的话，现在都给了阮梦蝶。

阮梦蝶故意在一个春光明媚的午后让我给曲云深送茶，没有戴面纱的我拿着茶盏的手都在发抖，曲云深接过茶盏时便瞧见了我的脸，他的目光露出了一丝惊诧，虽然只是短促的一瞬，却被我看在眼底，而阮梦蝶在旁边故作天真地说："我家婢子吓到曲公子了吧？"

"没有，没有。"曲云深慌忙解释。

"这婢子自小就丑，没人愿意要她，我看她可怜，便求娘将她带在身边，也不会让旁人欺负了去。"

"阮小姐真是好心肠。"曲云深夸道，目光落在她美丽的容颜上，不再看我。

我慢慢地退出房间，春意绵绵的暖日，我竟浑身冰凉，连走路都不稳，一个趔趄跌倒在蝶花园里。

曲云深终于看见我丑陋的样貌了，他害怕了，我虽早就料到会是这样的一幕，但发生的时候依然控制不住地失落，仿佛血液凝固，脑海一片空白。

后来有人将我扶起来，温柔地在我耳边问："摔疼了吗？"

我回头，看到正准备离去的曲云深，我吓得一把推开他，头也不回地跑开了。

曲云深一定想不到，那个曾经在束淮河畔与他交谈斗嘴的姑娘，现在就连与他对视都失了勇气吧。

伍·『落水』

有些东西若是没有揭开，还能假装美好，若是一旦揭开，鲜血淋漓地被伤过之后，也就麻木了。

我像个旁观者一般，看着他们从陌生到亲昵，看着他对她的称呼从“阮小姐”，再到“梦蝶”。

他渐渐不再惧怕我的长相，好多次在府中看到我，也学着别人喊我：“阿颜。”

他会走到我的面前，冲我温柔地笑，开口说的却是：“你知道梦蝶喜欢什么东西吗？”他总是迫不及待地想了解阮梦蝶的喜好，将最好的东西捧到她的面前，为她做她喜欢吃的彩云酥，为她走遍洛花国买朵雀胭脂。

他为阮梦蝶做了很多事，可是阮梦蝶总是对他若即若离，他有些苦恼，却依然变着法子去讨她喜欢。

渐渐的，阮梦蝶对曲云深的感情从最开始只是为了报复我，变成对他恋恋不舍。曲云深很高兴，买了许多好吃好玩的来谢我，我淡淡地笑着，将他买的东西珍藏在柜子里。

一晃三年的时光便过去了，我十八，阮梦蝶十七，她出落得愈发娉婷秀丽。

尚书千金阮梦蝶与左相公子曲云深的故事在洛花国广为流传，才子佳人，成为坊间人人艳羡的一对璧人。

曲云深曾为阮梦蝶写过一首诗，题于束淮河畔的古亭上。

我却只记得前两句：云深不知梦归处，似是彩云舞蝶衣。

我总自作多情地以为那是在写我与他的相逢，可是那日相逢太匆匆，他错认别人续了这个梦，而我却早已退出他的梦境，做了他身边的看客。

很多次他在院中抚琴，风声绵延地吹过他的鬓角，我都会化成蝶飞舞在他四周，有时候落在他的肩上，他便会静静地注视着我称赞：“好美的蝶儿。”

只有在这个时候，他才会夸我美丽。

我很想问他，当初的惊鸿相识算什么呢？他真正爱的是最初那个我，还是后来的阮梦蝶？抑或那场相识只是我自作多情的梦境呢？

这些，都无法再探究了。

曲云深和阮梦蝶的婚约定在来年初春，爹与曲相爷商议的时候我恰巧路过听见，他们在商讨三书六礼，爹的脸上挂着笑意，能与左相攀亲，对阮家来说，再好不过。

我不知道哪里来的悲伤，独自一人跑出阮府，路上的行人见到我丑陋的面容都纷纷回头，惊诧，恐惧，嘲讽，我都看不见了，只是痴痴呆呆地走到束淮河畔。

曲云深与阮梦蝶泛舟而行，好一对佳人游湖，引来许多人围观。

我是人群中微茫的存在。

就在此刻，成批成批的蝴蝶飞来，一瞬间，乌云罩顶，河上的小船不受控制地晃动起来。

我听到有人落水的声音，阮梦蝶惊恐的声音传来："云深落水了！谁来救救他！"

姥姥不知何时出现在我面前："阿颜，姥姥替你教训这个负心人。"

"姥姥，谁让你自作主张的。"我顾不得那么多，一下便跳入水中。

蝶羽族人天生水性奇佳，很快我就摸到了曲云深下坠的身体，一把将他抱在我的怀中。他的头紧贴着我的肩，我紧握着他的手："云深，我来救你了，你要撑住。"

我将他放在岸边，帮他擦去脸颊上的水珠，阮梦蝶一把推开我，整个人扑倒在曲云深的身上，哭着喊："云深，你没事吧？"

曲云深咳嗽了几声，从口中吐出几口水来，微微睁开眼。

"梦蝶。"曲云深伸出手去抚摸阮梦蝶的脸，阮梦蝶紧紧地抓住他的手说："我在这儿，我在这儿。"

"哎，还说不是负心汉，我在流光镜里都看到了，他遇到人的明明是你，却喜欢上了别人。你竟然还要救他。"姥姥在我耳边叹息。

我没有回答姥姥的话，只是抱着湿漉漉的身体退到人群后面。

阮梦蝶将曲云深抱在怀里，将他慢慢扶起，我目送他渐渐远去。

那河畔的朝颜花开了一地，层层叠叠如日光倾城一般，灼伤了我的眼。

我期待他回过头来看我一眼，哪怕只有一眼，可是没有，他的背影颀长挺立，在光影下渐渐被拉长，消失。

如果说最初相识时他喜欢的是我，可这三年的日日相对，他早已对阮梦蝶情根深种。

那天姥姥告诉我，蝶羽族族长终于原谅了娘亲叛逃的事情，她这次是来接我回索拉山谷的。

终于可以离开了，从娘亲死后我便日日盼着姥姥接我回索拉山谷，与我的族人相聚，那里没有歧视，没有伤害，没有冷漠。我会忘了曲云深，忘了我们那场短暂而匆匆的相逢。

我躺在床上，闭上眼想要忘掉过去，可是我脑海里却闪过朝颜树下他好看的星目，婉转的琴声，温存的话语，挥之不散，萦绕在耳。

陆 ·『变故』

翌日我准备随姥姥离开，却听到管家慌忙地进来对爹禀报："不好了，老爷，左相被大臣弹劾，现在一家已被送往刑部大牢。"

无非就是新帝登基要肃清旧部，左相向来刚正不阿，不满新帝的做法，公然顶撞了新帝几次，却被右相的党羽抓了把柄在圣上面前参了一本。这一参就牵连出许多前朝旧事，与二皇子结党营私的事情也一并被抖搂出来。这二皇子在新帝未登基前是帝王人选中实力最强的，新帝登基后就被赐了毒酒。

左相被扣了巨大的罪名，全家都被押往刑部大牢，一夕间这则消息传遍了洛花国，全国百姓哗然。

我哪里还顾得上和姥姥回索拉山谷，丢了细软就跑到刑部大牢去看曲云深。

在路上的时候我才发现，哪怕我一直想要忘记，想要放下，可当真的听到曲云深出了事，我还是想第一个奔赴他的面前，看看他是否无恙。

刑部大牢有重兵把守，根本不让进入，姥姥在我身边劝道："阿颜，跟姥姥走吧，这曲云深有自己的定数。"

我抱着姥姥的胳膊求她："姥姥，你能救救曲公子吗？"

姥姥无奈地摇头："阿颜，我们族人虽有无边法力，却不能扰乱这凡间的生死。"

"我要陪着他。"我很坚定。

姥姥眼看实在说不动我，便从怀里掏出一片透明的羽翅："你想走的时候，就烧了这片羽翅，姥姥再来接你。"

姥姥临走时嘱咐我："你可莫要为了曲云深去找夙愿，不要再步你娘的后尘啊。”

我捏着姥姥给我的羽翅回到阮府，阮梦蝶已经被大娘锁了起来，她在门后哭着喊着让大娘放她出去，大娘在门口说：“现在所有人都和曲家撇清了关系，以后你和曲云深也再无瓜葛。别再想着他了，他现在是戴罪之人，我们阮家能自保已经不错了。”

爹爹面露难色地说：“好歹蝶儿与云深也是有婚约的。”

“什么婚约，聘礼我也没瞧见，婚约做不了数的。”大娘拉着爹爹不顾阮梦蝶的哭喊，决绝离去。

我站在阮梦蝶的门口，听她哭得凄厉。以前刁蛮任性的小姐，终于知道了爱上一个人又失去的疼痛了。虽然她待我狠毒，但因为她对曲云深的这一份情，让我不禁对她同情起来。

索拉峡谷的羽翅是珍稀的药材，我用姥姥给我的羽翅在当铺当了三十两黄金，买通牢房守卫，终于进去见了曲云深一面。

左相抵不住狱中酷刑，生生咬舌自尽了，曲云深一介书生被铁链捆绑日日鞭打，在酷刑中昏厥过去。

狱卒这才将他丢进牢房，任其自生自灭。

走进牢房，便听到四处都是哭喊的声音和用刑的吱吱声，仿若人间地狱。

“曲云深，有人来看你了。”牢头收了好处，对我的态度还算不错。

他从角落中抬起头，月色透过铁窗照在他的身上，一头墨发散落，浑身血污斑斑，看不见一块好肉，满脸的青紫，唇边都是血渍，哪里还有半点平日里翩翩公子的模样。

最可怖的是他的双眼，眼角渗着血迹，平日墨黑的眸子此刻却是空洞无神。

“是梦蝶吗？”他幽幽问了一句，声音沙哑。

我心中酸楚，一把抓住牢门，忍不住冒认道：“是我。”

“你来做什么？”他一动不动地缩在阴暗的角落，“我爹死了，曲家没了，我也很快就要死在这大狱之中，你还来做什么？”他的声音带着悲凉与绝望，像是隐忍着巨大的悲伤。

我靠着牢房的门念道：“朝颜树下，抚琴起舞，彩蝶深处，片羽惊鸿。这些，你可还记得？”

曲云深顿时泪如泉涌，跌撞着爬过来，一把握住我的手，紧紧地贴在自己的脸上，像是所有的悲伤都在顷刻间释放："梦蝶，我好怕你要来与我道别。我好怕没了左相公子这个身份，你再也不会爱我。"他滚烫的泪落在我的手心里，沿着掌心蔓延。

我摸着他好看的眉眼，拂过他受了伤的眼睛，这就是我爱了三年的男子，他一直错把我当作旁人，而他深爱的人却没有来看他。

"我怎么会丢弃你呢？即使黄泉碧落，我也会毫不犹豫地同你去。"他的手冰凉，宽大，我已经太久没有触摸到了。

"我如今身陷囹圄，再也无法给你幸福。"他松开我的手，空洞的目光带着萧索。

"不，云深，我会救你出去。你不要灰心。"

"你别哄我，救我出去谈何容易。"他垂着眼，满目哀伤。

"你可别忘了，我曾经救过你的命。"

他难得地笑起来，淡淡的笑容印在月光中，像初见时那般温暖，他摸了摸我的头轻声道："我知道你是个厉害的丫头。"

一切仿佛还是那夜的情形，缱绻的月色，温柔的话语，曲云深低头凝视我笑着的容颜，却已是物是人非。

柒·『换命』

我将所有的黄金全都给了牢头，让他好生对待曲云深。

从牢房出来，仿佛在地狱中走过一般，我真的不敢想，曲云深在里面待久了，是否能撑得住。

阮家是没法依靠了，朝中众人唯恐受到牵连，没有一人敢帮左相进言。而我区区一个小女子，该怎么救曲云深？

我的脑中突然闪过一个名字——夙羽阁中，那流传在洛天大陆以命换命的夙愿。

我飞身到柬淮河畔，将自己的一碗血倒入柬淮河中，夙愿喜欢血腥，闻到甜腥的气味便会寻来。

果然子夜之后，一叶挂着八角琉璃灯的扁舟出现在我的面前，夙愿如期出现，他是一个紫发绿眸的美艳男子，眯着狭长的凤眼道：“小蝴蝶，这次轮到你换命了吗？”

“我要以我的命，换曲公子平安。”

“你可想好了？这换了命你可就回不到索拉峡谷，魂魄就会永远跟着我飘荡在这洛天大陆中了。”他提醒道。

我迟疑了片刻，依然坚定地说：“我已想好了。”

“你们朝颜蝴蝶，就是痴心。”他笑起来，“去吧，去和你的情郎告别，他出狱之日，就是你命归之时。”

捌·『朝颜树下，生生世世』

与夙愿换了命之后，我的心反而平静下来。

因为我知道，曲云深有救了，虽然他出狱的那日，便是我的死期，可我一点儿也不感到害怕。

我知道我的死亡，换来的是他的新生，我便觉得人生也无甚遗憾了。

大娘开始给阮梦蝶物色别的王孙公子，她也痴情，终日不言不语，谁也不见，与昔年那个总爱将我凌虐一番才会开心的小姑娘已经不一样了。

可见爱情和成长，总能叫人变了模样。

我开始给曲云深做一些好吃的，又请教了城中有名的大夫治疗眼睛的法子，日日带着草药去给曲云深治病。

曲云深身上的伤口在我的悉心照料下渐渐愈合，草药的味道太难闻，我便在香囊里放了朝颜花给曲云深戴着。

他握住我的手笑道：“梦蝶，你仿佛变了一个人。”

“不，我一直都是那个人。”我在内心苦笑。

可是曲云深却不明白，他拿着朝颜花放在鼻尖：“三年前与你在朝颜树下相遇，总觉得这花分外亲切，所以我平日里总爱带你去東淮河畔赏花泛舟。每每见到那些花，仿佛就能想起我们的曾经。”

“那你爱的是在朝颜树下跳舞的阮梦蝶，还是与你朝夕相对的阮梦蝶呢？”我在他耳边问道。

他一把抓住我的手，放在唇边：“只要是你，我都爱。”

我微微地叹息：“如果我走了，你会找我吗？”

“我不会找你，我会在朝颜树下等你，生生世世。”

牢房里透出的那一丝丝微茫的月光，照亮了曲云深坚定的面容，我想那定是我出生十八年来听过最动情的话了，即使我离开他，永世不得转生，也都不觉得遗憾了。

那天，我久久没有发出声音，许久不曾落泪的我，却哭得悄无声息。那一滴滴晶莹的眼泪，染湿了我整个爱着曲云深的韶华。

玖·『离别』

曲家翻案是在十日之后，曾受过曲相恩惠的人联名上书给新帝。

恰巧皇后产下一位小皇子，新帝一时龙颜大悦，便赦免了曲相的灭门之祸。

新帝顾念曲家三代为臣，曲相又横死狱中，为了弥补曲云深，赐了他良田百亩、黄金千两，并在朝中给了他个官职。

这一件看似毫无翻案可能的案子，突然间翻云覆雨般逆转，像是得到了上天的庇佑，曲云深安然无恙地活了下来。

众人都说曲云深福大命大，可是只有我知道，这是我以命为他换来的一切。

他出狱的那一日是阮梦蝶去接他的，我在人群中凝望着他，春日的光大片大片地落在他的白衣上，似乎能穿透他眼中温柔的光芒。

他的眼睛已经看得见景色了。

曲云深抬头往人群里望了望，我不知道他在找寻什么，可当他的目光落在我脸上的一瞬间却顿了一下。

风吹开了我的面纱，旁边有人惊呼：“好美的姑娘。”

我不再去看他，转过身，在众人的惊叹声中离开。

很多人以为朝颜蝴蝶只有在索拉峡谷才能蜕变得美丽，可是他们不知道，朝颜蝴蝶在即将死亡时亦能提前蜕变。

我终于拥有了美丽的容颜，却在此刻要与曲云深分别，他的生生世世，不过是我的羽蝶蹁跹。

拾·『此生不见』

夙愿将我的尸身埋在朝颜树下，而我的灵魂被夙愿放在琉璃瓶中。

我离开的那一日，洛花国的朝颜花一夜之间全都败落了。

我随着夙愿的小舟漂流在洛天大陆，每日昏昏沉沉，不知道要去向哪里。

我想曲云深一定过得很幸福，他与阮梦蝶一定已经缔结连理，情深意笃。

五年后，我在夙愿的小舟上看到了曲云深，他依旧一袭白衣，倾城绝伦的容貌，却憔悴苍老了许多。

他对夙愿说："在朝颜花败的那一夜，我突然听到有一个声音在问我，朝颜落了败，来年春暖花开，你，还会来等我吗？"他微微一顿，"那一刻我突然发现，我心里爱了多年的那个女子，并不是阮梦蝶，可是我不知道她是谁，所以我想用自己的命，换这个声音主人的去向。"

夙愿眯着一双绿色的眸子慢慢地拍打装着我灵魂的琉璃瓶，道："你没有资格以命换命，因为你的命是别人换给你的。"

"她是谁？"

"既是换命，我又怎会将雇主的名字告知公子。"夙愿将装着我灵魂的那只琉璃瓶捧起，"她既让你等，你又何必找她。"

曲云深离开的时候从怀中掉落了一枚香囊，云锦布上绣着一只蝴蝶，却因为被人摸得久了，有了陈旧的痕迹。

我认得，那是我怕他讨厌草药的味道，给他闻着舒心用的云锦香囊。不曾想，他却留到现在。

他将香囊捡起来，轻轻地拍了拍上面的灰尘，小心翼翼地收入怀中，轻声说了一句："我会等你，在朝颜树下。"

他迎着冬日的风雪，渐渐离开我的视线。一如许多年前，我目送他从我的眼前离开。

那是我最后一次见到曲云深，随后小舟飘飘摇摇，不知去往哪个地方。

可是不论去哪儿，去多久，他此生，都再也等不到，朝颜花开了。

栖鸟默语

栖鸟倦归迟，顾盼两相依。
未闻天人语，星沉云水低。
——《洛诗集》

『楔子』

楼千语在玲珑酒坊找到宋星河的时候，他正喝得烂醉。

着一身白衣慵懒地靠在酒坊的倚廊上，披头散发，一双琉璃色的星目含着微醺的酒意。

看到楼千语走过来，一把将她拥入怀中，孩童似的哽咽着：“湘儿……是我对不起你……我们说过……此生定不相负……可我却没有信守承诺……”

楼千语心中一怔，轻声道：“相公，你醉了。”

宋星河被这一声相公唤得清醒过来，待看清楚眼前的人，刚刚还多情的眼眸立刻露出了厌恶的神色，用力将她推开：“怎么是你？谁要你管我！你滚，你滚啊！”

“我扶你回家。”楼千语像是已经习惯了宋星河对她的吼叫。

“家？”他讥讽地笑起来，“那里早已不再是我的家！”抛下这句狠话，宋星河头也不回地走出玲珑酒坊。

楼千语掀开酒坊门前的珠帘，珠翠碰撞的声音惊动了房檐上筑巢的鸟。

暮色里，天边焦黄的柔光顺着碧绿的珠帘落在扑腾的鸟儿身上，映出它们眼中的惊慌和小心翼翼的无措。

楼千语站在玲珑酒坊的门口，看着宋星河的身影一瘸一拐地消失在自己眼前。

三年了，终究是她欠了他。

壹·『国色天香』

楼千语会嫁给宋星河，源于一坛名为“国色天香”的美酒。

彼时宋家经营着一间日进斗金的酒坊，因独门佳酿“国色天香”而闻名洛天大陆。

小小的一壶酒，单闻其味便让人醉了三分，入口的味道甘醇馥郁，仿若可见万般美景，当朝国主曾微服私访，饮后题下“国色天香”四个大字。

自此宋家酒坊日日门庭若市，许多达官显贵不惜下重金只为品此美酒，宋家酒坊一时间风光无二。

楼千语随父亲入宋府的那一日，已是许久没有吃过饱饭了，她的家乡闹饥荒，父母带她一路北上逃亡，娘亲病死在途中，到洛羽国的时候，父亲看到宋府在招账房先生，便上门询问。

父亲被带去甄选的大厅，嘱咐她在后院好生待着，她站在厅外，睁着一双晶亮的明眸一动不动。

十三岁的女孩却瘦得如同七八岁的孩童，蓝靛色的布衫虽然缝补了许多次却依然漏风，因为太瘦，她的两颊几乎凹陷下去。初春时节，她仍冷得打了个寒战，呆呆地看着厅外屋檐下的春燕来来回回地筑巢。

看着厅中密密麻麻的人群，她虽没有长大，却已然懂事，明白那些人都是为了谋得一份差事，她不知道父亲能不能胜出，可是她不想再漂泊了。

因为久站吹风，她的脸色渐渐苍白，身子不禁向后倒去，在她以为就要倒地的一瞬，有人在她身后扶了她一把。

那人身上有浓烈的酒味，暖暖的怀抱一把将她圈住。

“哪里来的小孩，怎么瘦得和猴儿似的？”他的声音饶有兴致。

楼千语转过头去，在日已将暮的傍晚，她看到了一双琉璃般清亮的眼眸，乌发飒飒散在雪颈之后，衬得一张俊颜万般华美。

一身锦缎白衣的少年，灿灿一笑，犹如暖阳落进楼千语的眼中。

“咕噜……”楼千语还未开口，腹中已发出饥饿的声响，她脸颊发烫，为自己的失态。

那少年却只是笑了笑：“原来是饿了。”他拎过丫鬟手里的食盒拿出几块糕点，“吃吧。”

楼千语顾不得礼数，拿过来狼吞虎咽地吃起来，因为太久没有吃过这么好的东西，她差点被噎住。“别急，没人和你抢。”他眯起眼来，轻轻地摸了摸她的头。

他的手暖得让楼千语微微发怔。

“二少爷，林姑娘来了，在前厅等您。”一个小厮模样的人慌张禀报。

“我这就来。”他答应着，转头看了看吃得满脸是碎渣的楼千语，把整个食盒递了给她，“这个送你了，回去慢慢吃。”

楼千语想说一句谢谢，可是当她把嘴里的糕点都咽下去的时候，那个白衣少年早已经走远了。

楼千语站在风中，提着朱红色的食盒，心里掠过微微的暖意。

一群人从大厅里鱼贯而出，父亲缓步走到她的面前，苍老的脸上带着久违的微笑，一把将她抱起，语中带着笑意：“小语，以后我们便在这儿住下了。”

空气里弥漫着淡淡的酒香，那人衣襟上香醇的酒气犹在鼻尖，楼千语第一次感恩老天对自己的眷顾。

贰·『入府』

楼千语最初被派去伺候老夫人。因为年纪小，只做些端茶递水的简单活儿。

入府时间久了，她才知道上次给她食物的少年是宋府的二少爷宋星河。

宋老爷膝下有三子，大少爷长居灵山修仙，三小姐入了南疆蛊师门下，二人自幼离家，从此便杳无音信，因此这继承家业的重担便落在了二少爷宋星河身上。

宋星河却不争气，平素只喜欢吟诗作对附庸风雅，对酿酒一事从不上心，每次入酒窖都是被宋老爷押着下去，再气哄哄地提上来。

楼千语见过他几次，在老夫人的厢房里，宋星河来请安，他虽玩世不恭，一派纨绔子弟的作风，却是非常孝顺，隔三岔五便来陪陪祖母，带上一些补血养气的血燕灵芝孝敬。

与他同来的还有尚书府的千金林湘儿，她是尚书的独女，听闻两人于上元佳节的灯会上一见钟情。起初尚书大人并不同意，后来耐不过女儿的苦苦哀求，再加上宋家在洛羽国的商贾中的确占有重要之位，便默许了他们的婚事。

他们的婚期是早早定下的，在三年后的寒冬。

那时候宋星河仅十五岁，已长得玉立身长，常年穿一件白色的长袍，腰间束一条暗花的腰带，乌黑的长发肆意地散落，总喜欢赤着脚在府中行走。

他过得那样潇洒不羁，仿佛心里没有任何烦恼的事情。

好几次楼千语在为老夫人捶腿时，人老远的便能听到宋星河爽朗的笑声，那声音转过回廊，透过窗棂，落在楼千语的耳边。

让她记忆尤深。

他毫不避讳地拉着林湘儿的手，为她簪花，为她推秋千，父亲见了都禁不住对楼千语说："二少爷可真是个痴心的人啊。"

每每此时，楼千语总是望着朱红色的食盒暗暗发愣。

她想起十三岁那年和他在后院的相识，从那之后宋星河再也没有与她说过话，仿佛那个日已将暮的傍晚发生的一切，都不过是自己往昔的一个梦。

楼千语在宋府住了三年，从当初那个瘦弱的孩童长成了娉婷的少女，她的肌肤如照水娇花，鹅蛋小脸上嵌着一双点漆大眼，站在人群里已是灵动秀丽的模样。

她少言寡语，早早便有了大人的成熟内敛，因此比一般的丫鬟更得老夫人的喜欢。

那时候她卑微地想，只要能一直看着宋星河幸福快乐，就算一生在宋府为奴为婢，也算不枉此生。

她从没想过，有一天，她会嫁给宋星河。

命运的捉弄，常常让人措手不及。

叁·『交易』

嘉历三十八年秋，宋家发生了一件大事，以“国色天香”闻名的宋家酒坊再也酿不出“国色天香”了。

这对于靠着“国色天香”在洛羽国立足的宋家来说简直是致命的打击。

原来，用来做酒引的幽萝花在一夜间全部枯死，而那花本是野生，根本无法自已动手种植。

没有了幽萝花，“国色天香”便沦为再普通不过的酒。

宋家酒馆的生意渐渐淡了下来，坊间各种传闻鹊起，整个宋府陷入一片愁云惨淡的阴霾之中。

宋老爷召集了所有酿酒师在酒窖里不眠不休地研制替代幽萝花的引子，连续数月，仍无所获。

楼千语的父亲见局势变化，吃饭的时候随口说：“小语，看来宋家大势已去，我们要另谋生路，不如爹帮你找一户好人家嫁了吧。”

“不，我不嫁，我要一辈子留在宋府。”楼千语几乎想都没有想便脱口而出。

楼秀才愣住了，他望着女儿慌张的神情，看得出来她在害怕。

晚上楼千语趁父亲睡下，偷偷跑到宋星河的厢房院中，这是她三年来一直保留的怪毛病。她怕脚步声太大会吵醒守夜的丫鬟，于是脱了鞋子蹑手蹑脚地走在长廊上。

她在宋星河房门前将纸糊的窗户捅破一个小孔往里看，屋里的宋星河并没有睡着，他身着素白的长袍靠在床沿发愣，他以前总是很开心，嘴角微微上扬，可是他今天并不开心，白玉无瑕的脸上挂着沮丧。

听闻林尚书断了他与林湘儿的来往。

这个世道就是如此现实，这厢只要刚有些风吹草动，那厢已是草木皆兵。

她抱着寒冷的身体静静地偷看他，为他的蹙眉担忧，却又无能为力。

宋星河熄灯之后楼千语才离去，她拖着被寒风吹得冰凉的身子回到住处，偷偷潜回房中躺下。

黑暗里，楼秀才静坐于案前，这三年来他一心做事，却忽略了女儿的心事。今日他才发现，他的女儿竟然如此喜欢一个人，喜欢得小心翼翼，卑微可怜。

谁都不知道楼秀才用了什么方法找到了可以替代幽萝花的引子。

次日，他拿着酿出来的“国色天香”找到宋老爷，说道：“楼某毕生别无所愿，只愿女儿过得安康，我要二少爷娶她为正妻。”

宋老爷断没有想到，长期恪守本分的穷酸秀才竟存了这样的心思，他饮着来之不易的“国色天香”，连续三夜未曾合眼。

第三日的清晨，宋老爷一纸退婚书送往尚书府，一车聘礼送进了楼千语居住的小院。这桩以交易定下的婚约，就这般尘埃落定了。

肆·『成婚』

宋星河对这桩婚事誓死不从，与宋老爷大吵了一场，最后是被五花大绑送入喜堂的。楼千语穿着凤冠霞帔，垂首望着鞋上的飞燕绣花，惶惶不安。

她挣扎许久还是答应了这场荒唐的婚事，这或许是她平生做得最自私的决定。

宋星河跪在宋老爷和向夫人的面前，抬着星目，声音冰冷：“爹，除非你今天把我的腿打断，否则我定不会拜这个堂的。”

隔着红布，楼千语听到满室宾客窃窃私语，她用力攥紧双手，心跳得极快。

“好，那我今日就打断你的腿！”宋老爷拿过木棍毫不留情地打在宋星河的腿上。

他闷哼了一声，却死死不肯跪下，宋老爷一棍一棍地用力打下去，直到他的双腿再也无法站立，楼千语听到巨大的“扑通”声，她一把掀开盖头大声喊道：“别打了，不拜就不拜吧。”

喜事成了闹剧，这场拜堂终究没成。

宋星河被送到居住的西厢房，他拒绝大夫为他诊治，所有送进去的汤药饭菜被他丢得一地都是，楼千语拿着汤药站在门口一动不动。

褪下红衣浓妆的她，一袭浅粉的长裙，不施粉黛的样子像个灵动的少女。

宋星河从床上远远地看着她，他无法想象是这样一个看似柔弱无害的小姑娘毁了他所有的美好。

“你过来。”他对她说。

楼千语喜上眉梢，跑到他的床边。她的脸上荡起喜悦，担忧的神色是那样真切，可这些落在宋星河的眼中全是伪装的天真，他眯起眼睛仔细地端详她，一心认定她和她爹是想要攀上高枝的小人。

他端过她手里捧着的药，当着她的面重重地摔在地上。

瓷碗当场碎得四分五裂，和一地的残骸融为一体，楼千语没想到他会这样做，惊恐地睁大眼睛看着他，他紧紧掐住她的手臂，笑着说：“你想我好，我偏不！从今以后，你想要的，我都不会让你如愿。”

他大声地笑起来，像发了疯似的，他的眼中再也没有了往日藏不住的快乐，那满目的悲伤让楼千语感到害怕。

她在门外守了宋星河一夜，听他又哭又笑的谩骂，最后他喊着“林湘儿”的名字睡着，那声音是发自心底的悲凉。

那夜之后，楼千语从一个懵懂的少女一夕间长大了，她在黑夜无尽的冷风里蜷缩着身子，突然意识到自己做了一个多么错误的决定。

楼秀才轻拍她的肩宽慰道 ：“不要灰心，只要你真心待他，他一定会知道。”

她相信只要她够努力，宋星河一定会知道。

伍·『相处』

宋星河因为拒绝治疗，腿从此落下了病根，成了一个瘸子，不仅如此，他还染上了酒瘾，时常出去喝得烂醉。

原本开朗风流的俊美少年，成了沉默寡言、整日与酒为伴的疯子。

所有人见了无不摇头惋惜。

楼千语知道宋星河会变成这样全都是因为她，所以她想尽一切办法来弥补他。

天冷了她为他送去暖炉，他却用暖炉将自己的手烫出一道道疤痕；天热了她为他送去冰块，他当着下人的面把冰块从自己头上倒了下来。他不把气撒在她身上，只是无穷无尽地惩罚自己，这对楼千语来说，是最大的酷刑。

宋府上下的人对楼千语和楼秀才趁人之危的举动充满了鄙夷，虽然面上不说，私下却没少嚼舌根。

楼千语虽做了少夫人，在府中却不得人喜欢，本来疼她的老夫人对她也闭门不见，更别提宋老爷与向夫人了。

虽然所有人都不待见她，她却并未将这些放在心上，闲来没事她就往酒窖跑，她深知宋家以制酒闻名，她若懂得制酒，他日说不定就可帮衬一二。

工人们开始都不搭理她，她也不恼，时常做些可口的糕点带去，时间久了，工人们渐渐开始与她熟悉起来，也会与她说一些关于酿酒的工序和技艺。

起初的三年，她拼了命地提高自己，她没有上过学堂，凭着楼秀才对她从小的教导勤学诗词歌赋，《女诫》《内训》《道德经》她几乎倒背如流。她从最初的刺绣只会绣鸳鸯，到如今的山水风景都绣得栩栩如生。她和城中有名的琴师学琵琶，弹指间便能奏出婉转悠扬的曲子。

她渐渐长成了一个柔情而温婉的女子，让府中上下都对她刮目相看。

可是宋星河对此依旧不闻不问。

楼千语还是习惯在入夜之后偷偷去看他。

他伏在案上饮酒，一头乌发落在日渐沧桑的脸上，眼角眉梢早没了笑意。他从怀中掏出一支玉笛凝视，楼千语认得那支玉笛，是林湘儿所赠之物。

一年前林湘儿被封为文成郡主远嫁束凤族和亲，那是个荒凉苦寒的小部族，国主舍不得让自己的女儿去受苦，就想出了此计。

林湘儿出嫁的那日，宋星河坐在城门上，望着送嫁的车队失魂落魄地想要殉情。

所有人都在劝阻他，只有楼千语没有，她在他的身旁坐下，平静地对他说："你若要跳，我便陪你跳，我们夫妻不能同生，却能同死，下辈子我也好继续缠着你。"

"楼千语，三年了，你还是那么狠毒。"他恨恨地看着她，起身走下城楼。

这是楼千语第一次和宋星河对话，从初遇到成婚，他都没有给过她开口说话的机会。

她没想到她第一次开口，是以这样的对话结束。

她站在城楼上，看着他的背影，那一抹记忆中的白色，在冷风中一瘸一拐地走着，三年的时间，他对她的看法没有丝毫改变，她努力地要去做到最好，努力地成为他喜欢的样子，但是最终一无所获。

陆 ·『寻医』

楼千语每次看到宋星河的腿，都像是有一根刺扎在她心上。

三年来她寻遍名医，却始终找不到可以医治宋星河的办法，后来她听闻在洛珠国的祁山上有位神医妙手回春，便匆匆打点了行装孤身前往。

洛珠国与洛羽国相差千里，她跋山涉水用了三日才风尘仆仆地赶到祁山。

神医住在祁山山顶，这座山本是岩壁横生，就在几年前，神医唯一的入室弟子唐子轩为了方便上山，特意修了这九百九十九阶石梯，世人若想求神医赐药，必须三跪九叩一阶一阶地叩拜上去。

大多数人看着这通天般的石梯，纷纷望而却步，楼千语却想都没想便叩拜起来。

当她叩拜到祁山山顶的时候，双腿已经跪得鲜血淋漓，她拖着奄奄一息的身体，敲开了神医草庐的门。

神医看她心诚，给她开了专治断骨的药，千叮万嘱这药极为珍贵，五十年才结一次果，这是由刚结出的果碾制而成，只能保存七日。

她顾不得自己的腿伤未愈，带着药匆匆赶回洛羽国，正值腊冬的风雪夜，她的裘皮大衣被风吹落在途中，她驾着马，没有停下奔驰的脚步，大雪覆在她的肩头，她只是用手粗粗地拂了一把。

回到家后，她找来迷香，带上贴身侍女小桃，准备趁着宋星河睡着的时候将他迷晕，再把药膏涂抹在他的腿上。

她知道若是告诉宋星河她的来意，他肯定不会同意，只好出此下策。

一切本来天衣无缝，却没料到这迷香药效不佳，在她涂药进行到一半的时候，宋星河突然醒了过来。

他一把抓过楼千语手里的药怒道：“你在做什么？”

“我……我只是想给你上药……神医说，你只要涂了这个药，腿就会好了……”楼千语卑微地哀求，“求你不要和我赌气，求求你让我把药涂完……”

“你以为你这么做我会感激你？你以为你帮我把腿医好我就会当这么多年什么事都没有发生过？简直是痴人说梦！”他怒瞪着猩红的眼，“我这双腿就是因为你才废掉的！”他抓过她手中的药膏，“你知道我为什么要瘸着吗？我瘸着，就是为了提醒你，不要对我有非分之想！”

宋星河毫不留情地把药膏丢到了屋内的火炉中去。

“不要！”楼千语想也没想就伸手到火炉里去取那盒药膏，炽热的火苗烧到她的手上，她顾不上疼痛，硬是把火炉里的药膏抢了出来。

可是那些药膏已被烧焦了，此刻正冒着青烟，散发出一股焦炭的气味。

“没了，都没了。”楼千语跌坐在地上，仿佛自己心底的希望都没了。

一旁的小桃实在看不下去了，冲着宋星河说：“二少爷，你知道少夫人为了这盒药膏花了多少心血吃了多少苦吗？你看看她的腿。”小桃一把掀开楼千语腿上的裙，她腿上的伤口因为没有及时处理已经流出了黑色的脓水，膝盖上的骨头清晰可见，整条腿几乎溃烂得不成样子。

“小桃，别说了。”楼千语迅速盖住了膝盖，她不想让宋星河看到这些。

“怎么？苦肉计？楼千语，没想到你做戏也做得很全啊。”宋星河在看到那些伤口的一瞬间也吓了一跳，可是嘴里的话却是习惯性地脱口而出。

楼千语抬头看了宋星河一眼，他的眼里除了冰冷的讥讽便是嘲笑，再也没有了当初的关切。这三年来，她那么努力地想要做到最好，可是他讨厌她，觉得她是全世界最恶毒的女人，无论她怎么做，在他的眼里，所有的一切都不会改变。

她在小桃的搀扶下站了起来，一张脸苍白得吓人，她看着他想说些什么，可是嘴唇抖动了片刻，还是没有发出声音。

楼千语缓缓地走出宋星河居住的书房，寒冬的冷风刮在她的腿上刺疼，她脱了鞋子赤脚在雪地里走了许久。

她走到初见宋星河的那个大厅外，院中长满了好看的蜡梅，傲然盛开。

她抬头看了看门厅下的鸟巢，空空荡荡得只剩一个旧巢。

她一心想医好宋星河的腿，可是她辛苦奔波，到头来只是他眼中的苦肉计。

这世上所有事，本就无法强求，是她太执着。

柒·『亲昵』

楼千语忘了自己是怎么昏倒的，她只知道自己跌入了一个温暖的怀抱，那人的指尖冰凉，轻轻划过她的脸庞，让她眷恋。

醒来的时候小桃红着一双眼睛看着她，心疼地帮她包扎伤口，小丫头从未见过这么深的伤口，一边包一边哭，楼千语叹了口气说：“你下去吧，我自己来。”

小桃抹着眼泪退下了，楼千语拿着药膏和纱布在清理过的伤口上小心翼翼地包扎着，由于腿部无法弯曲，她的手够不到小腿的关节。

她索性不去理会，闭起眼，靠在床榻上。

蓦然，她感到有人走进来，她迅速睁开眼，看到的竟是宋星河，他坐在她的床前，帮她包扎伤口。

她以为是自己眼花了，用力揉了揉自己的眼睛。

“别用那种眼神看着我，我只是不想因为你内疚。”宋星河没好气地说着，态度却比平日里缓和了许多。

楼千语一言不发地看着宋星河，她嫁给他三年，这是他第一次对她如此亲近。只是他的手势粗莽，好几次将她弄疼了，她紧皱眉头，默默地隐忍着。

包扎完毕之后，他看着她憔悴的脸，那张隐在烛光下的清丽容颜带着一丝小心翼翼的期待，睫毛微微抖动，如一只无措的小鸟。

他的心有了一丝动容，鬼使神差地端过桌子上的药汤喂到她嘴边：“喝了吧。”

楼千语知道宋星河是在可怜她，她耗了半条命换来的不过是宋星河的同情。

她苦笑，端过碗，把汤药喝得干干净净。

那天之后，宋星河偶尔会来看她。

她喜欢弹琴，画画。她的画里画满了雀鸟的各种形态，宋星河不小心瞥见过几回，并不知晓其寓意，只是有一次她抚琴的时候，他正好走到花架下，远远地，看见她身穿一身粉色璎裙，墨色的发用一枚发簪绾起，素淡的脸上挂着幽幽的哀愁，是极美的。

她在弹《倦鸟吟》，讲述的是一个女子日日在家门前等待丈夫归家的故事，那琴瑟的音律中饱含了凄婉的等待，如同国色天香的美酒，一饮入喉，万般滋味。

楼千语可以下地行走的那日，宋星河破天荒地约了她去湖边赏柳，小桃高兴地为她梳洗打扮，她感觉自己已许久没有这样好的心情了。

宋星河提前在门口等她，她慢慢地朝他走过去。

只是在他们推开宋家大门的一刹那，一个熟悉的身影猛地投入了宋星河的怀中，那人颤抖着娇小的身躯，像朵楚楚可怜的娇花，她梨花带雨地对宋星河哭泣："星河哥哥，救我。"

宋星河抱着她，仿佛抱着一块至臻的瑰宝，熟悉的怀抱和声音，这是他魂牵梦萦了三年的姑娘。

林湘儿，她出现了。

捌 · 『归来』

林湘儿是从柬凤族逃出来的，她说柬凤的王上性格暴戾古怪，常常对她非打即骂，加上那里地处漠北，常年风沙冰雪，她简直生不如死。

此次趁着王上出访别国，她带着一早备好的快马和银两一路偷跑回来。

她不敢回家，她若回家一定会被父亲送回去的，她思前想后只好来投奔宋星河。

她说这些的时候眼泪不停地滚落，即使狼狈的衣着也掩盖不了她那张芳华艳绝的容颜。

宋星河握紧林湘儿的手说："湘儿你放心，我一定会保护你的。"

他们的手交错在楼千语的面前，像是她画过的情深飞燕。

和亲的王妃私自逃跑并非小事，何况还偷住在自己府上，万一被人发现，这是多大的罪责，楼千语没有宋星河那么乐观。

果然不出几日，洛羽国的大街小巷就贴满了寻林湘儿的告示，若有见者，悬赏万金。

虽然宋星河将林湘儿藏得很好，可是纸终究包不住火，楼千语知道这事若是不解决，或许会引来灭顶之灾。

宋星河急忙忙地来找她，彼时她正站在他们初见的那个大厅门前。

檐下的春鸟夜归来，正在忙碌地寻找食物。

宋星河几乎是哀求地对她说：“千语，我不知道怎么办，你能不能帮帮我？”

“你要我怎么做？”

“我不知道……”他的手砸在院中的木桩上，“我不知道怎么帮她，可是她有求于我，我没有办法拒绝，我真的……不想再失去她了。”

他不想再失去她了，多么深情的一句话，却是对另一个女子的情意。

他的痛苦和挣扎落在楼千语的眼中，让她心寒又心痛。

她抬起头，在星光寥落的夜中看他，那个当年笑容灿烂的少年脸上沾染了无数风霜，而她也已经嫁给他四年了。

她伸出手，抚上了宋星河的俊颜，他并没有躲开，而是静静地站在原地任她抚摸。

她的手摸过他的眉毛，抚过他的额，摸过他脸上的每一寸肌肤，他还是那么好看，是自己初见时的那个丰神俊朗的样子。如若是以往，他早就避开了她的触碰，厌恶地走掉，可是如今他为了林湘儿来求她，不惜忍受她的触碰。

这么多年，她枕着一个地久天长的梦，以为岁月总会带她走到她想去的地方，原来都是不可能的。

“你放心，她会没事的。”良久之后，楼千语说道。

“你有什么办法？”宋星河追问。

楼千语没有回答，只是抬头看着夜行的鸟儿缓缓说道：“你说，等待这么苦，为何还要坚持呢？”

她没有等宋星河回答，慢步走到楼秀才的住所。

楼秀才正在饮“国色天香”，楼千语走到他的面前跪下，头狠狠地磕在地上，声音是笃定而决绝的：“父亲大人，求您帮我和林湘儿换脸。”

玖·『替死』

楼秀才并不是普通的秀才，他年轻时曾是灵巫百香婆门下最得意的门徒，制毒养蛊所有偏门样样精通，而他最擅长的便是换脸，将两个人的脸对换，只有一个人能活下来。

因为换脸他结下不少仇家，日日过着被人追杀的日子，直到遇到了他的妻子，从此金盆洗手，换了身份远离是非。

从他轻易地配出“国色天香”引子的那一天，楼千语便猜出了父亲的身份，她一直没有说破，是因为她感念父亲的奇术，让她得到了她想要的。

可是这些，现在看来，不过是镜花水月。

那个人不爱自己，无论她多么努力，都是一场空。

楼秀才看着心意已决的女儿，只问了她一句：“为了一个不爱你的人，值得吗？”

“值得。”楼千语想都没想便说了出来。

楼秀才知道自己再说什么都没有用，只能忍着心痛缓缓地点了点头。

楼千语命人把林湘儿打晕了带到父亲的住所，和她并排躺着，楼秀才的刀起起落落，她并没有感觉到疼痛。天明之时，她从床上起身，站在铜镜前看到了一张和林湘儿一样的脸。

她的生命只能维持一个时辰。可是林湘儿却可以顶着她的脸长久地活下去。

林湘儿惊诧地坐起来，楼千语捂住她几乎要尖叫的嘴：“从今以后，你就是我，你要代我在这宋府好好地同星河活下去。”

林湘儿还在惶恐中没有回过神，楼千语已经顶着这张脸走了出去，她带着一坛一年前酿下的“国色天香”一路走一路饮，赤着脚，仿若一个疯子。

待她走到尚书府门口的时候，她跪在尚书府门前，当着来来往往众人的面大声说道：“爹，女儿再也不想在東凤过那猪狗不如的生活了，女儿不求您的原谅，只求能死在您的面前。爹，请多保重！”

楼千语说完，在众人都没有反应过来的时候一头撞向了门口的石狮。

鲜红的血从她的额上汩汩地冒了出来，在倒地前宋星河冲到她的面前，一把将她揽入怀中。

“千语，你为何这么傻？你为何……”宋星河发抖着痛哭。

她用余下的力气用力地抱紧宋星河，那是她一直想做的事情，这么多年，她无数次都想像个普通的妻子那样肆无忌惮地扑到宋星河的怀里紧紧地拥住他。

可她到死，才有了这个权利。

“我要你……一辈子记得我……”

她那双如同鸟儿般无措忐忑的双眸闭了起来，而她的手，却始终握紧没有松开。

拾·『栖鸟默语』

楼千语死后，尸体被東凤的王上带回，王上气林湘儿让他受了奇耻大辱，将她的尸体吊在大漠的千年铁树上以示惩戒。

宋星河几经辗转来到東凤，在沙漠中找了整整七日才找到那棵铁树。

铁树如苍天般高耸，楼千语的身体像一根枯瘦的断木在风中摇曳。

宋星河抬起头，看到她的肉身已经被漠蚁啃食了大半，只是那吊在风中只剩半截残骨的手始终呈现一个握拳的姿势。

她累了倦了，却还是舍不得放开他的手。

宋星河心头一涩。

他蓦然想起某年冬天，他在院中闲逛，看到一个瘦弱的小丫头站在冷风中看燕子筑巢，她的眼神专注，执着而温柔。

他请她吃了一盒糕点，她的目光追随他绵延了整个冬季。

他突然明白她为何画了那么多关于飞燕的画，她一直如同画里的雀鸟，冬去秋来，始终守着自己的家，等着他回头看到她。

瑟瑟的春风中，成群的大雁成片飞过，春夏秋冬，又过去了一年。

可她到死都没有等到他回头。

栖鸟倦归迟，顾盼两相依。未闻天人语，星沉云水低。

暮雨良辰

烟波渺渺梦几度，良辰美景虚无数。

待到春时花开尽，暮雨相思离人误。

——《洛诗集》

『楔子』

师姐随师父云游九天初归之时，灵山刚下了一场青灰的雨。

我在煎一味草药，因为雨季潮湿，不易燃火，烟气熏得我满眼通红。

“小十二，你帮我鉴定鉴定，这是不是好玩意儿？”师姐将新得的宝贝放于我的眼前。

我自烟雾缭绕间抬头，眼前是一块水苍色的玉，以五彩丝带为绶，本是平凡无奇的一块玉，却因中间沁入一块血红，而显得妖冶夺目。

哪怕时隔五年，哪怕隔着厚重的烟雾，我还是一眼便认出那块玉是我及笄那年萧辰赠我的。

“这块玉佩师姐从何而来？”我强忍着内心的涌动问道。

“洛珠国的一个树妖升仙之前赠我的，说是替人保管了五年，我看你平素最爱玉，就想着带来给你玩玩。”

“那……这玉的主人呢？”我忍不住追问。

“说是萧大将军在五年前的大婚之夜与新娘子双双暴毙，死前唯一紧握手中的就是这块玉了，估摸着是哪个心上人所赠……哎……小十二，你跑什么呀……”

师姐后面的话我都听不见了，只是踏着灵云剑，拼命朝洛珠国的方向飞去。

“君子无故，玉不去身，萧大哥，这玉佩我会好好留着的。”

那是多早，又多好的良辰。

壹·『萧辰』

没有来灵山之前，我居住在洛珠国的都城。

我们陆氏三代皆为武将，与滇北萧氏共同镇守国家河山，到我父亲这一代，只有姑姑一人没有习武。

我的姑姑陆雨菲仅大我三岁，是祖父花甲之年的续弦所出，算是老来得女，甚是欢喜，不惜为她打破“陆家儿女皆习武，送战场”的誓言，珍宝似的娇宠着。

立马长枪，保家卫国的重担只肩负在我与父亲叔伯的身上。

自小，我便很羡慕姑姑。

我们同住一座府邸，分散在东西两个院落，中间是空旷的练武场。

平素里，姑姑喜欢出门观荷赏花，骑马听曲儿，而我不论暮鼓晨钟，都需手持长枪在校场上勤练武技，从不敢有一丝懈怠。

祖父说：“渺渺，等你长大了，一定要成为洛珠国最厉害的女将，超过萧家那小子。”

祖父口中所说的“萧家那小子”叫萧辰，是滇北萧大将军的独子，十五岁随父出征，孤身一人便取下了蛮夷首领的首级。国主大喜，封了他做少将军，成为洛珠国最年少的将军。

我从来没有想过要成为洛珠国最厉害的女将，更别说妄图超越萧辰了。

那时我与姑姑都没见过萧辰，她成日泡在广春楼的戏班听名伶唱戏，醉生梦死。而我被困在府邸的一方院落中，为陆氏一族绵延的荣耀不停地习武操练。

姑姑见我可怜，某日趁父亲去拜会友人之时，偷偷带我出府游玩。

那是我第一次出府，喧闹的集市，琳琅的饰物迷花了我的眼，最后我与姑姑驻足在一个卖炮仗的摊位前。

临近新年的日子，卖炮仗烟花的小贩不计其数。

“放出来好看吗？”我问姑姑。

“好看，不信你放一个。”姑姑随手拿起一枚彩色的炮仗递给我。

我初见这稀罕物，很是新奇，拿着火折就地点燃，可谁知那是一枚有问题的炮仗，刚点燃便发出“砰”的一声巨响。

集市因为这巨大的爆炸声喧哗成一片，而我被这近在尺咫的爆破吓得愣在原地，脸颊上的疼痛迅速蔓延开来。

姑姑吓得面色发青，手足无措。

萧辰那日恰巧骑马过市，他的红色马驹停在我面前，瞬间将我拉到马背上。我错愕地转过头，对上一双孤冷的清眸，微雨落在他雪白的袍服上，墨黑的长发高高束起，更衬得那眉梢间风姿凛凛。

他将我圈入怀中：“别怕，我带你去医馆。”

马停在城中鼎鼎有名的怀善堂医馆前，他仿若回到了自己家一般，先是把我安置在里屋，又旁若无人地去翻药柜。

一个模样俊俏的少年打来清水踱到我面前，一双凤眼极尽风流：“这小丫头模样倒是标致。”

“唐子轩，别打鬼主意。”他用力端过水盆，一脸阴沉地训斥，而后仔细地拿清水为我擦拭脸上的伤痕。

“你可真能忍，竟一滴泪都没流。”他轻轻为我涂上药膏说。

我不敢看他，只是垂着眸，紧紧地攥着衣角。

雨水落在窗棂外微微探头的芭蕉叶上，半开的木窗，传来叮叮咚咚的声响。那是我第一次希望时间可以走慢一些，这样难得的时刻，永远都不要结束。

“你这登徒子，光天化日之下敢抢我侄女……”尾随而至的姑姑不顾一切地冲上前，张牙舞爪地就往萧辰身上扑去。

可惜她还没碰到他一根手指，就被萧辰一把制住，完全动弹不得。

“放开我！你这个色胚，我们陆家的姑娘你也敢动……”姑姑永远是个不服输的主儿，已经处于下风了还要逞口舌之快。

萧辰无奈地偏头看向我说：“丫头，你说。”

我站起身解释：“姑姑，你误会了，这位公子是带我来医馆看伤的。”我把涂完药包扎好的脸给姑姑看，姑姑这才知道是自己误会了好人，顿时脸色有些挂不住。

“你是陆雨菲？”他蓦然问道。

“你怎么知道我的名字？”

“陆氏一族，唯有一人不会武功。”他始终阴沉的眸中露出一丝光亮，“在下，萧辰。”

一阵疾风吹过，半开的木窗狠狠地阖上，雨水顺着芭蕉飞溅到我的臂上，冰凉而刺骨。

贰·『过往』

长久以来，我对这位名满洛珠国的少将军都没有起过好奇之心，仅仅是因为，他还有另外一重身份——姑姑那素未谋面的未婚夫。

这是一年前在华阳殿前国主指的婚事，国主一直想修两家之好，故得媒妁之计。

陆萧两家三代较劲，没承想到了这一代被一桩婚事逼得不得不偃旗息鼓，祖父很是不服，却又无可奈何，所以一直压着这桩婚事，希望能有所转机。

那日之后，萧辰开始频繁出入陆府。他说唐子轩的药旁人不懂药性与手法，怕我脸上留下什么疤痕。

其实我知道，他的醉翁之意是在姑姑身上，亲自帮我换药不过是来府上的说辞。

我脸上的伤好了之后，祖父看着我毫无疤痕的脸，终于冰释了对萧家的嫌隙，并默许了萧辰与姑姑私下相约。

有了这层默许，萧辰便成了陆府的常客。他虽性子孤冷却颇信缘分，认为圣上赐婚是缘，与姑姑偶遇是缘，他们两个是上天注定的姻缘，他虽从不将爱意挂在嘴边，我却看得真切。

在我与他相识的两年中，他总会将最好的东西都奉于姑姑的面前，圣上御赐的轩羽剑，洛烟国珍稀的翡翠夜明珠，灵山上的千年灵芝，他像一个献宝的少年笨拙地对姑姑说："小物件，送你玩玩。"

姑姑转手便将那些玩意儿丢给我，然后兴致勃勃地去拨弄她的水钻头面。

姑姑对宝剑和明珠从来没有兴趣，包括对萧辰给予的爱。她爱唱戏，爱青衣脸上的油彩，我们所有人权当她是图新贪玩，没有人在意她的心之所归。

对我来说，萧辰的到来，让我枯燥乏味的习武生活多了一丝调味。

他会下武场教我练枪法，带我去虎骑营看士兵操练。

他平日里少言寡语，只有在说兵法阵仗的时候会口若悬河，姑姑在一旁听得直打哈欠，萧辰顿时兴致阑珊，我往姑姑嘴中丢一块饴糖："姑姑，认真听萧大哥讲兵法嘛。"

姑姑吃着饴糖，毫不避忌地说："行军打仗实在无趣。"

从虎骑营回府的路上，姑姑随便找了个由头就跑去广春楼听曲，萧辰与我坐在怀善堂门前的柳树下，河的对岸是广春楼的朱漆招牌。

萧辰迎着悠悠暮光问我："小丫头，我说的内容真的这般无趣吗？"

"不不，有趣得紧，我喜欢听。"像是怕他伤心，我赶忙接话。

"你姑姑若有你一半有心，也便够了。"萧辰喟叹一声，"等一个姑娘爱上自己，到底要等多久？"

我不知道要如何回答他，等一个不爱自己的人爱上自己，这样漫长而无望的感觉，没有人比我更懂。

我们并肩坐在三月的微雨中，两岸杨柳依依，对岸清歌水榭，我自湖水中看到我与他的倒影，十五岁的我，已不再是初见他时那个瘦弱的小丫头了，可我在他面前，仿佛永远都只是初次见他时的那个自卑而拘谨的小姑娘。

我小心翼翼地存放好自己那一点点不足对外人道的心事，安慰着自己，它会随着萧辰与姑姑的成婚一点点淡去，消逝在时光中。

叁·『逃婚』

萧辰与姑姑的婚事定在庆宝四十三年的寒冬。

长长的贺礼摆满了整个院子，整日沉闷的府上因为要办喜事而变得热闹起来。

我拿着水磨桃木梳在铜镜前梳妆，姑姑难得没有出门，恹恹地倚在翡翠屏风上望着窗外。

那是我第一次见到姑姑有如此忧愁的表情，秋水般的双眸失去了往日的光泽，死寂得看不到一丝光亮。

我叫了她好几声，她才回过神来，缓步走到我的面前，沉沉地对我说："渺渺，如若姑姑不在了，你定要替姑姑好好照顾你祖父。"

"姑姑要去哪里？"

"姑姑只是随口说说。"她拍拍我的肩，走了出去。

我嗅出了不寻常的气味，却又不知因由，夜里辗转难眠，最终还是走了出去。

我看到姑姑带着包袱与一名青衣男子在后门相拥，姑姑的脸上有轻快幸福的笑意，一扫白日的忧愁。

那一刻我幡然明白，姑姑喜欢上了别人，现在正要与那人私奔，我若此时大喊，姑姑必定跑不掉。可是我想起了萧辰，想到他就算得到了姑姑，也只是一个不爱他的姑娘。

心里有一个声音在说，别喊，为了萧辰，别喊。

我眼见着姑姑与那人消失在乌沉的夜色中，终是没有喊出来。

次日姑姑不见的消息不胫而走，一同消失的还有广春楼的名角江兰生，有人见他们乘一艘小船连夜离开，派人寻过去的时候，连人影都没有了。

有人说姑姑与那江兰生在戏园相识，早已暗通款曲。祖父气得大病在床，直恼自己平素对姑姑太过溺爱，才让她犯下如此大错。

洛珠国发生了此等大事，圣上大为震怒，父亲背上荆条在朝堂上代妹领罪。萧大将军怒火中烧，好在被萧辰劝了下来，才没有追究此事。

此番闹剧传得都城街知巷闻，陆萧两家颜面扫地，特别是萧辰，当朝最英俊年少的将军竟遭他人逃婚，简直是奇耻大辱。

姑姑走后，萧辰再也没有在陆府出现过，听闻萧辰并未因此意志消沉，反而更加频繁地出入军营。人们都说大丈夫何患无妻，何况是年少英俊的少将军，多的是才貌双全的女子趋之若鹜。

我几次三番想要去看他，每次走到萧府的门口，却迟迟不敢进去。一是陆萧两家如今已经彻底决裂，二是我对萧辰始终怀有愧疚。

我时常坐在怀善堂门前的柳树下看着对岸，临近寒秋的微雨中，我总恍惚地忆起两年前的初识，萧辰带我打桥上而过，耳边是萧萧风声，细雨落在眉睫，美好得仿佛是我做过的一个梦。

再见到萧辰，是半年后我的及笄礼，我亦刚刚考进了军营。

烦琐无趣的礼节结束后，我将成为随父从军的女将。伺候我的四喜说有个俊俏的公子在门口等我，我走到门口，看到名震都城的风流名医唐子轩手拎一枚水苍色的玉佩："小丫头，这是萧辰让我拿给你的。"

"萧大哥呢？"我许久没听到萧辰的名字，有些激动。

"现在应该在醉仙居喝酒吧。"

我攥着玉佩往醉仙居的方向跑去，浑然忘记自己的鞋子在早上练功的时候磨破了。刚下过雨的地面极湿，雨水透过鞋子的破洞钻到脚底，有些冰冷。

我到的时候萧辰已经喝得有些许醉意，还是那套素白的袍服，英挺的眉眼，整个人似乎都沉在时光的碎影里。有陪酒的姑娘过去扶他，我上前一把将她推开，力气大得连自己都感到吃惊。

那陪酒的姑娘倒退三步笑道："这小姑娘凶得一副要吃人的样子，难怪你家相公要出来喝酒解闷。"

我闷不吭声地去扶萧辰，他微微抬眼，一双醉眼迷蒙地看向我，一把将我揽在怀中。这是他第二次抱我，与第一次不同，这个拥抱炙热而深情，他呢喃地喊了一句："菲儿。"

我的心里默默一怔，艰涩地说："萧大哥，我是渺渺。"

酒馆外的风吹过他的脸颊，他褪去了几分酒意，发现认错了人，慌忙松开我，抱歉地说：“小丫头，萧大哥失礼了。”

“没事。”我摇头。假装若无其事地扶他出了酒馆。

“你怎么来了？”他在酒馆门口问道。

“我来谢谢萧大哥的玉佩。”

“我让子轩拿去给你就是不想你麻烦。”他恢复平日里长辈的样子，低头看到我的脚，“谁让你不换鞋就跑出来的，还淋着雨？也不怕生病！”他伸手帮我擦去发梢上的雨水，絮絮叨叨得像个长辈一般。

尽管这样的关怀并不是出于爱，我心里还是一扫刚才的阴霾。

“我又不是什么娇贵的千金小姐，这点小雨不算什么。”

萧辰坚持买了把油纸伞撑在我的头顶，我们在街市上并肩行走，小雨落在伞顶，融合在集市杂乱的叫卖声中，有种悠然的错落。

我们都不是善言的人，可是很奇怪，只要和萧辰在一起，哪怕一句话也不说，我也觉得每一刻的时光都万分美好。

到府门口的时候，我看着他说：“萧大哥，这玉佩我很喜欢。”

他踌躇了片刻：“这玉佩是你姑姑半年前陪我去选的，之前差点想将它丢掉……”他的目光在提到姑姑的瞬间黯淡了下去，后面的话迟迟没有说出口。

“君子无故，玉不去身。萧大哥，我会好好留着的。”

“渺渺，你永远都这么懂事。”他看着我的目光就像看待一个孩子一般。

萧辰把伞一并留给我，踏着潇潇暮雨离去，青灰的天空下他的背影有种萧索的苍凉。我紧紧地攥着他给我的玉佩，掌心中仿若长满了怀着心事的藤蔓，一点点地爬至我的心底。

肆·『变故』

庆宝四十四年，洛珠国新帝登基，我和父亲被派到洛珠国的西北边境抵御洛海国的进犯。

萧辰作为使臣护送蝶安公主和亲洛烟国，临别之际他来送我，亲自帮我戴上盔甲：“小丫头，我相信你能成为洛珠国最英勇的女将军。”

西北环境恶劣，战争比我想象中还要可怕，每天都有人在我面前死去，我除了要治疗身上的伤口外，还要忍受心底的煎熬，可是我知如今经历的这些都是我必须要面对的。

这场战争长达一年之久，将士死伤无数，我军死守玉门关，仗着地势才勉强将洛海国的大军逼回了大本营。

父亲疲惫地回到都城禀明详情，却被人五花大绑送到殿前，国主拿着一封私下签订的盟约丢到父亲面前，盟约上书：父亲以助洛海国国主赢得战争为筹码换来三座黄金位置的城池。

上面有父亲的亲笔签名与私章，无人知晓国主是从何处得来的这份盟书，一切看上去似乎铁证如山，罪证凿凿。新主年轻气盛，唯恐得来不易的江山有丝毫动摇，也不查明真相就草草地将父亲定了罪。

通敌叛国是诛九族的大罪，祖父得知后病情加重，当日便吐血而亡。我拜会父亲在朝中平日交好的官员，均对我闭门不见，走投无路之下，我只好长跪在宫门前。

我不懂，我们陆家三代以血肉之躯保卫洛珠江山，在政治权位面前竟如此轻易地便成了牺牲品，这是一个怎样无情的世道？

行刑那日，天空下着瓢泼大雨，我披散着长发，白色的囚服加身，父亲望着滔滔雨水，仰天长啸，他半生戎马，最后却落得如此下场，怎不叫人心寒？

我死死地咬住唇，咸腥的味道在口中蔓延。萧辰带着免死金牌赶到法场将我救下。我看着一众亲人一个个死在我的面前，血水染红了一地，浸透了我的双目，若不是萧辰拉住我，我定会冲上去与他们死在一起。

我忍不住地发抖，萧辰抱着我，宽大的手抚摸过我的头：“小丫头，哭吧。别忍着。”

从小吃尽苦头我没哭，在战场上差点没命我没哭，眼看着亲人死在我面前我没哭，可是在萧辰的怀里我却纵情地哭出声来。

我没能成为萧辰口中最英勇的女将军，做女将军太苦太累，我只愿做萧辰怀里一个柔弱无助的小丫头，永远不要长大。

伍·『怜惜』

新帝封了旧居的宅院，陆府从此在都城消亡了。

我离开居住了十六年的家，萧辰骑马来接我，他把我抱上马背，温柔地把我圈在怀中。我本是戴罪之身，所有人都避之不及，只有萧辰不顾众人的目光，将我安置在身旁。

萧大将军并不欢迎我的到来，整个将军府上下没有一个人欢迎我。萧辰不在的时候，丫鬟就给我吃馊冷的饭菜，我把那些饭菜全数吃进肚子，并不知晓那是什么味道。

失去了亲人，失去了家，我就像个孤魂野鬼，萧辰待我再好又如何，我深知他对我没有爱，他只是看我可怜才收留我的。

我长期不言语，看到兵刃和盔甲，听到下雨和打雷，都会疯了似的叫喊。

府中上下都说萧辰养了一个疯子，萧大将军几次三番让萧辰将我送走，萧辰不同意，为此与他父亲争吵了数次。

因为长期吃馊饭，我生了一场大病，唐子轩来看我的时候，揭穿了丫鬟平日里对我的虐待，萧辰痛心地说："丫头，萧大哥没有照顾好你。"

我只是呆呆地望着萧辰不出声。

萧辰向国主告了长假，开始日日陪在我的身旁，亲自照顾我的饮食起居。他知我喜欢柳树，便在我居住的院中种下一株，推开窗就能瞧见，他说："小丫头，等到来年开春，这棵柳树苗就能长出葱翠的嫩芽了。"他的额上因为种柳而渗出汗珠，一张俊颜在阳光下显得有些不真实。

我曾幻想过无数次萧辰陪在我身边的场景，却没有想过会是在我最狼狈可悲的时刻。

我宁可战死沙场，至少他会记得我的英勇，而不是看到我满门覆灭，孤苦无依的模样。

怜悯的迁就让人更加心生绝望。

那夜萧辰去为太子贺寿，我在房中剪一盆紫竹，听到两个打扫的丫鬟在窃窃私语。

"也不知道那疯子有什么好，少将军当宝一样地疼。"

“还不是因为长了一张和她姑姑七分相似的脸，也就是个替代品而已。”

我用力地推开窗，这院中的一草一木都是萧辰为我所建，完全按照陆府院中的格局布置，只是没有了校场，没有了鹰枪长剑。

天黑时分电闪雷鸣，我拼命地捂着耳朵，把自己埋在软枕中。我似乎又看到了那个下雨天的刑场，亲人们的头一颗一颗地落在地上，我拿起剪刀，用力往自己的手腕上划去，一刀一刀。

“小丫头，你在做什么？”萧辰一把抓过剪刀丢在地上。

“我不要你的同情，不要你的怜悯。”我对萧辰喊道，“是我们陆家亏欠了你，你不需要以德报怨，我算什么？我只不过是一个疯子，家破人亡的疯子而已。”

“你的手在流血。”萧辰也不恼，冷静地看我发脾气，熟练地从房中拿出纱布和药膏。

“我知道你对我好只是因为我长得像我姑姑，你从我身上可以看到她的影子，你养一个替代品在身边有何意义？我现在什么都没有，有的只是一副躯体，你若想要就尽管拿去。”我开始扒身上的衣服，像个真正的疯子，我就是要他生气，要他厌恶，要他将我赶走，我不要他这样陪在我身边事事迁就，仅是因为怜悯。

萧辰一时间有些错愕，伸手点住了我的穴道让我动弹不得。

屋里恢复了死寂，他叹了口气把我抱到床上，边为我上药边说：“骂吧骂吧，骂完心里就舒服了。”他的气息拂在我的手臂上，“你这丫头，从小就能忍，被炮仗炸到脸没喊一声，被敌人的长剑刺穿没喊一声，现在喊喊也是好的。”

他细细地为我包扎，“我们从出生的那一刻似乎就没有了喊疼的权利，老天从来没有给我们选择的机会，我多希望你像一般的姑娘家那样，想哭就哭，想笑就笑，至少你是开心快乐的。”

我看着萧辰的脸在我面前放大，他平日里飒飒风姿的俊颜因为照顾我而显得分外倦怠，可是他眸中闪着的关心却是真真切切的。

他走之前为我盖好被子，黑色的眸子看向我，“小丫头睡吧，我明日要出趟门。”

我看着他的身影自窗棂外越走越远，最后消失成一个点。屋中燃着一盏翡翠长明灯，萧辰知我怕黑，特意放在我的屋中，微弱的光，却柔和温暖。

陆·『凰城剿匪』

萧辰此次出行是帮西陲一个叫素贞的部落剿灭漠匪，素贞族盛产丝绸，常年将上好的丝绸玉器上供洛珠。他们生活在大漠之中，近年总遇盗匪抢劫，数次出兵围剿无效，因此只好求助国主。

国主让萧辰去肃清漠匪，本不是什么大事，只是漠匪的老巢在沙漠中，洛珠国的士兵擅长于平原丘陵作战，一入沙漠几乎举步维艰。

萧辰去了半月，杳无音信，我愈发地担心，找来素贞的地形图仔细研究，又去马场选了一匹上好的白玉良驹，直奔素贞附近的凰城而去。

我在凰城里打听了洛珠部队的消息，听说萧辰一行人被困在石窟之内，那里断草断粮，也无人敢进去。我托人送信回洛珠，让国主派兵支援，自己趁着夜色潜入漠匪的老巢，他们正在大肆庆祝，我拿出准备好的迷药下到他们的酒水中。

疏于防范的漠匪很快便倒成了一片，我开始一个一个石窟地寻找萧辰，凰城石窟成百上千，我从夜里找到天亮，鞋中早已灌满了沙子。长期幽闭以致体虚，再加上一夜滴水未进，我逐渐体力不支，好在待我找到第八十七个石窟的时候，终于看到了萧辰那双眼睛。

我徒手将封住石窟的岩石撬开，岩石巨大坚硬，全部撬开后，我的手早已鲜血淋漓，萧辰在看到我的一瞬，眼中露出难以置信的光芒。

我陪他坐在石窟里等待援兵，沿路我早已做下记号好让援兵找到此处，他帮我包扎着手上的伤口，问道："小丫头，你怎么来了？"

"我担心你。"

"怕我死了，以后就没有人任你打骂了吧？"他难得有心思说笑。

我们等到天黑，援兵还是没有到，我和萧辰都饿得头晕眼花，迷迷糊糊间我似乎听到萧辰低声问我："小丫头，你此生可有什么遗憾的事情？"

为了缓解气氛，我说："我还没嫁人呢。"

他宽大的手掌抚摸过我的发髻，声音温柔而笃定：“若我没死，回去便娶你。”

那一刻我觉得就算我死在这个大漠之中，此生也算没有遗憾了。

柒 ·『姑姑回来』

我们没有死，援兵当夜赶到了石窟，将我们救回洛珠。

他们根据我留下的记号，顺利剿灭了所有的漠匪。

回程的马车上，我疲累地靠在萧辰的肩上，他不动声色地将我揽在怀中，我抬眼看向他，他也正在看我，那样灼热的目光直直落进我的眼中，不再是平素里对待孩童的怜爱。

仿佛有什么悄悄地变得不一样了。

这一次剿匪的事情被新主所知，作为嘉奖，他赦免了我陆家遗孤的罪责，并将老宅归还与我。

我不再习武练枪，而是像个平凡女子那般学习琴棋书画，绣的鸳鸯看不出样子，弹的琴连鸟都会被吓走，沾了一手墨，画纸上的图案却依旧丑陋。我很沮丧，萧辰却全不介意，直夸好看。

他带我去郊外骑马，去集市闲逛，去怀善堂帮忙。

我喜欢与他同坐在柳树下看船只漫漫，红色灯笼挂在船头，三三两两的人，一路逶迤在水色中。

萧辰买来好吃的糕点，配上一小壶桑提酒，与我对饮，细水流年仿佛就这样一点点从我的眼前掠过。

我不确定他对我的喜爱是因为我像姑姑，还是怜惜我孤苦无依，更何况我如今的身份，与萧辰根本不匹配。

萧辰与我的年龄渐渐大了起来，在都城像我们这般大的男女鲜少有未婚配的，他从未与我提过那晚在凰城的诺言，那太像一场梦，让人不敢相信。

媒人几乎踏破了将军府的门槛，有次我刚走出院中，便看到一个貌美如花的姑娘缠着萧辰说笑，我手里新栽种的盆栽掉在地上，转身跑开，萧辰跟在我身后追了一路，最后在桥下将我一把拽住。

“你去和你的千金小姐玩啊，追我做什么？”我赌气。

“我又不喜欢她，你吃哪门子醋？”他眼含笑意地看着我。

“你喜欢谁，与我何干？”我踢着脚下的碎石。

“你真不想知道我喜欢的是谁？”他低下头来。

“我……我才不……”

“渺渺。”一道熟悉的声音从我的身后响起，那声音我已经许多年没有听到过了，可我还是一下子就听出那是姑姑的声音。

我和萧辰顺着声音传来的方向看去，喧闹的集市中，姑姑一身褴褛地站在人群中。

她走到我面前一把将我抱住：“渺渺，姑姑好想你。”

捌 · 『惜别』

没有人会想到，姑姑在离开四年后居然会再次回到都城。

她安静地吃着饭菜，只字不提这四年所发生的事情。然而，只看她满身的伤痕和沧桑的面容，我便知道她过得不好。

姑姑回来之后，萧辰与我不再如从前那般亲近。好几次我碰到他和姑姑在私下说些什么，姑姑声音凄婉，满脸是泪，像是在诉说着心事。

有次萧辰看见我走近，蓦然止住了正与姑姑说的话，似乎生怕被我听到。

我心生凉意，为萧辰对我的戒备与警惕。

萧辰许久没有带我去骑马，喝酒，赏柳了。他军中事务繁忙，闲暇的时间又多数与姑姑在一起，萧府上下流言四起，说萧辰还是对姑姑旧情难忘，这么多年未娶妻也是在等她。

我听了心中苦涩，却也不敢去问。

可是我心中还是渴望萧辰可以来找我，我渴望他同我讲：小丫头，我心里的那个人是你。

只可惜这一切都只是我的幻想，我日复一日地等待，等来的却是他对我说：“小丫头，我要和你姑姑成婚了。”

彼时他站在院中的柳树下，眼中有淡淡的哀伤，深邃的眸中像是染上了一层雾气。

我正在树下埋一壶桑提酒，虽然我早已做好准备，可是当我亲耳听到的时候，心中还是会有深深的刺痛感。我深吸了一口气站起身，迎着日光看向我爱了许多年的男子。

“恭喜你萧大哥，你终于得偿所愿了。”我努力展露出笑容，“前几天我遇到了一个仙人，他说我有慧根，要带我去灵山修仙，这几日就要走，怕是喝不了你的喜酒了。”

“你还会回来吗？”

“待你儿孙满堂，我再回来为你庆贺。”

我笑了，假装笑得很开心，可是萧辰却没有笑，他要娶妻了，难过的应该是我，可是我对上他的目光，那里面似乎装着沉重的伤痛。

萧辰成婚那天，我独自离开了萧府，喧天的锣鼓，喧闹的宾客，与我都没有任何关系。

我牵着马走在都城的大街小巷，路过怀善堂的时候，天空下起了绵绵细雨。

我和萧辰经常并肩而坐的那棵柳树已经长出了新嫩的绿叶，细雨落在上面，像凄清的眼泪。

我将身上的那枚玉佩埋在柳树下，我曾对萧辰说过，“君子无故，玉不去身。”

从此以后，玉不在身，往事尘封，我希望他就当我已死了。

玖·『良辰不待』

离开洛珠国之后，我不远万里来到灵山拜师，师父见我心无挂碍，便收我为座下弟子。

九天之上蜃楼天宫，九天之下十国凡境，我再也没有理会过。

我想只要时间足够漫长，我便会将萧辰忘记，将那些喜欢他的过往忘记。

若不是师姐带来这块玉佩，我不会知道萧辰已经死了。

我回到了都城，怀善堂大门紧闭，唐子轩不知所踪，只有门前的柳树留下枯败的枝丫。

树仙用追溯术将当年的事情留在这棵枯树里，我念法将封印打开。

我看到了许多我不知道的事情：当年姑姑听说陆家出事，几经辗转才找到了幕后元凶，就是萧辰的父亲，他对姑姑让萧家蒙羞这件事始终怀恨在心，趁着新主登基，故意陷害陆家。萧辰救下我将我收养在府中，只是想替他的父亲弥补我的伤痛。姑姑知晓了一切要回来报仇，却念萧辰这么多年对我诸多照顾，最终答应他代父受罚。他以大婚逼我离开，却死在了大婚的当晚。

追溯幻境回到了我离去的那天，萧辰跟着我走遍了半个都城，最后将我埋在树下的玉佩挖了出来。他死前躺在我前院中的柳树下，将那枚玉佩在胸前，苍白的脸上始终挂着微笑，望着柳树上的光影道："傻丫头，我喜欢的人是你啊。"

我想起萧辰曾在柳树下与我同饮桑提酒，那时良辰尚好，风疏云淡。

我买了一枚炮仗点燃，恍惚间仿佛看到有人骑马过市，微雨落在他雪白的袍服上，墨黑的长发高高束起，更衬得那眉间风姿凛凛。

他对我说："别怕，我带你去医馆。"

那是我一生中，最早又最好的良辰。

灯花影路

提花月影两相依，束淮笙歌唱今夕。
不问世间俗尘事，只愿幽幽渡佳期。
——《洛诗集》

壹·『恩人到来』

叶老爷拿着娘亲的羽毛来到九重陵的时候，恰巧是我一千岁生辰之际。

承蒙南西天的元音佛主点化，我得了不错的人形样貌，准备次日便前往天罗幻境学仙术。

不承想，当晚叶老爷带着叶楚陌的出现，打破了我的计划。

叶老爷于二十年前在山林间救下被猎人射伤的娘亲，对她好生照顾，娘亲病好后给了叶老爷一片羽毛，并许下承诺，若以后有需要帮忙的地方，可拿着羽毛入梦来寻她。

适逢夜晚，正福宫灯火通明，蝙蝠一族向来昼伏夜出，叶老爷来得正是时候。

他跪倒在娘亲面前，老泪纵横地说："神女，我是实在没有办法才来求你的，我近来身体虚弱，自知已病入膏肓。我不求长命百岁，只求神女能在我去了之后帮助小儿楚陌，让他不受人欺凌。我也算去得安心了。”

娘亲慌忙扶起他：“叶老爷严重了，二十年前你救我于危难之中，若没有你，我早就被猎人射杀在山林中了。你且放心，我定会帮叶公子，保他平安。”

透过九重陵黑压压的瘴气，我看了一眼叶老爷身后的叶楚陌，他眉目清秀，绝尘出世的模样，倒是让我这个一千年都没有妖灵上门提亲的老姑娘看得有些心潮澎湃。

他似乎察觉到了我在瞧他，墨玉般的双眸朝我望过来，扬起一个笑脸，痴痴地说：“爹，这个姑娘好漂亮，我要她做我的娘子。”

我被叶楚陌这么明目张胆的话惊出一身冷汗，不是说凡间的男子都颇为含蓄吗？这叶楚陌也忒胆大了吧。

叶老爷一把拉过叶楚陌，对我们抱起双拳略带歉意道：“痴傻小儿，让神女见笑了。”

贰·『下凡报恩』

叶楚陌是个傻子。

在去叶家的路上，我都不敢相信这个事实。

俊美得比帝君家的美男九子都毫不逊色的叶楚陌，怎么会是个傻子？

可见女娲娘娘在造人的时候也是公平的，她给了你好看的样貌，必定要给你配个愚蠢的头脑。

叶楚陌在天快亮的时候离去，走之前还不忘到我面前依依不舍地念叨：“娘子，我会想你的。”还硬将一块玉佩往我手里塞。

真真把我憋出一口老血。

可是娘亲根本不管我同不同意，自顾自地给我收拾了行李，火速打包完毕，把我按在车上，与我一同前往洛灯国。

我哀怨地望着身旁悠然自得的娘亲，好想问一句：“我到底是不是你亲生的？”

洛灯国，在洛天大陆的南方，束淮十里，船只漫漫，是一个依水而居的水乡之国。

叶家是洛灯国出了名的制灯笼大户，几十年前的一场灯笼大赛，叶家老太爷的一盏翡翠景画纱灯，在夜里宛若美人轻舞。如此妙笔神迹，受到了当时在位的景文帝的赞赏，御笔亲封叶家为制作皇宫灯笼的专属作坊。

叶家老太爷在二十年前仙逝，将灯笼坊传给长子也就是如今的叶老爷，只可惜叶老爷只有叶楚陌这么一个傻儿子，虽自小教得他一手妙笔丹青，到如今却也不知道如何制作灯笼。

叶府在花影巷一条曲径通幽的小径深处。

我坐在堆满嫁妆的马车上，有些兴致缺缺。因为心情欠佳，特意穿了一身黑纱长裙。

当我和娘亲来到叶府的时候，却发现叶府门口挂着白色的竹篾灯，气派肃穆的府邸一派死气沉沉。我靠在门上，用天眼看了看府内的情形。

叶楚陌一身缟素，跪在灵堂内，哭得涕泗横流惨不忍睹，摆明是一副老爹挂掉的样子。

“娘，叶老爷去了，我看我们这婚事就算了……”我拔腿想跑，娘亲一个健步把我拽了回来，“算什么算？叶老爷去了，你更应该嫁进来！”

我正在门口和娘亲死磕，内堂吵吵嚷嚷地突然涌出来一帮子人，为首的一位上了年纪的老者对着叶楚陌说：“把账房钥匙和作坊的印鉴交出来！你一个傻子什么都不会，我们成元坊交到你手上岂不是要完蛋了！”

“没错，楚陌，快把东西交给你二叔。”老者旁边的一名妇人也步步紧逼。

“不行，爹说了东西谁都不能给。”叶楚陌死死地捂住腰间。

一行人看到了作势要去抢，叶楚陌不肯就范，几下就被他们按倒在地上。

看到这情形，一股正义之情油然而生，我立刻推门进去，大喊了一声：“住手！”

喧哗一片的内堂顿时安静了下来，带头的长者皱眉冲我喊道：“哪里来的小丫头片子，敢管我们叶家的事情？”

叶楚陌看见我，又惊又喜地喊道：“娘子，他们要抢爹的东西。”

一声“娘子”唤出，全厅堂的人都静了下来。若不是有这么多双眼睛看着，我真想给叶楚陌两拳让他闭嘴。

娘亲在此刻上前，对众人解释：“在下傅氏，叶老爷半月前已来我府上为叶公子和小女定了婚事，我今日特意将小女送来完婚，没想到叶老爷去得这么突然。”

“在下是楚陌的二叔。”那老者似是不信，从上到下将我与娘亲打量了一番，“我怎么没听我大哥提起过这门婚事，你们莫不是来叶家骗家产的贼母女吧？”

“贼母女？”我冷笑一声，九重陵帝姬，还需要到叶家做贼？

我从怀里拿出叶楚陌赠我的玉佩：“这是叶公子赠我的信物，上面还刻着叶老爷的亲笔题字，怎作得了假？倒是你们，叶老爷尸骨未寒，你们就想谋夺叶家家产，还逼得我相公负伤。”

我三两步走到叶楚陌跟前，将他一把拉到我的身后，凌厉的目光扫过众人：“若是告到官府，我家相公这浑身的伤，怕是你们就算有百张嘴，也解释不清吧？”

“好一个伶牙俐齿的丫头。”老者面色上有了明显的怒意，“今日大哥下葬我不与你计较，过几日再来找你算账！”。

灵堂恢复了安静，叶楚陌睁着一双无害的眼睛看着我，我与他四目相接，他突然扑倒在我怀中大哭：“娘子，爹死了，爹死了。”

我无奈地摊手，对于一个出生就没见过爹的蝙蝠来说，实在无法理解没有爹的痛苦。

娘在我耳边柔声说道:“你看楚陌多可怜啊,你先留下来,娘去灵山走一趟,看能不能求得仙药治他的痴傻病。”

我还没来得及开口，娘已经飞身离去，那飞行速度，我真是见所未见。

叁·『同情心真的会害死人』

同情心和正义感有时候真的会害死人。

特别是叶楚陌这种长得出尘绝世，一脸无害却分分钟能置你于暴躁边缘的美少年。

叶楚陌总是“娘子”前“娘子”后地叫我，一天之内全府上下都知道我傅飘飘是他的娘子了，见到我都恭敬地喊：“少夫人好。”

他寸步不离地跟着我，我走到哪儿他跟到哪儿，一身白衣，一脸出尘，一双黑曜石般明亮的眼睛闪闪发亮，看得我汗毛直立。

我在夜里跑到后院的池中生吃红鲤，被叶楚陌撞了个正着，他惊奇地问我：“娘子，你为什么要吃生鱼？”

我只好骗他：“我生了一种怪病，不吃生鱼便会死掉。”自那之后，叶楚陌便在房里养了一鱼缸的红鲤鱼给我“治病”。

在叶家住了几日，我已经被这些恐怖的凡人逼到崩溃。

可是我知道我不能在此刻弃叶楚陌而去，我在这儿的几日，发现叶楚陌全身上下都是瘀青，管家告诉我，这些都是在叶老爷去世之后被二老爷虐打留下的伤痕。

二老爷一直不满大老爷继承了灯笼坊，这么多年来一直在打灯笼坊的主意。叶楚陌也并非生下来就痴傻，而是在十岁那年掉到河里被救起后才变成了一个傻子。

叶楚陌自幼画得一手好丹青，即使是痴傻之后，这丹青的功夫非但没有减弱，反而更加炉火纯青。特别是在灯笼纸上作画，制成的灯笼图案在夜里似乎能看到人影晃动，栩栩如生。只可惜他只会画画，对制灯笼一窍不通，若没有旁人帮忙，这灯笼坊的未来的确堪忧。

我看着叶楚陌满身青紫的伤痕，想起他无父无母的身世，恻隐之心让我最终留了下来。

二老爷在七日后再度带着族长气势汹汹地找上门。原因是他发现我开始在灯笼坊走动，学习制作灯笼之法。

他一进门就指着我说：“就是她，一个来历不明的女人凭什么进出我们成元坊？”

“飘飘不是来历不明的女人，她是我娘子。”叶楚陌挡在我身前，护住我的样子颇有些可爱。

我淡淡地笑道：“二老爷此言差矣，我乃叶家长媳，进出成元坊是理所应当。”

“这成元灯笼坊自祖辈留下至今已上百年，如今大哥将它交到一个傻子手里，我们就只能看着百年基业毁于一旦啊。”

“二老爷凭什么觉得成元坊交到我相公手里就会毁于一旦？”我看了他一眼。

“你个死丫头，生得一张利嘴。”二夫人眼看着就要扑上来，叶楚陌用力地把她推开，“不许欺负我娘子。”

二夫人被叶楚陌狠狠一推，跌倒在地上，立刻大声哭闹起来。

族长在人群中威严地发话：“好了，大家稍安勿躁。”二夫人闻言立刻噤声。

族长继续道：“既然傅姑娘是叶老爷选的媳妇，应该是有些能耐的。下月初八就是进宫送灯的日子，你若能做出让皇上满意的骨瓷灯来，这叶家就交给叶大少爷打理，若是做不出，还请姑娘交出账房钥匙和印鉴。”

“做就做，不就是一盏灯吗？”我欣然应允。

“对，我家飘飘什么都会做。”叶楚陌也不忘在旁边捧场。

“既然如此，就这么定了。”族长与二老爷相视一笑，有种得逞的诡秘样儿。

他们走后，老管家从一旁走到我面前，颤抖着说：“少夫人，这骨瓷灯自洛灯国开国以来，就无人制出来过，你怎能就这样轻易地答应了啊。”

“你刚刚为什么不说？”我大吃一惊。

“我要说的时候已经来不及了。”老管家无奈地叹了一声。

天空下起了小雨，代表了我此刻悲催的内心世界。

肆·『抽骨做灯笼』

后来我才知道，这骨瓷灯并非一般的灯笼，对做灯笼的技艺要求并不高，难的是它需要的材料非常罕见，必须要千龄以上的动物活着的时候抽出的骨，将其磨成粉末放入灯笼纸中，那样一来灯笼纸便不惧火不惧水，即使不点灯，在黑夜里也能泛出绯红色的光来。

“谁那么变态想到要做这种灯笼啊？”我真是无法理解，这么残忍的方法谁做得出来？

老管家深深叹了口气：“听闻洛海国的渔人生擒过一只上千年的河鲛，

用其骨制成了这样的灯送了一盏给圣上，却在一个月前被李美人一怒之下给剪坏了。圣上颇爱这盏骨瓷灯，遂下旨让我们灯笼坊做出一盏，本是可以拒绝的，二老爷却在三日前去圣上面前应允了此事。”

“看来这二老爷为了置我们于死地，连灯笼坊的家业也不顾了。”我看着叶楚陌，突然明白了叶老爷在弥留之际为何要上九重陵来求娘亲帮忙。

如果没有人帮叶楚陌，他肯定是要被他二叔虐成渣了。

晚上我坐在灯笼坊里发愁，做一盏灯笼的难度其实并不大，但是要做骨瓷灯笼可就难于登天了。但凡有千年的动物基本都修成了妖，哪是那么容易抓到的。

叶楚陌看我忧愁，把各种各样的鱼都往我桌子上放，还大言不惭地说：“娘子，多吃点儿鱼就能想出办法了。”

傻子永远不会懂正常人的世界，我叹息。

既然海口已夸下，眼看就要到初八了，我坐在铜镜前看着自己羽翼上的支骨，我记得娘亲说过，蝙蝠的支骨抽出一根并不会影响生命，只是需要静养数月。

当我把支骨从羽翼上抽出来的时候，痛得我真想把叶楚陌抓过来暴打一顿。

我一边抽骨一边对着叶老爷的牌位说道：“叶老爷，我们傅家对你算是仁至义尽了啊！”

我忍着痛把抽出来的那根支骨磨成粉，混入灯笼纸浆内，连夜制成了一盏骨瓷灯笼。

叶楚陌看到我惨白的脸，吓得不停地问我：“娘子，你怎么了？”

“我只是不舒服，你快去把灯笼送入宫里。”我好生叮嘱管家，把骨瓷灯交给他。

老管家拎着骨瓷灯不可置信地看着我，那一盏灯，看上去平凡无奇，没有一丝半点的图纹，却能在入夜之后透出绯红的光，照亮前路。

叶楚陌看我的脸色苍白得厉害，说什么都不肯走，我哄了半天他才离开。

他走之前我用最后一丝灵力暂时将他的痴傻封住，待他到殿前送完灯应该才会恢复。

做完这一切之后我缩到榻上裹紧被子，看到自己的真身一点点地显现出来。虽然说助人是件很快乐的事情，但是搞得自己这么狼狈，也是够糟心的。

伍·『唱曲是治疗的良药』

我拿了一些草药抹在伤口处，躺在榻上沉沉睡去。

梦中我见到了九重陵上的叶楚陌，他一袭白衣穿行在黑色的瘴气之中，不染半点尘埃。

朦胧中我似乎看到叶楚陌缓缓地将我抱起，眼眸中带着深深的担忧，他没有喊我娘子，只是叫我："飘飘。"

我吓得猛然睁开眼睛，叶楚陌坐在我的床边，被子不知何时已经被他掀开，他看着我大喊："娘子，你怎么变成这样了？你……你……你……"

我这才发现抽骨后留下的伤口太深，我的人形只恢复了一半。

看来我是高估了自己的能力。

"别出声。"我捂住叶楚陌的嘴。

"娘子，你说的怪病就是这样吗？"他天真地问我。

"是啊，这就是我的怪病，你可千万不能告诉别人，否则他们会把我当成妖怪抓起来的。"我吓唬他。

"嗯，我知道了！"他笃定地向我保证。

我第一次知道傻子也是有优点的，就是好骗。

看我实在疼痛难忍，叶楚陌便把我的头枕在他的腿上，我吓了一跳，他声音甜而软地在我耳边哄道："娘子，我给你唱首曲子吧。以前我每次生病的时候，娘都会唱曲儿给我听，听完我就感觉病全都好了。"

他的腿传来温温的暖意，身上淡淡的气息不停地钻入我的鼻腔，他唱的曲子很轻，却异常动听，我从未听过如此动听的曲子，身体上的疼痛果然渐渐消失了。枕着他的腿，我竟睡得无比安稳。

第二天我醒来的时候，叶楚陌已经不见了，老管家急忙赶来找我说："不好了少奶奶，少爷去千丈崖上抓巨蚁了。"

“他没事儿抓那东西干吗？”

“早上他来问我有什么药可以治疗怪病，我说千丈崖上的巨蚁听闻有奇效，他就火急火燎地跑出去了。”

真是个傻子。我气得一个飞身便向千丈崖赶去。

午时的千丈崖上雾气依然浓重，那是修罗花散发的雾气，能把巨蚁吸引过来。

巨蚁虽然珍贵，但是没有几个人愿意冒着被毒死的危险去抓它。

我到的时候，叶楚陌正手拿一张网缩在角落里，眼睛一动不动地看着崖边。

巨蚁在午时会爬上崖来吃崖边的修罗花充饥，我还没来得及拖走叶楚陌，他已经一个快步冲上去，拿起网子一把罩住一只拳头大小的巨蚁。

他兴奋地收网，我却看得胆战心惊，巨蚁虽笨，但也不是那么容易就被人抓住的，明显是在逗他玩。

我在高空中冲他喊：“傻子，快把那巨蚁丢掉啊！”

叶楚陌抬头看到了我，特别激动地说：“娘子，你怎么在天上？我抓了药给你治病，你看……”

看你个头啊看，没看到巨蚁已经变得狂躁了吗？

那只巨蚁似乎被惹怒了，张开不大的口就要朝叶楚陌的手咬下去，我一个俯身冲下去，用力拍了一下巨蚁的天灵盖，它被我打得晕头转向，待缓过神来更加怒气冲冲地朝我扑过来。一时间上百只白色的巨蚁纷纷爬了过来，几乎快把我们逼至悬崖边缘。

我转头问叶楚陌：“你怕不怕死？”

“不怕。”他闪着亮晶晶的眼睛看着我道。

在巨蚁快要爬到我们跟前的时候，我张开双翅，将叶楚陌一把背起，“咻”的一下飞到了空中。

几百只巨蚁在下方对我们张牙舞爪，我真为自己捏把汗。

待飞远了之后我怒斥叶楚陌：“你是不是活腻了？”

“他们说这里的蚂蚁可以治怪病。”叶楚陌的声音听起来楚楚可怜，“娘子，我只是想帮你治病。”

我明明气得半死，不知道为什么在他说完这句话后，却怎么也生不起气来了。

“万一你被那些巨蚁咬死了，我怎么对得起你死去的老爹？”

叶楚陌的手臂用力地抱着我的腰，把脸紧紧贴在我的背上，轻轻地在我耳边说：“娘子，只要能治好你的病，我什么都不怕。”

我转过头，看到他因为爬上悬崖而蹭得一身的伤，脸上更是沾染了许多灰尘。可他却笑得极为灿烂，晶莹的眸子落在我的眼中，像是璀璨的星辰。

风声穿过我的耳际，湛蓝的天空，白色的云朵层层叠叠似糖霜一般，一丝一丝地融进我的心里。

即使是抽骨负伤，灵力全失，却不知为何，望着眼前的一幕，似乎有什么在我心里渐渐变得不一样了。

陆·『三年时间匆匆过』

傻子叶楚陌因一盏骨瓷灯笼和应对得体的表现，深受皇上赞赏。

一时间叶家公子其实是大智若愚，并不是真傻的传闻在洛灯国流传开来。

管家在我面前感叹：“少夫人，你不知道那天公子有多厉害，我从未见过公子那样聪慧伶俐的样子。”

我倚在门上，看叶楚陌伏在院中的石桌上画画，午后的阳光落在他的头上，晕染出一道金色的光圈，将白衣纤尘的他衬托得更加清俊不凡。如果他不是有痴傻的毛病，也是个能迷倒万家女子的翩翩公子啊。

因为骨瓷灯的制出，二老爷不得不同意让叶楚陌当这个家，而叶楚陌却将账房钥匙和印鉴都交给了我。

我逗他：“你不怕我卷了你的钱跑了？”

“我的就是你的，你想卷就卷。”他回答得天真。

以前觉得他好傻好烦，现在看上去却傻得可爱。我拿着那一串沉甸甸的账房钥匙和几枚印鉴，感受到了叶楚陌对我的信任。

我开始认真打理灯笼坊的生意，渐渐熟知了所有制作灯笼的技艺，在每年进献的宫灯上设计出各种不同的花样，每个妃嫔的寝宫灯都不同，有琉璃灯，有八角美人灯，有落叶翩蝶灯，还有画着各个美人妃嫔人像的仕女纱灯。

叶楚陌的丹青愈发出神入化，经常被邀入宫为各位妃嫔画画，用画出来的美人像制成的宫灯，远远便能看见美人的样貌，让人流连忘返。

洛灯国的成元灯笼坊渐渐享誉整个洛天大陆，十国之内无人不晓。

我每日都在灯笼坊奔波，有时候点算货物，整理资料，一忙便到深夜。

叶楚陌总会陪我坐到深夜，回府的路上，他提着一盏素白灯笼，在我身侧为我引路。柔和的月光将我们的影子拖得很长，青石板路两旁是涓涓的小河，波光粼粼的水面衬得这幽暗的夜色更加迷醉。

走到花影巷的巷口，他总是望着逶迤的小径说："娘子，等我们成亲那日，我要在这墙上挂满纱灯。我要让你成为这洛灯国，最幸福的新娘。"

每到这个时候我总会笑他："傻子，你懂什么？"他就痴痴地把我抱着说，"反正你是我娘子，谁也不能抢走！"

尽管叶楚陌与我早有婚约，可因叶老爷过世，他必须守孝三年，待三年守孝期满才能成婚。所以这三年的时光，我只是顶着少夫人的名头在帮他打理灯笼坊，并未真正过门。

三年前当管家说出这个习俗的时候，我内心大大地松了口气，一心想着在这三年的时间助他家业稳定，再治好他痴傻的毛病，我便可功成身退。

我从未想过，凡间三年，比我在九重陵待了一千年还让我难以忘却。叶楚陌这三年待我极好，日日将我捧在掌心疼爱，虽然他是个傻子，却比很多人都爱得真。

可是即使这样又如何呢？我只是替我娘下凡报恩的一只蝙蝠精，无法生子，更无法和他做一对真正的恩爱夫妻。

妖与人，终究殊途。

柒 · 『爱你，无怨无悔』

很多年以后，我在元音佛主座下修炼，佛主曾经问我："这爱恨嗔痴，你是否有悔悟？"

我想了许久，并不知这"悔悟"二字从何说起。我痴痴爱着一个人，见他忘记我，看着他亲眼看见我在他眼前死去，我竟然是不悔的。

在叶楚陌三年孝期即将守满的半个月前，娘亲找到了我。

她将在灵山求来的仙草交给我，说："这仙草是祈天上神种植了三日才长出来的草药，吃了能治痴傻，不过也能让人忘记挚爱之人。"

我拿着那棵仙草犹豫了几日还是给叶楚陌吃下了。

吃下去，他便会变成另一个人，会忘了我，从此拥有自己崭新的人生。

我忍着不舍看着叶楚陌睡下，摸了摸他安静的睡颜，打开了院子的大门准备离去。

谁知守在屋外的二老爷带着不知道从哪里请来的法师，趁我不备用捆仙绳一把将我套住。

"你们干什么？你们不许抓少奶奶！"老管家在一旁怒斥。

"什么少奶奶，不过是只蝙蝠精。"二老爷不顾老管家的恳求，让人把我抓起来拉到车上。

这捆仙绳实在厉害，我竟一点法力也使不出来。只能任他鱼肉。

被押走之前，我还不忘叮嘱老管家："不要告诉楚陌。"

喝下那碗药，他便会将我忘了，如果最终总要忘记，那便让他忘得彻底一些吧。

全都城的百姓都来了，他们把我押在刑台上，黑压压的人群围着我，二老爷喊着："这女子是蝙蝠精，是来祸害百姓的，烧死她！烧死她！"

"对，烧死她……烧死她……"都城的百姓被煽动得纷纷大喊。

他们手里拿着熊熊的火把，蝙蝠怕火，又怕日光，午时的太阳几乎要将我烤干。我拼命挣扎，可是捆仙神的法力太强，我拼尽全力也挣脱不了。

渐渐的，我露出了真身，变成了一只巨大的黑色蝙蝠，全城的百姓看到吓得惊叫起来。

那个所谓的法师走到我面前，讥笑着说："没想到九重陵的帝姬，竟会死在我的手里。"我用灵眼一看，他哪里是什么法师，不过是千丈崖边的巨蚁幻化成人，来报我上次带走叶楚陌的仇。

"你想用我们巨蚁做药，我们也可以用你的蝙蝠骨来增加灵力。"他笑着伸手用力将我的骨从羽翼中拉扯出来。

我感到额上的汗随着身体的疼痛流了下来，我望了望天，多希望此刻娘亲能来救我，可是我干渴无力，根本无法呼唤娘亲。

我眼看着自己的骨被巨蚁抽出，疼痛让我绝望地闭上了眼睛。

我没想到我竟被这样的方式终结性命，那一刻，我突然庆幸，还好叶楚陌看不见，还好叶楚陌不记得。

若是他看到这么可怕的一幕，肯定会和他们一样，觉得我是个害人的妖精吧。

疼痛间，我感到有人将我身前的巨蚁推开，锥心的疼痛瞬间减轻了许多。

我缓缓地睁开眼，看到叶楚陌挡在我面前。

他披头散发，满脸愤怒，不复从前那副天真痴傻的模样，颀长的身躯此刻护在我的身前，他对着下面的人喊："你们都不许伤害她，谁要伤害她，就从我的尸体上踏过去。"

他看着我满目疮痍的伤口，将自己身上的衣物扯下来给我包扎，鲜血瞬间染红了他白色的衣衫，我虚弱地问他："你还记得我吗？"

"不记得，可是管家说，你是我娘子。"他说完这句话，眼泪就啪嗒啪嗒地掉在我的身上，像是怎么样也止不住。我看了一眼站在不远处的管家，他也在不停地流泪，他终是不忍心看着我被人折磨，告诉了叶楚陌。

"记不得，又为何要来？记不得，又为何要哭呢？真是个傻子……"我很想像平日里那样骂他，却仿佛有话哽在喉中，怎么也说不出口。

"我是傻，可我宁愿做个傻子也不要忘记最爱的人。"他一双星眸哭得通红，看着我颤抖地说。

那一刻我蓦然觉得他从未傻过，他知真情，懂真爱，待我如珠如宝，他哪里是傻子呢？

"你这个傻子，以后可别再这么傻了。"我伏在他的耳边说，"忘了我吧……"

我拼尽最后一丝灵力将叶楚陌推开，我不能让他陪我一起死，我只能让他看着我在他面前死去。

我想这是我能为他做的最后一件事。

叶楚陌从刑台上掉下去，很快便被人制住。

全城的百姓将火把都丢了上来，红色火焰伴随着浓浓的烟雾，叶楚陌隔着烟雾拼命挣扎，却怎么也挣脱不开。我看到他大声地叫喊，泪水顺着眼眶不停地滑落。

弥漫的烟雾中，我想起了初次见他的那个夜晚，他随他父亲在梦中来到九重陵。

一身白衣，一双墨黑的眼眸，清俊出尘的模样。

其实从那一天起，他便已经走进了我的心里，我只是不愿承认我一个老姑娘，第一次爱人，便爱上了一个傻子，一个此生只懂得爱我一人的傻子。

我闭上眼不再去看他，没了我他会有更好的人生，他不会再记得我，他会遇到别的女子。而我们九重陵，也算没有辜负叶老爷的嘱托，再也不欠叶家任何恩情了。

耳边似乎响起他总为我唱的那首曲子，声音轻缓，每次听都仿佛能治愈所有的病痛。

三界十林都说，九重陵的蝙蝠拥有最冷血的心，从不会爱人，从不会为人落泪。

即使是死了，我依然没有落下泪来，因为我知道他会幸福，便也没什么遗憾。

捌·『提花一盏灯，影路无人知』

娘亲赶来时，只抓住了我的一缕元神。

我的肉身已在大火中被烧毁，娘亲哭着把我的元神收入玉瓶中，将我带到元音佛主的南西天。

佛主见我在凡间从未害人，还助人布施，觉得我秉性纯良，遂将我的元神放入他的佛珠中，留在南西天重新修炼。

他每天都会给我们讲禅、讲礼、讲法，他说这世间，万恶都有自己的定数，包括命运，终有轮回。

我在他座下听禅的时间久了，便也忘了那些恶。宽恕是最大的慈悲，大概就是这个意思。

我想叶楚陌应当已经过上了自己的生活，应当不记得我这个在他痴傻生命中走过的女子了。

一晃五十年过去了，我在佛珠内修得了小小的人形，恰逢佛主诞辰，我被派去请各星宫的星君前参加寿诞。

途经洛灯国的时候，正是他们的上元佳节，夜晚的束淮河畔，河船桅杆，彩灯粲然。

我站在花影巷的小径前，看到这里种满芳香馥郁的桑提花，青瓦白墙上挂着一盏盏纱灯逶迤消长，我抬眼看了看上面的纱灯图案，发现那上面的女子姿态竟是那般眼熟。

素白的灯笼纸上，一身黑色纱衣的女子，各种姿态，各式各样，几十盏挂满了整条花影巷。

有路过的人在讨论："这叶府的老爷自从五十年前就开始在花影巷里挂满纱灯，成元坊也改名叫灯影坊了……"

"他此生画得一手好丹青，教了许多学生，却始终没有娶妻生子。"

"都说他在等人，也不知道他在等什么人。"

"……"

身边的声音渐渐远去，夜里的束淮河畔琴声悠扬。

我抬眼望去，那几十盏纱灯上，画了一幅又一幅的场景，有他帮我抓鱼的画面，有我枕在他腿上听曲儿的画面，有他趴在我的肩上紧紧抱着我的画面……

最后一幅，是他站在花影巷的深处，指着青瓦白墙对着远处的人影说话。

我想起那时候他和我说："娘子，等我们成亲那日，我要在这墙上挂满纱灯。我要让你成为这洛灯国，最幸福的新娘。"

他将那些记忆画成了一幅一幅的丹青留在纱灯上，挂于这个我们曾经走过的花影巷内。

我提了一盏灯，慢慢走过这条青石板路，像是多年前那个漆黑的夜晚，他提着一盏素灯为我引路，漆黑的夜色，潺潺的流水，却是分外恬静。

时光荏苒，如白驹过隙，这青瓦白墙上终是挂满了各式灯盏，一如当年他承诺的那般。只是再也没有那样一个人，欢喜而天真地执起我的手，陪我走过这灯花影路了。

沧海浮灯

沧海一浮灯，金芒漫红枫。
愿做双飞凤，执手共余生。
——《洛诗集》

『楔子』

许多年以后，叶浮灯回想起遇到宫沧海的那一夜，茫茫大海中透着风尘，像极了一场无边无际的冒险。

她仿佛是置身在暗夜海上的小帆，远处云山雾瘴，迷蒙凄清，让人辨不清方向。

而他却似黑暗中的一座灯塔，苍穹明月般为她照亮了前路。

从此一盏孤灯，半世牵挂，只为痴守一人，念他沧海浮生。

壹·『初遇海盗』

叶浮灯是在回洛枫国的途中遇到宫沧海的。

那并不是一场才子佳人的偶遇，而是一次海盗劫船事件。

之前叶浮灯便听说回洛枫国途经的濛海上常有海盗劫船，她本考虑走陆路，可是她的未婚夫复生却说海上风景迷人，可趁此机会一览海景，又说他们船只小巧，很难引起海盗的注意。她被说动，最终选了水路。

可这世上偏有如此凑巧之事，他们乘坐的小船恰好被海盗选中，连人带货被绑到一艘朱红色的大船上。

彼时已是半夜，滔滔海水伴着咸腥的海风，甲板上散放着许多物品，凌乱却错落有致。

大船桅杆的顶端挂了一盏鹅黄的琉璃灯，昏黄的光线自桅杆的顶端漫散而下。有一个人坐在一把深褐色的藤椅上，青色长衫几乎快要垂到地面，修长的双手漫不经心地把玩着一片红枫，他的脸隐在一片阴影中，叫人看不清长相。

叶浮灯在恐惧之后很快便冷静下来，以她多年跟随父亲从商走货的经验来看，这是一个非常有经验的海盗团伙，而坐在眼前这个不动声色的男子，便是他们的当家。

坊间传言，濛海上的海盗抢劫官银米粮，无恶不作，却行踪不定，以致官府数次派兵围剿，均无收获。

“宫老大，这箱子里面除了茶叶什么都没有。”一个海盗对着那着青色长衫的男子说：“他们会不会把钱藏在身上了？”

叶浮灯身旁的海盗伸手便要在她身上摸索，叶浮灯怒斥：“拿开你的脏手，不要碰我！”

“你这小娘们儿，不要命了！”那海盗拔出身上的刀就要朝她砍过去。

叶浮灯闭起眼，准备挨了这一刀，却只听见刀子掉地的声音，端坐在藤椅上的男子用红枫打落了刀。

他自那片阴影中走出来，颀长的身体玉立挺拔，在黑夜的笼罩中有种蛊惑人心的迷离。

那是她第一次见到宫沧海，一双含笑的眼睛印在夜色中，似沧海里的一盏浮灯。他的身后是汹涌的海浪，阵阵海风将他轻薄的衣衫吹得肆意翻飞。

他在看向叶浮灯的一瞬间眼中闪过一丝光芒，有种惊喜的明亮。

叶浮灯没想到一个海盗当家竟长得如此俊美，半点匪气都未沾染，反而透着斯文与谦和。

“我们所有的钱财和货物都在此了，你到底想怎么样？”

他凑近了看她：“我们只是求财，只是我若就这样放了姑娘，怎对得起忙活了一晚上的众兄弟？不如这样，我将你身旁的这位公子留在这里，七日后你拿一千两来无垠岛赎人，你看如何？”

叶浮灯身旁的复生听到要将他留下来，顿时脸色煞白，“扑通”一声就跪在地上。

叶浮灯见了一阵心疼，忍不住护在复生前面说道：“我留下，让复生回去拿赎金。”

她这话一出，宫沧海的眼中涌出一丝讶然。

复生呢喃道：“浮灯，这怎么行？”

“没事的，我自幼随父亲走遍十国，什么苦都能吃。你一介文弱书生，这海上风吹雨淋的，怕是熬不习惯的。”

“听闻海盗杀人不眨眼，万一他们对你下毒手怎么办？”复生迟疑。

“他们若要杀我，现在便可动手，无须如此费心，你回去向我爹取了银两再来赎我。”她回头看了一眼宫沧海，“公子不会毁约吧？”

叶浮灯看着宫沧海，他却半眯起眼睛，嘴边扬起一抹若有似无的笑：“只要你的情郎如期而至，宫某定不会伤姑娘分毫。”

一切似乎已成定局，复生张了张嘴，却也没有提出异议。

复生连夜被人用小船送离，他离开的时候握着叶浮灯的手道：“浮灯，你一定要等我来救你。”

“我等你。”叶浮灯眼含泪光。

宫沧海倚在桅杆上看着他们郎情妾意：“公子，可别忘了，七日后的无垠岛，我们一手交钱一手放人，若你带官兵来或是爽约，就别怪我痛下杀手了。”

叶浮灯望着复生离开的小船渐渐变成一个点，宫沧海在她耳边试探地问：“他要是七日之后不来怎么办？”

“复生一定会来的。”叶浮灯笃定地回道。

宫沧海伸出修长的双手抚上她的脸：“如果他不来，你不如给我做压寨夫人？”

下一秒他的手便被叶浮灯用力地咬住，齿肉相间，鲜血渗出，是一种愤怒的狠戾。被拉开之后，叶浮灯拔下头上的发簪，对着自己的脖颈狠狠地道：“你如果敢对我有非分之想，只会提前得到一具尸体。”

宫沧海将受伤的手放鼻息间，用力地闻了闻。

海水翻涌，冷风黑夜，是他熟悉的气味。

他抬起头来看着她，无奈道：“你真的不记得了。”

贰·『食物』

叶浮灯并不明白宫沧海那句话的意思。一个素未谋面的海盗，她怎么可能会记得。

关于濛海上的海盗，叶浮灯早有耳闻，他们以宫沧海率领的旗帮为首，在海上为所欲为，无人能奈何得了他们。

她被安置在一个小小的船舱之内，空间虽狭小却干净整洁，小床前摆着一张梨花案，此刻上面放着一炉点着的犀角香。

有个身穿粗布的大娘为她拿来被褥和食物。

叶浮灯看着桌子上摆放的食物，几碟小鱼干，清蒸青蟹，清炒海蚌，看似平淡无奇的海味此刻却散发着阵阵香气，她尝了一口，有一股熟悉的美味充斥唇齿间，来不及细想便吃了个精光。

既来之则安之，叶浮灯自幼随父亲走南闯北，到底见过一些世面，既然是求财，她现下性命应该是无虞的。

她随船颠簸了一个时辰，胃里的食物突然翻江倒海，她终于忍不住，跑到甲板上吐了起来。

这一吐差点把她的胆汁都给吐出来，一时没站住便向后倒去，有人扶了她一把。

“喝一口。”宫沧海把水壶递到她面前，她以为是水，仰头便喝了起来，只是液体刚倒入口中，就如数喷到宫沧海的脸上，她大怒：“姓宫的，你给我喝的是什么？咸死了！”

他擦了擦脸却笑了："这是濛海里的海水，喝了以后就不会晕船了。"

叶浮灯将信将疑地看着宫沧海，他却摆出一副信不信由你的架势，叶浮灯一咬牙，还是将剩余的海水喝了下去。

又咸又齁，她的嗓子几乎快要冒烟，一张娇丽的小脸皱成一团。

宫沧海接过空壶，提在手中晃了晃，缓缓吐出一句："其实我是骗你的。"

如果不是已经吐得七荤八素，叶浮灯此刻一定会扑上去再狠狠咬他一口。

叁·『劫富济贫』

虽然宫沧海说是骗她的，可是很奇怪，从那之后，叶浮灯真的再也不晕船了。

尽管如此，叶浮灯对宫沧海还是没有任何好感，断定他是一只笑里藏刀的狐狸。

海盗们经常聚在一起点货，聊天说笑，宫沧海便拉着她坐在他身边，她如坐针毡却又不敢发怒，只能无聊地听着他们说荤段子聊天。而宫沧海就似一个很好的听客，总是眯着眼喝着酒，时不时地转过头来借着酒意看她。

他的眸光清澈，又似一口深深的寒潭，像要把人窥尽。

每天只有吃饭的时候，才是叶浮灯一天心情最佳之时。

大娘会给她送来不同的海味，豆腐海带汤，银鱼煎蛋，红烧鲈鱼，她每次都吃得停不下来。

两天后，宫沧海的旗帮又洗劫了一船的金银米粮，一箱一箱的金子在甲板上灿灿闪光，海盗们看着这么多钱显得有些激动："宫老大，这次出手收获可真大。您看……"

"老样子。"宫沧海眸光淡淡，"今晚夜色不错，我们靠岸停船。下去乐呵乐呵。"

叶浮灯刚从船舱出来，就听见宫沧海对兄弟们说要停船，她在心里冷冷一笑："无良鼠辈。"

只是她没有想到，宫沧海把她也带下了船。

"你去作乐，带我作甚？"当叶浮灯被迫换上黑色锦衣，蒙上黑色面纱的时候，她都不明白宫沧海的用意是什么。

直到她下了船，望着闪烁着零星灯火的小渔村时，突然有些发愣。

像是有一道旧时的熟悉光影闪入她的脑海，零星散乱，模糊不清。

渔村不大，屋舍简陋，静谧得有些萧索。

宫沧海一行人只带了三个弟兄，每个人手中都拎着巨大的麻袋，里面装的是划分好的粮食与银两。他们把这些东西一袋袋地扔入每家每户的窗户中。

她睁大了眼睛盯着他们的举动，震惊得说不出话。

屋内的人收到了粮食与银两，都感激涕零地说："谢谢大侠，谢谢大侠。"

他们在屋顶上飞檐走壁，宫沧海将她抱在怀中，那种腾云驾雾的缥缈感让她有些发愣。

不到半个时辰，他们便分发完了所有带来的钱粮。

等他们的麻袋空空如也的时候，叶浮灯看到刚才还只有几点零星灯光的村子，而此刻已经全部亮了起来，渔村的渔民们跪在门口，此起彼伏的感谢声不断传来。

叶浮灯内心突然有一种说不出来的震撼，这样一幕虽不因她而起，却是她亲眼所见。而此刻被人称作英雄的宫沧海早已悠闲地躺在船上，手里拿着一片红枫放在眼前把玩，波光粼粼的海面，繁星的倒影印在他的脸上，真像个不学无术的纨绔公子。

叶浮灯扯下面纱推了推他："姓宫的，这就是你说的'乐呵乐呵'？"

"兄弟们，开心吗？"他问。

"开心——"众人异口同声。

"你看到了，大家都很乐呵。"

"可是你们这样是犯法的。"叶浮灯忍不住说道。

"犯法？"宫沧海将红枫放下，双手枕在脑后，望着天上的繁星，"洛烟国连年征战，百姓流离失所，渔民们不堪重税，这一箱箱的赈灾银两我若不抢，真正到灾民手上的能有多少？"

叶浮灯沉默，她虽然心里瞧不上，但也知道宫沧海说的是事实。

"算了。"宫沧海摆手，"我们海盗早已声名狼藉，说多了也无意义。"他一跃而起，指了指远处的阑珊灯火，"我幼时常在这片沙滩玩耍，那时候岸边皆是红枫，衬着湛蓝的海水，可真美。”

叶浮灯循着他手指的方向看去，红枫有些凋零，海水隐没在夜色下，像是勾起了她模糊的回忆：“这里的景色一直都这么美吗？”她忍不住问。

“你不记得了？”宫沧海看着她。

叶浮灯被他问得一愣，像是有些零星碎片一闪而过，有人喊了一声：“到了，宫老大。”

那些片段仿佛一瞬间全部失去了踪影。

肆·『挡箭』

自那晚之后，叶浮灯对宫沧海的印象稍微有了些改观。

或许是因为看到宫沧海对渔民流露出来的悲悯。

只是宫沧海对她却是越来越得寸进尺，比如拿着抢劫来的米粮去附近贫穷的村落布施，将官银带到铁铺去熔成散银，人手不够的时候还让她帮忙装钱分袋，算账规划，完全不把她当外人。

“我为什么要帮你做这些事？”熟悉了之后，叶浮灯胆子也大了起来。

“我们总不能白养着一个闲人吧。”他抬了抬眼皮。

“姓宫的，你这是虐待人质！”叶浮灯抗议。

“你若愿意做我的夫人，我就天天宠着你，你看如何？”他含笑看着她。

“你做梦！”

宫沧海似乎从来都不会生气，他无论何时何地都一副笑眯眯漫不经心的模样，与人说话不像下命令，更像是商量，哪有一点儿做老大的样子。

有一日他们像往常一样去给贫苦百姓送粮送钱，那是一个很小的山寨，住户不多，宫沧海只带了几个随从。

只是没想到他们遇到了闻讯前来搜村的官兵。

宫沧海拉着叶浮灯躲在暗处，示意她不要出声，官兵搜寨抢钱，若不是他们身上穿着官府的衣服，叶浮灯险些以为他们是山上的马贼。

她眼看着官兵将一个寨子里的姑娘抓出来欺凌，姑娘凄厉的叫声让叶浮灯终于忍不住大喊了一声：“住手！”

“哪里来的小贼？”官兵注意到了宫沧海一行人。

行迹暴露，双方展开了一场殊死搏斗。风吹剑舞中有人拿出弓箭朝叶浮灯射去。

“小心！”宫沧海想也没想便挡在叶浮灯的身前，锋利的箭矢刺穿了宫沧海的身体，可他却将她紧紧护在身前，眉头紧锁，没有移动分毫。

叶浮灯心里有一丝恍惚的触动。

“老大！”众人大喊了一声，而后迅速解决了所有的官兵。

当所有官兵都倒下的时候，叶浮灯看着被箭射伤却还紧紧抱着她的宫沧海道：“姓宫的，你怎么样？”

他仗着一张虚弱的脸，似无赖一般，将自己的头埋在她的脖颈间：“感觉快死了。倘若你愿意亲我一下，我倒是可以不死。”

叶浮灯刚才还有几分愧疚，在听到这句话之后一掌拍在他的脑袋上：“那你还是去死吧。”

伍·『谈话』

宫沧海回到船上后还是倒下了。

箭上淬了毒，好在就医及时，他平素身子骨也算强健，这才捡回一条命。

叶浮灯帮他上药，解开他的青衫时，他身上触目惊心的伤痕让叶浮灯看着倒吸了一口凉气。

“你这满身的疤……”她没问下去。

“自幼跟随义父在海上奔波，留下一些疤也是在所难免的。”他若无其事道。

“你出生时就在海上吗？”

“小时候家乡闹瘟疫，逃出来的……”他停下来静静地注视着她，“后来被义父所救，把我带到了海上。”

叶浮灯的手停了停，又快速地帮他将衣服穿好。

“你为何要救我？”叶浮灯继续问道。

“一种习惯吧。”他淡淡一笑。

“难道不是因为怕我死了，明日即将到手的一千两就要泡汤了吗？”叶浮灯冷言相对。

“有没有人告诉你，身为女子有时候要笨一点才可爱。”宫沧海漫不经心，“你这么聪明强势，你未来的相公说不定回去找了个温柔乡，不要你了。”

“姓宫的，谁要你多管闲事！”叶浮灯恼羞成怒。

“你看你，还是一点儿都不温柔。”他侧翻背过身去，“明日还要送你去无垠岛拿赎金，早些休息了吧。”

叶浮灯不好再多言，慢慢地退出了房门。

她站在甲板上，望着远处汹涌的海浪，却怎么也没有睡意。

原来不知不觉已经过了七天了，这七天仿佛没有发生什么，却又仿佛发生了许多。

明天过后她就要回到洛枫国，过回自己正常的人生，她会和复生成婚，继续打理父亲的家业，一切都会水到渠成按部就班地进行下去。

她站在甲板上，听着滔滔海浪声，慢慢地闭上眼睛，任风吹过脸庞。

陆·『无垠岛』

宫沧海如约将叶浮灯带去了无垠岛。

无垠岛是一座荒岛，在若干年前这里是鲛人族的藏身岛屿，岛前的银海是一道天然屏障，外人很难找寻得到，只是某一天这里被洛海国的军队寻得，全部鲛人都被捕获，从此洛天大陆再也无人见过鲛人，无垠岛也成了一座废弃的荒岛。

将交易地点定在这座岛上，的确是再安全不过了。

只是让叶浮灯没有想到的是，复生并没有来。

在约定的时间里，海面一片辽阔，却没有任何船只靠岸。叶浮灯站在海滩边望眼欲穿，可海上除了漂浮的空瓶，别无他物。

宫沧海燃了一簇篝火，烤了两条海鱼递给她，她却味同嚼蜡，盯着海面发呆。

从明月初升，到星夜璀璨，连个人影都没有瞧见，叶浮灯将自己缩成小小的一团，双脚埋在沙地中，像只被人遗弃的鸵鸟。

她不相信复生会将她丢下，他们相识三年，三年前父亲想为她招婿入赘，她却相信命中注定，在花台上抛绣球选夫婿，那日，是复生接下了她的绣球。

她自己选的夫婿，却令她这般失望。

“不就是负心人没来吗？难过什么？”宫沧海推她一把。

“你乱说！复生他肯定来了，他一定是遇到了什么危险，他不会丢下我的！”叶浮灯怎样都不肯相信。

“你不要天真了，这一带海域无巨浪无大风，若不是存心不来，此刻为何会不出现？”

“你不要污蔑他！”叶浮灯随手抓起一颗砂石就朝宫沧海掷过去。

她以为他会躲开，可他没有，砂石在他脸上刮开了一道伤口，他却只是看着她发怒。

叶浮灯慌乱地拿出丝帕为他擦拭，他却蓦地将她抱入怀中，她挣扎，他却抱得更紧，修长的手指触到她的发丝，声音就在她的耳边响起：“留下来吧，我会对你好的。”

叶浮灯的心里似有万马奔腾，熟悉却又带着道不明的羞涩。

她站起身来，像是忍了许久般地发泄：“我堂堂叶家大小姐，怎么可能会跟一个海盗在一起？”叶浮灯笑起来，“你别做梦了。”

海浪敲打着岩石，岛上的枫林被风吹得沙沙作响，一切都仿佛静止了一般。

宫沧海的眸中闪过一丝叶浮灯从未见过的黯淡，似远处的灯塔一夕间暗了下来。

他将脸上的伤口轻轻地擦了擦，抬眼望着叶浮灯，凉凉地笑了笑：“其实一切早变了，是我想得太天真。”

柒·『放人』

旗帮兄弟聚集在甲板上要求宫沧海处置叶浮灯。

“杀了她，老大！”

“对，杀了她，一个不识好歹的小妮子。”

"……"

叶浮灯矗立在人群中，点漆的眼眸，清丽的容颜，平静地注视着眼前的一切。

她已经做好了赴死的准备。既然等不到心爱之人，苟活着又有何意义？

在众人的叫嚣声中，宫沧海却没有说话，他轻轻地扬了扬手，从怀里掏出一把刀。

"宫老大，不要……"兄弟们异口同声地喊道。

叶浮灯并不知道他要做什么，只看到刀锋的微芒在暗夜里闪了一下，刀起刀落间，他原本修长洁白的小指已经坠地，鲜血瞬间喷涌而出。

叶浮灯原本平静的脸在看到这一幕时，震惊得瞪大了双眼。

宫沧海按住伤口，目光扫过众人，威严而平淡地说："按帮规，一个器官换一条命，我以小指换她一命离开，现在谁还有异议？"

刚才还嘈杂的甲板上顷刻便安静了下来，没有人再多说一句话。

叶浮灯目瞪口呆地看着宫沧海，她没有想到他竟然会这样对她。

他与她对望，霞光铺满整片海面，像海底长出的瑰丽珊瑚，大片大片的绯红落到他的眼中，倒映出他眼中小小的她。

他抿了抿嘴，捂着断了的手指，平静地说："我放你走，日后沧海浮生，愿你珍重。"

捌·『回家』

那是叶浮灯有生之年最后一次见宫沧海。

那夜后，大娘摇船送她离开，她在船上吃了最后一顿美味的海鲜饭菜。

宫沧海并没有来，只是小船离开大船渐渐远离时，她看到远处的大船上站了一个白色的身影。

回到洛枫国的那日，艳阳高照，无风无浪。大娘临别前给了她一管烟花，她说这是宫沧海交代的，若她遇到危险，就点燃此物，他便会来救她。

叶浮灯将那管烟花放入怀中，分明是一个小小的物件，却让她感到分外沉重。

她走到叶府门口，看到大门上挂着两盏白色的素灯，里面哭声震天，她推门而入，见到复生在宽慰父亲，日光清明地落在父亲的侧脸上，并无半分悲痛。

不知是谁喊了一声：“小姐，是小姐！”

一时间灵堂乱作一团，父亲朝她跑过来，一把将她拥入怀中：“浮儿，真的是你，真的是你啊！复生说你被海盗掳走，已经遇难了，老天保佑，你平安归来了！”

复生在看到她的一瞬变了脸色，他结结巴巴地说：“浮……浮灯……你回来了？”

“浮灯啊，这七日复生为了将海盗一网打尽，一直在府衙奔走，出动了官府数支军队，想去找出劫你的海盗，可惜都一无所获。”父亲边擦眼泪边说。

叶浮灯听着这些可怕的真相，看着眼前这个为自己设的气派的灵堂，整颗心跌入了谷底。

回来之前她想过千万种复生没有来的理由，他遇上了危险或是他生了病，每一种她都替他设想过，可是她万万没想到他从来没有想过去救她，还在这里假惺惺地出兵剿匪，实在是可笑至极。

叶浮灯冷冷地看着复生，他露出害怕的神情，他是多么害怕她把真相说出来，那种恐慌让叶浮灯看得一阵反胃。

可是她并没有戳穿他，她只是帮父亲擦了擦脸上的泪故作无事道：“爹，我饿了，有没有好吃的？”

玖 ·『解除婚约』

回来之后的叶浮灯变得沉默寡言。

她主动提出解除婚约，任父亲怎么追问都不再解释半分。

退婚书命人送到府衙，复生下了堂才拆开那封退婚书。

叶浮灯写这封退婚书的时候异常平静，她想起自己当日顶替复生留下时，是因为她觉得枫林城的百姓离不开父母官，她不能让复生有危险，她生怕海盗知道了复生的身份，会对他痛下杀手，所以她一介女流，忍着惶恐深陷匪窝。

她是那样担心他出事，甚至毫不顾及自己的生命。她以为他们三年的感情是要走完生生世世的，不想到头来不过是自己痴心错付。

城中盛传叶浮灯之所以会与太守解除婚约，其真实原因是被海盗凌辱，否则凭她一介弱质女流，又怎能轻易被海盗放回。

传言愈演愈烈，叶浮灯的名声被传得不堪入耳，走在街上都有人投以异样的目光。

倒是复生，只要下了堂便守在叶浮灯家门前，跟在她的身后，日日说着许多解释的话。

以前叶浮灯一直以为他是个文弱书生，老实敦厚，可不知从什么时候起，他竟也变得巧舌如簧，舌灿莲花了。

时间长了，复生就来得少了，后来见她冷眼冷面，渐渐也就没有再来了。

叶浮灯照例帮父亲打理偌大的生意，只是再无人上门提亲。

闲来无事的时候，她喜欢到海边静坐，看渔民捕鱼，看霞光垂落，她隐隐地会想起那七日的时光，宫沧海与她说的那些不明就里的话，仿佛有许多熟悉的场景就在眼前，可是无论她怎样努力地回想，也总是无法辨认。

她会在市场上挑一些海味带回去让厨子做给她吃，可再也没有吃出那么动人的味道来。

她常从怀里拿出那一管烟花，上面刻着一个“宫”字，好多次她都在想，如果她真的点燃这管烟花，宫沧海是不是真的会出现？无论身在何处，万水千山，都会为她而来。

可是她知道，就算他来了又如何，她不会跟他走的，她这辈子只能守着叶家的家业，找一个愿意入赘可以助她的男子，这是她身上永远无法推卸的重担。

无人知道，她并非叶老爷的亲生女儿。她八岁那年被叶老爷捡回府中，那时叶老爷的亲生女儿刚失足落水溺毙不久，而她与他的女儿年纪相仿，她病好之后失去了八岁以前的所有记忆，叶老爷认定与她有缘，从此将她视如己出，培养成人。

七日的渺渺情意与十几年的养育之恩相比，就显得太过微不足道。

拾·『永别』

旗帮被一举歼灭的那天夜里，叶浮生做了一个梦。

她梦到自己趴在一个人的背上，他背着她奔跑在海滩的沙石上，红枫的颜色倒映在海面，她紧紧地抱着那个人的脖颈，头依偎在他的肩上，仿佛从未有过这样的快乐。

她醒来的时候，听到下人在窗外聊天，他们说："听说昨天海盗来我们洛枫国，太守带着火炮队将海盗全都炸死了，今天早上浮尸遍布了濛海，海水都被染红了。真是太吓人了……"

"海盗怎么会突然来我们枫叶城停岸？"

"谁知道呢，太守这次可立了大功，陛下得好好封赏了。"

……

叶浮生的耳朵嗡嗡作响，她四处去找那只刻着"宫"字的烟花，可是将房间翻过来一遍也都没有找到，她发了疯般地朝外面跑去，在院中与前来的复生相撞。

她揪着他的衣领，双眼猩红："是不是你偷了我的烟花？是不是你？"

复生看着叶浮灯："是我又如何？你回来之后便不理我，我日日求你你都不看我一眼，你对我如此绝情，不就是因为宫沧海吗？"

叶浮灯气得颤抖，"明明是你故意不去救我，居然还倒打一耙！你狼子野心，巴不得我永远无法回来，你好侵占我叶家的家产！"

"我狼子野心？我在朝中毫无背景，你却不肯拿钱让我上下打点，你对我呼来喝去根本不把我当个男人，你以为你是谁？不过是一个捡来的孤儿！若不是图你那点家业，我又何必委屈自己娶你？"复生用力推开叶浮灯，从怀里拿出那管空烟花丢在她的面前，"像你这种残花败柳，也只有宫沧海那种傻子才会舍命来救你。我查了他整整一年，怎会不知这是宫沧海个人的烟花号令？他居然送给你做防身之用，那我就让他死在这一片痴心上。"

复生说完这些话，冷笑着离开了，叶浮灯跌坐在地上，看着那管碎得四分五裂的烟花空管，将它们一片一片地捡起来，她的手被尖锐的碎片扎伤，心里却只有一种寒心的钝痛。

拾壹·『真相』

叶浮灯连宫沧海的尸体都没有见到。

那些被打捞起来的尸体连样子都辨认不清，全被丢弃在乱葬岗，一把火烧掉了。

叶浮灯跪在那一堆被烧得面目全非的焦骨面前翻来翻去，滚烫的骨头将她的手心烫出了一个又一个水泡，她却不觉得疼。

她望着漫山的尸骨，枫叶城的红枫飘飘荡荡地覆盖了所有的黑色人骨，她摸着那些滚烫的骨头，终于绝望地大哭起来。

她不懂她为什么要哭，她与宫沧海之间明明什么都没有发生过，她明明曾经那样狠决地伤害过他，可是知道他死了，她却这么难过，仿佛被人从心尖上剜了一块肉一般。

她与父亲结束了洛枫国的产业，搬到了千里之外的洛烟国，这里盛产花卉，四季芬芳。她开了一间小小的瓷器店，卖一些做工精细的碗碟瓷器。

三年后的某一天，有一个妇人来她店里买一套五彩鱼藻纹的碗碟，叶浮灯一眼就认出她是当年在船上的大娘。

大娘说，那日宫沧海看到烟花的信号，以为是她遇到了危险，就带上所有兄弟赶往枫叶城，没想到等待他的却是一场炮火的袭击。大娘没有跟船出海，才幸免于难。

后来她带着宫沧海给她留下的银子，到洛烟国投奔远亲，就此住了下来。

叶浮灯带她到后厨，想让她做一顿海鲜饭菜，大娘看着厨房里新鲜的鱼虾蟹，只是苦涩地一笑："我哪里有那么好的厨艺，你以前在船上吃的那些都是宫老大亲手为你做的。你来的第一天他不知道有多高兴，他说他终于有机会给你做菜了，他说你小时候总和他说，一定要吃到他亲手做的菜，才肯嫁给他。可惜他给你做了那么多，你却还是不记得……"

幼时的记忆在这些话语间一点点被打开，难怪他第一次见到她的时候会露出那样惊喜的目光，难怪他对她千依百顺，难怪他那样不顾生命地保护她，那些在叶浮灯心里纠缠了许久却又想不起来的熟悉记忆，随着大娘的话一点点地被她记起。

她想起八岁以前她住在一个小渔村里，隔壁有个年龄相仿的少年常与她来往。他们青梅竹马，两小无猜。后来家乡闹瘟疫，父母病死，他背着病重的她离开了村子。

那个无论何时都不会将她丢下的少年，那双清澈透亮的双眸，渐渐地与宫沧海的身影重叠起来。

是他，宫沧海就是她记忆里的那个少年。叶浮灯一下全都记了起来。

他们在人海中失散，分别被不同的人家所救，可她却忘了他。再次相遇的时候，她有了未婚夫，而他，却只是一个再也配不上她的海匪。

她曾经那样无情地伤害他，他却为了她死在了濛海中。

叶浮灯想起他第一次带她下船，他指着远处的红枫晚霞说："我幼时常在这片沙滩玩耍，那时候岸边皆是红枫，衬着湛蓝的海水，可真美。"他说："你真的不记得了？"他还说："我放你走，日后沧海浮生，愿你珍重。"

他曾多次注视着她，暗示着她，希望她能想起他，可是她却视他为坏人，生生地伤害了他。

她想起那个夜晚做的梦，他背着她在红枫漫天的海滩边赤脚奔跑，旁边是海浪声声，斜风晚织，她趴在他的耳边说："沧海哥哥，我长大以后要嫁给你。"

她到现在才明白，那并不是梦，那是她记忆里最美好的画面。

她清楚地记得，那日红枫染两岸，宫沧海停下脚步，转过头来看她，瞳孔中映出细碎的光影，他笑着说："你长大了，可别忘了我。"

沧海一浮灯，金芒漫红枫。愿做双飞凤，执手共余生。

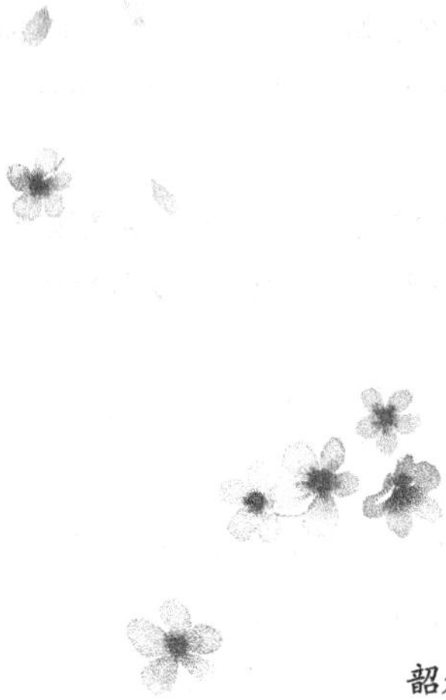

朝暮成雪

韶光片羽笼翠纱，芳菲更迭落残花。
朝暮青丝终成雪，遥望银河断天涯。
——《洛诗集》

壹·『凤栖山』

这是凤栖山的子夜。

集日月精华的飞禽之所，霜白之光笼罩于顶，浅银色细线平铺于翠竹之中。

万年秋桐伸张着枯瘦的枝丫，细细蔓延成巨大的环形姿势，将我罩于日月光华的灵气之内。

我已在这座仙山的月隐树林里修炼了九百年。吸取日月之光，是我每日必做的功课。

我的羽毛从出生时的灰色渐渐变成了如今的通体雪白，再过百年，我将会变成这凤栖山最尊贵的祥瑞彩鸟，拥有五彩绚烂的羽毛，展翅在碧海苍穹之间，再无飞禽敢小觑。

作为一只一出生就被飞禽耻笑的鸾鸟来说，变成彩鸟，羽化飞仙是我毕生所愿。

虽然阿泽对此总是嗤之以鼻。

阿泽是连渊浩渺的一只近万年的玄狐，法力高强，这月隐树林里，没有任何飞禽是他的对手。

我初识他的那日，刚偷了一只猫头鹰的仙丹服下，新增两百年功力。猫头鹰恼羞成怒，气得要抓我回洞府做烤肉。

作为有贼心偷盗却没有法力护自己周全的飞禽界菜鸟，我当时才意识到自己犯了多大的过错，眼看猫头鹰的魔爪就要伸过来，一只玄色的狐狸冲了出来。

那是一只非常漂亮的狐狸，玄色的绒毛，在月光下抖落着贵气的光芒。

那猫头鹰并不知道他的厉害，不自量力地和他斗了几个回合，没想到最后连毛都被拔光，转眼就变成了秃鹰半成品，狼狈逃脱。

当我就要痛哭流涕多谢狐狸救命之恩的时候，刚刚还凶残异常的狐狸突然冲我傻傻地笑起来，天真无害地说："你好啊，小麻雀，我叫阿泽。"

我被他一声"小麻雀"气得差点倒地不起，他却从身后取出一枚山果，划开坚硬的果壳递到我眼前，继续装作没心没肺的样子说："我们做朋友吧，小麻雀。"

贰·『阿泽』

我的小叔叔凤羽在离开凤栖山的时候曾告诉过我狐狸的狡猾和阴险。

凤栖山的隔壁就是狐狸世家的连渊洞穴，他们自成一国，种族庞大，有无边的法力，自出生起就比一般鸟兽高贵，很少与外界来往。

小叔叔说狐狸只有在需要利用对方的时候才会示好，让我一定要提防他们。

可是我认识阿泽以后，怎么看都看不出他狡猾阴险的样子。他总会把他们水泽洞里最好吃的山果带来给我，帮我整理我居住的鸟巢，为我打水擦拭羽毛。我修炼的时候，他便蜷缩成团，露出一双狭长妖娆的双眸呆萌地看着我。

没心没肺天然呆的样子简直萌翻了整个月隐树林。

我问他："为何来凤栖山，水泽洞的狐狸不够美吗？"

他却不以为意地说："整天面对太美的事物，难免会审美疲劳。"言下之意，他是到我这里解疲劳来了……

因为阿泽的到来，再也没有飞禽敢欺负我了，它们改成在背地里讲我的坏话，说我不知道用了什么妖法让一只狐狸对我死心塌地。

这根本是千古奇冤，只听闻狐狸惯用媚术，可曾听闻禽鸟对狐狸用媚术的？

抛开他是狐狸这一身份来说，阿泽确实是个非常好的朋友。我很难想象，在小叔叔离开我的这几百年里，如果没有阿泽的陪伴，我这个自理能力为零的鸾鸟该怎样活到九百多岁。

叁·『成仙』

千年之日即将到来，我这只野心勃勃的鸾鸟又有了新的人生目标。

那便是西王母甘瑶殿外的那棵千年甘华树，据说吃下那棵仙树长出的束果，鸾鸟就可在变身五彩鸟之日同时羽化成仙。

西王母的束果，引得无数鸟类垂涎，如果你往西王母居住的海山上望一望，便能看到每天都有成批的飞禽被西王母的护山之兽大蜷小蜷丢下山。轻则元气大伤，重则一命归西。总之死或不死得看大蜷小蜷当日的心情。

在月隐树林里流传着这样一句话：每个去海山的飞禽都觉得自己是特别的，到最后无情的事实会告诉它们，你就是一只傻鸟。

我做了整整两个月的准备，才有勇气飞去海山试一试运气。

当我到达海山山脚，看到九千岁的五彩鸟口吐鲜血被大蜷毫不留情地丢下山的时候，还是踌躇了片刻。

阿泽在我身旁劝我："小麻雀，别去了，死了我还要替你收尸，很麻烦的。"

为了这句话，我闭着眼咬咬牙还是上去了。这事关一只被狐狸羞辱的鸾鸟的尊严。

当然，事实的确很残酷，当我连甘华树的影子都没看到就被大蜷一掌打得口吐白沫的时候，我才明白，我真的是一只傻鸟。

大蜷不愧是护山神兽，天生拥有一掌毙命的法力。如果当时不是阿泽把我救下，驮我回月隐树林，我想我定会死在半路上的。

我五脏俱损，躺在秋桐树的怀里虚弱地喘气，阿泽不知道从哪里弄来一碗冒着仙气的汤药，放在我嘴边想喂我喝下。我却连张嘴的力气都没有，只闻到一股浓腥的气味一直呛入我的鼻息之中。

我可怜巴巴地望着阿泽，觉得自己糗大了。阿泽却不慌不忙地蹲在我的身边，滴溜溜地转着他狭长的狐狸眼。突然，他的嘴边挂起了一抹笑容。

“小麻雀，我想了个特别好的法子。”我还在琢磨他怎么突然开窍了，没想到下一秒他把汤药都灌入自己口中，再凑到我嘴边，把嘴贴在我的嘴上，一股脑儿地全往我嘴里送。

我瞪大了双眼，不得不接受自己被强吻的事实……口中有腥甜的味道，还有阿泽温暖的嘴唇和痒痒的……狐狸毛……

我狠狠咬了阿泽的舌尖，他吃痛地退却了，委屈地说：“好心没好报。”

我坚信这只万年狐狸一定是假装的！他夺走了一只鸾鸟的初吻还扮委屈，该委屈的是我好吗！

我闭着眼不想理他，他却站在我面前问我：“小麻雀，成仙真的对你很重要吗？”

我眨眨眼，表示肯定。

他深深地叹口气，从脖子上取下一枚海壳项链说：“这个给你，等到你千年之日到来时，吃下它，就能成仙了。”

有这种好东西，居然不早拿来给我！我激动得两眼冒光。

他却一把将我抱在怀里，轻轻地抚摸我的额头，第一次露出平静而不舍的神情。他说：“小麻雀，我要准备下山渡劫了，你要乖乖地在这里等我，知道吗？”他看着我，玄色的毛闪耀着熠熠光辉，狭长的狐狸眼有着难得的纯澈，“等我回来，我就娶你好不好？”他的嘴角漫开一丝笑容，是满足而幸福的，我从未见过那样好看的笑。

我虽然不能言语，却深深地感到在我的心底，似有一颗温暖的蜜糖，在慢慢融化，把我的整颗心都温暖了。

肆·『渡劫』

醒来的时候，阿泽已经不见了。

我摸了摸心脉，受损的五脏竟然全部恢复完整了。

我打开脖子上的那枚海壳，里面静静躺着一颗通透雪白的仙丹。

千年秋桐树说："这小狐狸对你倒是情深义重。这颗仙丹是帝君赐予他们玄狐皇族的宝贝，一只皇室玄狐只有一颗，助他万年修仙，免受渡劫之苦，如今他却将这颗丹药给了你，自己下山渡劫去了，真是难得。"

"你以为你的伤为何能好那么快？若不是这小狐狸取了臂上的一块狐狸肉，混合灵山仙果一同煮来喂你喝下，你能康复吗？"秋桐树晃动着枝丫，深深地叹了一口气。

这样的智商，真的是一只狐狸吗？我握着手里的那枚海壳项链，边流泪边为阿泽担忧。

阿泽走后我才听秋桐树说，他本是玄狐一族的二皇子银泽，天生法力高强，与一般狐狸不同，因此这月隐树林的飞禽才不是他的对手。

他们皇室到万年都必须成仙，才能保这连渊浩渺的繁荣平安。帝君感念狐族的功绩，赐予仙丹，免他们受渡劫苦难。

阿泽却将仙丹赠我，自己下山渡劫修仙去了。

当我准备还他仙丹的时候，他却已经身在将军府的府邸之中，作为洛粲国镇国将军家的二公子，开始了自己的渡劫人生。

这仙丹想还也还不了，我除了默默等待也别无他法。

没有了阿泽在身边，每一天都过得那般无聊。

我终于明白了山果是很坚硬的，没有锋利的爪子是划不开的，我也知道了鸟巢不打理原来可以乱得连只小鸟都塞不进去。

我的羽毛渐渐长出四种颜色，烟紫色，波光绿，淡绯粉和雪色白。只要再长出一种艳光红，我的千年之期就要到了。

我无比地想念阿泽，我觉得我再也无法忍受没有他在身边的日子了。

于是我挑了个艳阳高照的日子，飞去银泽所在的洛粲国，想看看他的近况。

伍·『重遇』

洛桑国，洛天大陆最南边的温暖国度，物资丰饶盛产美食。

因其气候怡人、风景绝佳而闻名。

我是在战场上见到他的。

彼时他已是洛桑国最年轻的将军，身穿银色盔甲，手持长矛，目光淡然，英勇无畏。

我飞到战场的时候，姜蛮族的首领已经将一柄长剑刺入他的心脏。

虽然我没见过他的人形样貌，但我一眼便认出他那双狭长的双眸。在尘土飞扬的沙场上，透着不惧的神色。

战场上尸横遍野，洛桑国这一仗几乎全军覆没。

他若在此刻死了，便也了了，算是渡劫成功，可惜那姜蛮族的首领突然目露绿光，他手里的长剑随着那道光渐渐显现出它真实的模样。

是青铜戟。

妖道用来毁灭元神的邪物，令三界十林都望而生畏的兵器。

我用灵眼一看，便发现姜蛮族首领已经被猫头鹰附身，难怪他所向披靡，穿梭自如。

他高声笑道："银泽，你到底还是死在了我手里。"猫头鹰变出真身飞身而去。

我赶忙上前，用法力护住阿泽的元神，摸了摸他的脉搏，见他还有一丝气息，忙打开海壳取出那枚仙丹，给他服下。

"阿泽，你要活着，要活着。"我抱着他，浑身都在颤抖，虚空的元神渐渐聚拢，回归到他的体内，冰冷的盔甲贴着我的脸颊，竟是令我这般害怕。

我真怕他就此死去，我将就此失去那个对我好的小狐狸。

我正簌簌地落着泪，他却陡然睁开双眼，浓密的眉毛轻轻一挑，露出英气淡然的神色。

他淡淡地看着我问："你是谁？"

陆·『凤雪』

我的名字是凤雪。

这是小叔叔给我取的名字，千年来，阿泽都喊我小麻雀，他从来不知道我的名字叫凤雪。

我设了结界，避免姜蛮族再度追上来。背着阿泽，和守候在城外的一支小骑兵汇合。

那一路我走得极其不安，生怕我走得慢了，他便丢了性命。那时我才知道，当年阿泽将我驮回月隐树林的心境，该是怎样的忐忑与害怕。

援军被困渭水河，要三日才能抵达。

我喂阿泽服用汤药，帮他擦拭伤口，触摸到他手上那一道凹陷下去的疤痕。

我贴着他的那道疤痕，滚烫的眼泪落下来。

他高烧不退，在呓语中念着一个名字："柔儿……柔儿……"

这个女子的名字从他口中喊出，竟是那般缠绵与挂念。

亏我把成仙的丹药喂他吃下，他竟然惦记着别的姑娘，这简直是往我心口捅刀。

我一边帮他上药，一边用法力为他疗伤，一边心碎难过……

阿泽清醒之后，对我非常客气，他总喊我："凤姑娘……"

我纠正他："喊我小雪。"

他总是坚持地喊我："凤姑娘……"

我倍感无奈。

有我助力，阿泽恢复得极快。援军到来那日，我解除了结界，阿泽又可重新上战场了。

那一战打得极好，洛粢国的军旗在战场上迎风飞扬，打得姜蛮族节节败退。

最后阿泽取下对方首领的首级提在手中，骑在枣红骏马上，露出胜利的神色，英气逼人，璀璨夺目。

可他的眼中，却没有我。

夜里他们庆贺，喝酒吃肉，在篝火旁跳舞，我在帐中细细梳理我的彩色羽毛，眼见它快要长出艳光红的色泽，我有些放松地抖动了一下。

帐外有个身影一闪而过，我立刻变回人的模样。阿泽掀帘进来，眼神颇有些怪异，像是发现了什么。

我有些心虚，试探着说："明日我便准备走了，你可要送送我？"

"你为何如此着急要离开？"他有些慌张。

"聚散有时，天下没有不散的宴席。"我泰然自若。

"如果我让你留下呢？"他突然说道。

"给我一个留下的理由。"

"我需要你，小雪。"

这是他第一次唤我小雪，难得的语气亲昵，难得的低眉顺眼，难得的，眼中有了一丝平素瞧不出的波动。

我需要你，多温柔的情话，小狐狸阿泽难得能说出这么温柔的情话来。我还有什么理由不同意呢？

柒·『柔儿』

将军府在洛粢国的皇城。

老百姓欢喜地站在城中迎接他们凯旋。

我坐在软轿里怀揣着自己的心事——阿泽口中的柔儿到底是哪个狐狸精？

老天在此时却恰到好处地遂了我的心愿。

刚刚掀开轿帘，我便看见一个身穿流彩暗花云锦的女子，欢喜地跑到阿泽的面前，一头扎进他的怀中，面带梨花地说："迟哥哥，柔儿好想你。"

她的面容婉约，梳着一头流星髻，耳坠珊瑚环，颦笑间带着一种柔弱的病态美，楚楚动人。

和狐狸精的妖娆美丽相去甚远，却是个不能否认的美人胚子。

旁边站着的是身着便服玉冠束顶的伟岸男子，他咳嗽了一声道："婉柔，注意礼节。"

“臣参见皇上。”所有人一同跪下。

我却慢了所有人一拍，在大家跪地的时候，愣愣地杵在原地，和那个俊颜星目的皇帝面面相对。

这个人长得极其年轻俊朗，根本不像我想象中的皇帝那样老态龙钟。

阿泽来拉我：“小雪，快拜见皇上。”

皇帝却一把拉住我说：“不妨事，凤姑娘有大恩于我们洛粢国，自当免礼。”

我也就不再和他客气，站在原地毫无惧色。

那名女子却走到我的面前，微微行了一个礼，柔柔弱弱地说：“柔儿谢过凤姐姐对迟哥哥的救命之恩。”

这女子虽然看起来柔弱病态，却聪慧机敏得很，从她一上来就喊我姐姐来装嫩这件事就可以看出。

明明不喜欢我，却还装作欢迎之极，凡人这一套假意逢迎，我根本不屑一顾。

我望着阿泽说道：“慕迟，我饿了，有没有好吃的？”

阿泽现在的名字叫慕迟，我习惯连名带姓地喊他的名字，那女子和众人愣在原地，对我这没有礼貌的称呼感到吃惊。

阿泽见我这样直呼其名，碍于有人在场不知如何应答，倒是老将军率先开口：“佳肴美酒已在将军府备下，皇上请。”

俊美皇帝却过来拉我的手道：“凤姑娘，我与你同坐可好？”

美男相邀，我哪有拒绝之理，反正阿泽有美人在侧，哪里顾得上我与谁同坐。

宴席间，皇帝为我布菜，坐在主桌的感觉甚是不错，我懒得去看阿泽，怕那对男女刺痛我的眼。

那个名唤柔儿的美人来头并不小，是洛粢国的柔明公主夏婉柔，自小不知何故养在将军府中，与阿泽是青梅竹马。

这是阿泽在人世间喜欢的女子，与我如此相同。

我记忆中的阿泽太过美好单纯，我从未想过他会爱上别人，将我忘记。

那俊美皇帝指着我眉心说道：“凤姑娘，这眉心的苍翎花快要盛开了吧？”

我一惊，没想到他竟看得到我眉心的那朵苍翎花，那是象征着五彩鸟成型的标志，在满千岁变身五彩鸟的时候会盛开，最后成为眉心的一个印记。

可是我已经将它隐去了，这皇帝是如何看见的？

他附在我耳边说道：“姑娘还是趁早离去吧，慕迟不会爱你的，他与婉柔，早已私订终身。”

捌 · 『五彩羽毛』

我不信阿泽不会爱我。

哪怕我知他心里装了别人，却依然不信他不爱我。

我觉得就算他没了记忆，可是我们有着五百年的感情，我吃过他的血肉，得到过他的承诺，他怎会将我忘记呢？

我固执地在将军府住下了。

月圆之夜，我听到隔壁厢房有响动，似乎是什么东西噼里啪啦摔落的声音。

我变成小小的鸾鸟，飞到隔壁厢房一探究竟。

夏婉柔抱着阿泽，泪水涟涟，她说：“迟哥哥，你不爱柔儿了吗？你爱上那个狐媚女人了吗？”

阿泽抱着她，像护着一件珍宝。他说：“柔儿，你的身体不可动气。”

“让她走，让她走！迟哥哥，皇帝哥哥喜欢她，你把她送给皇帝哥哥吧，我不要见到她。”她像个孩子一样冲阿泽发怒，肆无忌惮，可见他们关系非常。

阿泽俊朗淡漠的眉眼，在大红色的烛光下，映出一片郁结神色。

他说：“柔儿，小雪她不能走，我不许她走。”

夏婉柔拼命地捶打着阿泽，突然她眼睛一闭，在阿泽的怀里晕了过去。

阿泽惊慌失措，立即将夏婉柔小心翼翼地放在软榻上，端起一旁的汤药喂她服下，动作轻柔，目光温暖。

阿泽曾经也是用那样的目光看我，如今他却将这样的温柔给了别人。

原来阿泽是会爱上别人的啊，他不是永远都爱我一人的。

我站在白翎花上，听到阿泽伏在婉柔耳边轻声呢喃，我看不见他的脸，只觉得自己的心，跟着一起沉寂了下去。

阿泽被皇帝诏到了皇宫，回来的时候手里拿着一道圣旨。

下人传闻是娶公主的诏书。

阿泽拿着一柄长戈在院中挥舞起来。

空中下着银丝细雨，他一袭玄衣，墨发散开，挺拔英勇，面色淡漠而冷静。他紧握手中的戈，攻击，刺打，回身，掉头，舞得游刃有余。

他似在发泄，似在挣扎，似在彷徨。

我并不知道阿泽在痛苦什么，曾经他还是只小玄狐的时候，是那般无忧无虑，他让我等他回来娶我，等我们俩都成仙了，他会将我娶回连渊浩渺。可是如今我没有了仙丹，再难成仙，而他，却爱上了别人。

我有些哀婉，转过身，一路走到鲤鱼池边。

夏婉柔走到我身边，她的面色越发的苍白，还未靠近我，我就感觉到了她身体的寒凉。

她说："你不用感到奇怪，这是我自小就有的怪病。父皇将我养于这将军府之中，不过希望我在仅剩的年岁里能活得逍遥自在些。我自小就和迟哥哥一同长大，我喜欢他，他也喜欢我，他一直在寻找能医治我的方子，直到一年前，有个江湖术士告知他，我这寒凉之病需要穿上用五彩神鸟的羽毛制成的衣裳才能康复。可是这五彩神鸟，无人见过，更别说捕来取它的羽毛。"

她幽幽地望着我说："姐姐，你说，若迟哥哥能遇到这五彩神鸟，会抓来为我缝制衣裳吗？"她说得不紧不慢，而我却听得止不住发抖。五彩神鸟之所以能存活，就靠这一身艳丽羽毛，若没有了这些护身羽毛，很快就会冰冷而亡。

原来阿泽的烦恼是这个？他一早便知我是即将修得五彩羽毛的鸟儿，他说他需要我，他不让我走，原来，只是这个原因？

他要的不是我这个人，而是我这周身的五彩羽毛，为的是救他这个在凡间的心上人。

凤雪啊凤雪，枉你修炼了近千年，竟然相信不论星辰浩瀚，轮回斗转，那个爱你的人，终会在见到你的第一眼，便能认出你来，与你共度晨曦。

你怎这般痴傻。

玖 ·『承诺』

当夜我便想离开，可阿泽却提着茶壶来我的住处找我。

他的发丝贴在面颊上，寡淡英气的眉眼像是刚刚从清池里泡出来的那般干净。

他在帮我泡一壶锦绣春。

荷叶上采集的露珠水从竹筒里倒出来，慢慢吞吞地就泡了那么一小壶。

他说："今日入宫，皇上与我要你。"

我挑着眉："你同意了吗？"

"没有。"他很笃定，"我不会把你送给任何人。"

我吃着洛棠国最负盛名的鸳鸯糕，若是以前他讲这话，我定是深信不疑。可如今，我怎么看，他的眉眼，都只像一只深藏不露的狐狸。

他取过一枚坚硬的竺果，用力地剥开果皮，露出里面鲜白的果肉，一小瓣一小瓣地放入茶杯之中，再端到我的面前。

我喝了一口，果肉与茶的清香混合为一体，香气盎然。

他说："你知道这茶的寓意为何吗？"

我摇摇头。

他却笑起来，说："小雪，等我从洛珠国回来，就告诉你。你，可愿等我？"

这是阿泽第二次让我等他，我多想告诉他，我已经等了他很久很久，可是等来的却是他爱上了别人。等来了他的温柔示好，不过是虚情假意的挽留。

那夜他出门的时候，我从后面紧紧抱住他，以前他只是一只小狐，喜欢蜷成一团窝在我怀中，那般温暖可人。

可如今他是俊美男子，我靠着他，感受着他的体温，心却是疼的。

他的真心给了别人，对我却始终假意周旋。我明明气成内伤，明明想一走了之，可还是那般舍不得他，那般舍不得他。

我的羽毛变得越发美丽动人，光泽艳丽好看。我终于快要变成一只梦寐以求的美丽彩鸟了，可是我却开心不起来。

我的阿泽，他还在让我等他，等他回来的那日，亲手杀了我。

他是那样的狠心、残忍，为了另一个女人。

拾·『永别』

翌日，皇帝派阿泽出访洛珠国。

我原以为我会离开，可是我没有。

阿泽走后，我开始取我的五彩羽毛缝制衣裳，最后一抹艳红会在我年满一千岁的时候长出来。我每拽一片羽毛，都想感受到它从我的身体里被撕扯、拖拽的疼痛，我看到斑驳的血密密麻麻地从伤口流出来，却感觉不到疼。

我失去了疼痛的知觉。无法成仙的五彩鸟，失去爱人的五彩鸟，对活着充满了绝望。

每次缝累了，我便会坐在将军府的院中，看着阿泽的戈发愣。我想到他矛盾而无助的眼神，想到他深爱着一个人却要眼看着她死去的痛苦心情，我便不再恨他了。

我天真地想，阿泽，即使如今你爱上了别人，至少在那五百年的凤栖山上，你为我割肉取血的情谊，定是真切的吧。

而如今，我便将这一切都还给你，在这凡间，我唯一不希望的，就是看到你受苦。

那一年的冬天来得有些早，在这个气候宜人的洛棨国，我已经感到阵阵的寒意。我的羽毛渐渐被我拔光了，那一件温暖而漂亮的羽衣快要织成了。

我觉得我很累很累，累到没有力气再每天坐在院中看着戈发呆。我只能推开窗，望着凤栖山的方向，回忆一下过去。

阿泽要回来的那日，是我满千岁之日，在那一日，我长出了最后一片艳光红的羽毛。

它的颜色和我的伤口融合成一片，我望着光秃秃的周身，望着像肉团一样可怕的身体，觉得这一切都要过去了。

我拔下了最后一片羽毛，将它一点点地缝入那件羽衣之中。

推开窗，霞光照到窗棂的白翎花上。阿泽，我不能再等你了，阿泽，我再也听不到你亲口和我说那杯茶的故事了。阿泽，没有了小麻雀，也请你一定要幸福地活着。

我将自己牢牢地裹在一件裘皮披风里，毛绒绒的触感好像阿泽的温度。

这个冬天太冷了，真的太冷太冷了。

阿泽，如果我们还在凤栖山上，如果我不是那么想要羽化飞仙，那么我还是那只在凤栖山上无忧无虑的鸾鸟，亦是你口中的小麻雀。你还是会缩在我的脚边，或是窝在我的怀中吧。

那时你只爱我，我也只有你。

拾壹·『错过』

慕迟推开我房门的时候，看到的是一只已经冻死的鸟儿和一件五彩缤纷的羽衣。

他身后放着的是他从洛珠国找到的一床焰火玉榻。

它可以替代五彩鸟的羽衣，为夏婉柔祛除身上的体寒怪病。

他多想告诉她，他自由了，当皇帝和他要凤雪的时候，他才发现，他在见到凤雪的第一眼，就爱上她了。他知道她是妖，知道她是一只可以救夏婉柔的五彩鸟，可是他从未想过要杀死她。

他的矛盾，只是不知道该怎样安顿夏婉柔的去留。

他不知该怎样告诉青梅竹马的爱人，他移情别恋了。

夏婉柔苦苦哀求，他附在她耳边一遍一遍地和她说对不起。

慕迟向皇上请求去洛珠国寻找焰火玉榻，只要能救夏婉柔，皇上就收回让他娶公主的诏书。

那个病痛缠身的柔弱公主从他兄长的口中得知了凤雪的身份，得知慕迟的移情别恋，于是她故意在鲤鱼池旁，说那样一番话让她误会。

慕迟经历了千难万险，才找到了这床焰火玉榻。可是当他回来要和凤雪见面的时候，她却死了。

她死在了一身狐狸裘皮的披风之中，伤痕累累地缱绻成团。

慕迟看到她脖子上挂着的那枚海壳项链，她将它护在尖尖的下巴之下，他翻开那枚海壳，听见她虚弱的声音轻轻地说："阿泽，你还记得凤栖山的那只小麻雀吗？"

慕迟的心似被什么给生生勒住了，豆大的泪滴从他好看的眼睛中滚落下来。

凤栖之山，连渊浩渺，阿泽，我们还是错过了。

错过了。

拾贰·『回府』

三年后，慕迟战死沙场。

他是洛桼国最骁勇善战的年轻将军。

连渊浩渺的水泽洞里，一只玄色狐狸在给一只没有羽毛的飞禽剥山果。

因为没有羽毛，所以看不出它的种类。她仿佛已经死了，却依稀有些温度。

她的口中，含着一只万年狐狸的内丹。因此她不老不死，不醒不动。

银泽每日都会来看她，给她讲故事，给她喂一口锦绣春。

他喜欢在她睡觉的地方摆一盏茶，是那日他为她泡的锦绣春。

他还没来得及告诉她，这壶茶的意思。

那是洛桼国的新婚夫君，在成婚的第二日都会为妻子泡的一杯茶。

寓意锦绣春色，幸福绵长。

银泽走到狐狸洞外，一缕霞光照射进来，落在他的身上，岁月安好。

他转过头，对着榻上的鸟儿说了一声：“小麻雀，快点醒来吧。”

玉浮海市

海市如盛景，堪比日月星，
万象美如仙，皆是虚幻影。
——《洛诗集》

壹·『初遇』

近来月白族发生了两件大事，第一件是我的父王归西了，全族人哀哭了三天三夜。

而第二件更加惨绝人寰的大事是，二娘把我许配给了隔壁丑得惊天动地的黄鼠狼。

正所谓黄鼠狼娶鸡回家……命不久矣。

为了保住我的小命，我选了个风沙漫天的日子，逃婚了。

那日天气极其不好，不知道哪里来的一股烟白色风沙，从九天奇荒一路弥漫到月白山丘。

按照上古星司的占卜卦象来看，这种天气不宜外出，何况还是逃婚这么高难度的事情。

所以当我撞进顾萧城怀中的时候，已经被二娘养的护山神兽追了整整两个时辰。

我一脸风尘，四肢无力，整个人直接挂在了顾萧城的身上。

眼看身后的神兽已经扑了过来，我以为凶多吉少了，顾萧城却只是广袖一挥，神兽便“呜”的一声瘫倒在地。

此等高深法力看得我目瞪口呆。千年神兽的道行并不低，他却仅仅一挥衣袖就把它解决了。我赶忙从他怀里挣脱出来，抬眼迎上一对深似寒潭的双眸，嵌在冷若冰霜的脸庞上，深不见底。

好一张冰窟窿似的俊脸。

天空中金光一闪，是二娘的千里传音：“宝珠，你个死丫头，还不快点给我滚回来！”

我看着眼前这个法力无边的美男，像是有了强大的靠山，死死地搂住他的脖颈，一把鼻涕一把泪地大哭道：“仙人，救我，我娘逼我嫁给一个丑八怪，我好害怕。”

我原以为他会一把把我推开，大骂我不要脸之类的，没想到他只是垂下星目，灼灼地盯着我看了半晌：“你是白骨鸡？”

“都什么时候了还研究我的品种啊？救人才是人生大事……啊！”我话还没说完，他已经将我抱在怀中腾空飞起。

大片的风吹在我耳边沙沙作响，我的脸贴着他的胸膛，听着他有节奏的心跳，突然说不出话来。

他的气息温热轻柔，缓缓伏在我的耳边道：“姑娘，到我家中暂避风头可好？”

美男相邀，我岂有说不的道理？

贰·『玉浮海市』

我随顾萧城来到了他居住的玉浮海市。

洛天大陆十国九天，有七十二城，三十六洞，却仅有三座海市。

玉浮海市是矗立在九天奇荒下的半仙小国，里面住着一个名叫“雾汐”

的避世小族。海市里居住的妖灵不受帝君管治，鲜少与外界往来。

这个半仙之国的神秘与华美一直流传在三界之中，妖神都甚为向往，却无人真正去过。而我曾看过上古书籍的记载：海市盛景，堪比日月，万象如仙，皆是虚幻。

顾萧城拿一片金叶划开海市的碧绿珠门，首先映入我眼中的是一片仙雾缭绕的奇美景象。绿茵如织的大路通至金殿，街市两旁堆满了奇珍异宝，玉石珍稀应有尽有。

楼宇用金叶铺瓦，翡翠画栋。一颗颗斗大的夜明珠镶嵌在楼柱上，流光溢彩。

我在三界十林、洛天九乐地玩耍了千年，本以为看尽山色，却也从未见过如此美景。

顾萧城是这玉浮海市新任的国王。

我们刚刚到达玉浮皇宫，远处就有一抹艳红色迎面而来，少女的藕色手臂攀上顾萧城的脖颈，依在他的身上柔声道："萧城哥哥，欢儿好想你。"

这玉浮海市什么都好，就是雾气深重，我看了好半晌才看清楚那少女的样子。眉心缀着一朵红莲，肌若凝脂，巧笑倩兮，是个娇滴滴的小美人。

"这位是？"她看我一眼，刚才婉转的眉目瞬间变成了提防。

"我是顾萧城的新欢，我叫白宝珠。"我笑嘻嘻地自我介绍。

两个人面目均是一怔。

"白姑娘爱开玩笑。"顾萧城扶着额看我一眼，"这是国师爱女顾灵欢。"

顾灵欢稍稍打量了我片刻："你是月白山上的白骨鸡？"

"你们玉浮海市的人都喜欢研究别人的品种吗？"我想起顾萧城对我说的第一句话也是这个。

她淡淡一笑："既然是萧城陛下带来的客人，那就里面请吧。"

当我吃着丰盛的菜品，看着一桌子的人都对我投来炽热的目光时，我感受到了从未遇到过的热情。特别是顾萧城的父王，不停地给我布菜，把我的菜碗堆得有如小山。

玉浮海市果然不同凡响，只是一顿晚饭，我便看到了雪山的人参粥，灵山的扶手甘，南海的蟹棒黄金球等等许多只在书里见过的珍稀佳肴，烹饪精细，色香俱全，让人看了口水直流。

我狼吞虎咽地吃着，仿佛从来没吃过饭一样。

顾萧城的母后看着我殷勤地说：“白姑娘既然来到我们玉浮海市，就在这儿好好住下吧，有什么需要尽管说，不必客气。”

“你们太客气了，是我叨扰了。”我用余光偷偷去瞄顾萧城，他在吃顾灵欢给他夹的鱼。

一尾绯红色的鱼盛在白色玉碟中，上面的鱼鳞都在熠熠发光，掀开鱼骨，鱼肉的清香扑鼻而来，顾灵欢仅仅用银针挑了几下，细白的鱼刺已经全被剔除干净。

他一口一口吃得认真，像是早已习惯了这个动作，抬眼与我四目相接，我竟然有种心烦意乱的感觉。

叁·『欢舞节』

晚上我被顾萧城邀请去参加他们海市的欢舞节。

所有的子民都聚集在海市中央的广场上跳舞，这里堆满了金银珠宝，琉璃玉器。广场中央有一帘瀑布从天而降，开出五色的水花。

雀鸟在上空歌唱，长相俊美的男女手拉着手跳舞，款摆间展现出婀娜身姿。

我这种相貌平平的外来小妖，缩在他们中间简直像个小丑。

顾萧城与顾灵欢也在里面与民同舞，舞姿像是九天上的舞仙。他虽是国王，却与子民混迹一片，毫无君王的架子。

虽是俊男美女如云，但是顾萧城与顾灵欢依旧分外耀眼。

我喝着琼浆玉液，看着他们的轻歌曼舞，瞬间觉得自己弱爆了。

我这边正喝得起劲儿，不知道被谁一把推到海市中央，连滚带爬地站起来之后，只听见大家都在喊：“白姑娘，跳一曲，跳一曲。”

我一脸尴尬地摆手：“我不会跳舞。”

“我来教你。”顾萧城走到我面前，一把牵过我的手，“慢慢地跟着我。”

他的手紧紧握住我的手，墨黑长发被风吹起拂过我的脸颊。我跳得特别糟糕，四肢不协调，引来阵阵笑声，他却毫不介意，始终耐心引导。

我看到顾灵欢站在远处，目光里闪过一抹道不明的神色，但很快就淹没在袅袅的仙雾中。

欢舞节结束之后，我想欣赏一下沿途的风景，顾萧城便陪在我身边。月色皎洁，刚才的欢声笑语过后，城中重新恢复了静谧，每走几步都能看到不同的奇景，闻到醉人的花香，见到潋滟的绝色，仿佛千年来见过的景色都白看了。

进宫前经过一座碧色拱桥，我站在桥上，看着下面开得艳芳娇羞的睡莲，忍不住赞叹："玉浮海市太美了，真舍不得走啊。"

"白姑娘要走？"顾萧城紧张地问道。

"什么白姑娘，叫宝珠！"

"宝……珠。"他有些不自然地改口。

"这个名字虽然有点傻，却是我娘给我取的，她希望我有朝一日找到良人，那人能待我如珠如宝。"我笑了笑，"不过司命星君曾为我批过命，说我这人只要动情就会死。"

他看着我，风吹过我们中间的缝隙，月光照在他的脸上，他伸出手轻拂我的发髻："算命的常有算不准的时候。"

我知道他是在安慰我，司命星君占卜卦象从未出过错。不过我还是冲他咧嘴笑了笑。

风吹落了一地的残花，落到桥下的河水中。他背过身去，我跟在他的身后，任月色逶迤一地。

肆·『离开』

是夜，我坐在铜镜前看自己的脸，未施粉黛苍白无色，怎么看都不具备挖人墙脚的条件。

我想起顾萧城与顾灵欢一同起舞的美好场景，愈发自卑起来了。

这玉浮海市虽然美景迷人，美食让人欲罢不能，又有顾萧城此等美男，可到底不属于我。

我想起我两百岁时司命星君曾为我占卜，说我以后会因情爱丧命。切记当心。

所以这么多年来我小心谨慎，不敢轻易付出感情。一千岁了却只有黄鼠狼上门提亲。

我不知道顾萧城是不是我命中的劫，我闭上眼睛，可是脑海中却不断盘旋着他的样子，怎么样也挥之不去。

好不容易熬到天光初明，我终于做出了一个重要的决定——偷偷离开，去不周山找我的小姑姑。

我掐了个隐身诀，依依不舍地走出玉浮海市的门。

我的美男，我的美食，我美好的生活，一切还没开始，就要告别了，真让人伤心。

蓦然，天空中落下一张网，一把将我罩住。这是一张布满结界的网，瞬间让我法力尽失，动弹不得。

“宝珠，你可真让我好找啊。”黄鼠狼讥笑着从角落里窜出来，走到我面前。

我近距离地看那只黄鼠狼，愈发感觉他丑得天崩地裂。我连多看他一眼的勇气都没有，于是闭着眼对着空气说：“我是不会和你回去的。”

“你今天回去也得回去，不回去也得回去。”他低头，拽着我的头发把我拖到他眼前，“你二娘把你卖给了我，你就是我的人，清炖还是红烧我说了算。”

“谁是你的人啊？要不要脸啊！”我忍不住骂道。

“你这死丫头，嘴还挺硬。”黄鼠狼用力地在我脸上打了一巴掌，顿时把我打得晕头转向。

“你打啊，丑八怪，你最好打死我。”

“敢说我是丑八怪？”黄鼠狼恼羞成怒，接着又扬起手来。

可是这掌并没有落下来，他的手被人狠狠地拽住，我只听见一声骨头断裂的声音，伴随着黄鼠狼凄厉的惨叫。

顾萧城一身淡青色的广袖长衫落在我的面前，是我熟悉的冰冷清俊的模样。他声音冷淡，却透着一股道不明的震慑力：“从今天开始，你若再敢来找白宝珠的麻烦，我定会血洗你们洞府。让你们黄氏一族从此在三界消失。”

“一个即将消失的海市，有什么好嚣张的，不过是仗着女娲的仙法庇护罢了……”黄鼠狼后面的声音没有发出来，顾萧城已一掌将它扫到千里之外。

顾萧城走到我的面前，看着狼狈的我，皱眉道：“白姑娘，你有没有事？”

那副紧张担心的模样让我心里一动，我扑到他的怀里大哭：“我都要被人炖汤了，你还叫我白姑娘！”

他安抚我的手一抖，大概是被我的奇葩逻辑给震住了，眸中闪过一丝暖意：“怕被人炖汤，还一声不吭地离开？”

我睁大眼睛看他：“我要真被炖汤了怎么办？”

他将我圈在怀里，一把抱起，俊朗的眉眼靠近我，意味深长地说了一句：“你放心吧，我不爱吃鸡。”

等等，我们真的是在一个话题上吗？

伍·『珍惜当下』

被黄鼠狼这么一闹，我只好又回到玉浮海市住下了。

顾萧城的父王母后听说我不告而别之后，第一时间赶来看我，千叮万嘱让我别再离开，还说让我以后当这里是自己的家，热情程度让人咋舌。

黄鼠狼把我的脸打得如馒头般肿胀，顾萧城拿着祛瘀活血的冰肌膏为我上药。

他帮我揉脸的时候眼神专注，时光安静得像是停住了一般，仿佛万千美景都不如他眼中透出的一个我。

他的手抚在我的脸上，眼神温柔：“以后就安心在玉浮海市住下吧，别乱跑了。我……会照顾你。”

我那颗想去找小姑姑的心，在顾萧城说出这句话之后，突然就被瞬间安抚了。

我就是这么一个对美男没有抵抗力的姑娘。

我厚着脸皮在玉浮海市住了下来。

不得不说，顾萧城对我非常好。

他除了上朝，余下的时间都用来陪我，他带我去放灯赏花，观星赏月，给我簪花画眉，像是对待爱人一般。

他牵着我的手，走遍玉浮海市的每一个地方。那样平凡的我，在他的身侧，显得笨拙而渺小，可是他却丝毫不介意。

他带我去浮屠塔，我们并肩遥看整个玉浮海市，他感叹地说："人生苦短，我们都要珍惜当下。"

来了玉浮海市我才知道，这里虽然似仙境般无忧无虑，却有着自己可悲的宿命。这一切的美景幻象将会在今年的一个月圆之夜统统消失。

这是玉浮海市的命数，因为有了这个劫难，帝君才对他们分外宽容。

因此这里的子民万年以来崇尚及时行乐，欢歌笑语，日日都过得开心简单。

顾萧城时常会站在浮屠塔上看子民在海市中央跳舞，他青色的广袖长衫迎风飞扬，风吹过他的眉角，眼中布满了数不清的忧伤。

我似乎能看到他心里隐忍的巨大无奈。而这些无奈，我却无能为力。

陆·『死亡金矿』

不消几日顾萧城整装外出。

他在海市的广场上点兵，选的都是骁勇善战的骑兵与战马。

他穿上裘皮大袄，神色凝重地带着这支骑兵向城外出发。

全城的子民都跪在地上目送他离去，里面甚至传来此起彼伏的呜咽声。

"他们为何哭泣？"我不解。

"为他们的亲人即将有去无回而悲伤。"

"他们要去哪里？"

"黑齿国的死亡金矿。"顾灵欢默默闭上眼睛祈祷，"希望萧城哥哥能平安归来。"

我心里一惊。死亡金矿我在游历九天的时候曾经听过，那里常年飘着鹅毛大雪，矿工以蛇为食，血为饮，集日月极阴之气。它们出产的金饰可助妖灵修仙时法力倍增，让许多妖灵趋之若鹜。

可这死亡金矿的金饰并不是随便可得的，它需要活的生灵在自愿的情况下投入熊熊烈火作引，再由一人将烧红的金饰捧在手里，跪满一天一夜才能成型。

自愿作祭品的生灵本就不多，烧红的金饰捧在手里更是痛苦万分。所以，虽然他们的金饰可助人修仙，却让妖灵望而却步。

顾萧城此次前去要拿回的，是一颗已经烧了七七四十九天的九转金丹。

而那些他带去的骑兵战马，是自愿在死亡金矿中葬身火海的牺牲品。顾萧城带着他们去赴死，只为了将九转金丹拿回来。

我躺在榻上辗转难眠，黑齿国的寒冷程度堪比雪山，没有羽毛护体的妖灵只要待上三个时辰就会耐不住寒冷而死去，雾汐族人正好就是没有羽毛的树灵。

我连夜飞身前往死亡金矿，那里已经笼罩在一片白色的大雪中。我撑着羽骨伞站在半空中，死亡金矿的广场上空无一人，只有远处的熊熊烈火正冒着冲天的火光。

我在那片火光外看到了顾萧城，他长发披散衣衫尽湿，大雪在他的身上已经结成了冰，他的目光涣散呆滞，手上正捧着一颗烧得通红的金丹，那颗金丹已将他的手掌血肉烫穿，可他似乎丝毫不觉得疼。

我走到他面前喊他，他仿佛没有听到，只是望着熊熊烈火不断地呢喃："是我送他们去死的，是我送他们去死的……可是为了救玉浮海市……我没有办法……"

那是我第一次看到顾萧城哭。

他全身都在发抖，那并不是因为寒冷的颤抖，而是绝望到无法抑制的抽搐。

我张开羽翼紧紧地抱着他："他们会理解你的，他们一定会理解你的。"

他捧着九转金丹悲凉地笑着："我们玉浮海市避世修仙，从不与人争战，子民清心善良，可为何我们要面临消亡？纵有无边法力又如何，所有的美景到最后都不过是一场空梦。就连爱一个人，都由不得自己做主。"

他像是疯了一般又哭又笑，说了许多话，大片大片的雪落在他的眉睫上，他的脸因为干燥而裂开了数道伤口，我静静地听着，不断用手拂去他脸上的积雪。

后来他说累了，靠在我的怀里，迷迷糊糊地说："宝珠，如果可以，我真希望那日没有遇见你。”

我不知道他为什么会这么说，可是看着他伤心，我的心竟涌起无数道不明所以的疼痛。

原来爱一个人，是会跟随他的心一起痛的。

“我会一直陪着你。”我的脸贴着他的脸，触到他冰凉的肌肤。

风吹雪漫天，焰火熊熊烈，天地苍茫一片，偌大的死亡金矿里，只有我们两个人紧紧地依偎在一起。

柒·『真相』

九转金丹终于被我们带了回来。我们差点冻死在半路上。

回到玉浮海市我就病了，顾萧城衣不解带地照顾我，迷迷糊糊中我听到有人在争吵，顾灵欢的声音细长尖锐：“萧城哥哥你是不是爱上她了？你怎么能爱上她……”

有瓷器碎裂的声音打断了那些话，然后就是一片安静，只听见顾萧城轻微的咳嗽声。

他喂我吃药，在我耳边说话，连连叹息。

我醒来的时候顾萧城并不在我身边，下人说顾萧城在浮屠塔与国师布置八星阵，以抵挡月圆之夜海市消亡的命数。

顾萧城的母后来看我，她端着雪山人参说：“这雪山人参非常滋补，对你身子的康复特别有帮助。”

我想都没想就将这碗人参汤喝了下去。

喝下去之后我才发现不对劲，我突然感到四肢无力，顾萧城的母后露出了复杂的神色。

顾灵欢从门外走了进来，用力一挥手：“绑起来。”

我被人牢牢地捆住，顾萧城的母后看着我不停地说：“白姑娘，对不起。”

“为什么？”我不可置信。

“为了我们玉浮海市的命数，我不得不这么做。如果要恨，就恨我一个人吧。”她的眼中含着泪光。

顾灵欢命人将我丢到一间琉璃房里。冰冷的琉璃房中，她俯下身来看我：“你知道萧城哥哥为什么对你这么好吗？”

我摇摇头。

她却笑了：“我们玉浮海市万年来都在寻找逆天的破解方法，我爹寻了五百年才在九乐地的陆司那里得知一个改变命数的法子，那就是在八星阵的五个阵脚处放上五件镇压的宝物，就可以在月圆之夜逆转天命。五百年来，萧城哥哥费尽心思都在搜寻这五件宝物。”

“哪五件？”我颤抖地问。

“青媚兽的獠牙，鱼妇的腮，九尾狐的尾，死亡金矿的九转金丹，以及千年白骨鸡的鸡心。”顾灵欢看着我，“千年白骨鸡在三界之中只剩最后一只，就是你。”她缓缓地靠近我，把手放在我心口的位置，“活的鸡心。”

我的头突然像是被重锤砸到了一般，撕裂般的疼痛。

“你以为萧城哥哥对你好是爱你吗？你以为子民们对你热情是在欢迎你吗？他们不过是为了你的那颗心，那颗可以改变玉浮海市命数的心。”

“你撒谎……”我捂着耳朵，不愿去相信这个可怕的事实。

“三天后就是月圆之夜，我们都不用再装了，萧城哥哥从头到尾喜欢的人就只有我，而你，什么都不是。”顾灵欢笑着，像是要把数月以来的怨气全部都发泄了一般。

她说完这些便离去了。可是她刺耳的声音却像是不断萦绕在琉璃房中，怎样都散不去。

我愣愣地坐在琉璃房冰冷的地板上，我不想相信顾灵欢的话，可是我清楚地知道，她说的都是真的。

我冷静地将这数月来发生的一切串联起来，渐渐发现了许多我不曾注意的细节。

我在月白丘与顾萧城的相遇并不是巧合，他那日的到来就是为了寻千年白骨鸡。当我扎入他的怀中时，他一眼便看出了我的真身。

他带我回玉浮海市，对我百般呵护，都只不过是冲着我的这颗心。

一颗能帮他们的玉浮海市改变命数的心。

难怪他的父王母后对我如此殷勤和善，难怪他们一听我偷偷离开便紧张得不知所措，他们只是怕我离开之后，再也寻不到另一只千年的白骨鸡。

我贴着冰冷的琉璃地面，寒冷一阵阵地钻入我的身体，可是都不及我心中冰凉。

我付出真心想与之相守一生的男子，只不过将我当成改变命数的陪葬品。那些怜惜温柔的目光，都只是对我的愧疚与补偿。

司命星君说我会命丧于情爱，纵然我百般小心，却终是敌不过宿命的安排。

捌·『幽闭』

我将自己蜷缩在角落不吃不喝，一直等顾萧城来看我，我想他会给我一个解释。可是我痴痴地等了三天，他都没有来。

月圆的前一夜，窗棂上印出一道颀长的身影，那人低着头，抿着唇。

暗夜的光从金叶铺就的屋顶一路漫下来，将他的身影筛得有些不真实。

“是你吗，萧城？”我像是看到了救命的稻草，用力地爬到窗棂边。

那个身影并没有应我，他的身边又多了一个窈窕的身姿：“萧城哥哥，你告诉她，说你从来不爱她，你爱的人是我。让她死也死得瞑目。”

“欢儿，宝珠怎么说都是我们玉浮海市的恩人，你怎么能这么对她？”顾萧城怒斥。

“如果当初不是你救了她，她现在说不定早就被黄鼠狼吃了。你把她带回我们玉浮海市，对她千般宠爱，让她白白拥有了数月美好的光景，她就算是死了，又有什么不满足？你并不亏欠她。”

“欢儿，别说了。”顾萧城打断了她，将她拉走，他们似乎在争吵，断断续续的声音却辨别不出内容。

我趴在窗棂上想去打开那扇窗，可是窗户锁得坚硬牢固，根本打不开，我不停地抓，不停地挠，指甲生生地从指间脱落，鲜红的血冒了出来，我不停地喊：“萧城，你回来，你回来！”

可是他再也没有回来。

我的双手鲜血淋漓，将琉璃窗棂划出一道道血痕。我想起顾灵欢说的话，虽然句句像针刺入心肺，却是半点没错。

如果没有遇见顾萧城，我可能早已命丧黄鼠狼之手；如果没有遇见顾萧城，我不会拥有这么多美好安静的时日。那些在玉浮海市的时光，的的确确是我这一千年来过得最幸福美好的日子。

哪怕它充斥着一个丑陋的谎言。

我想起顾萧城的忧愁，想起他在死亡金矿的悲凉，想起他目睹他的子民葬身火海而无能为力……这似仙似幻的玉浮海市在他的统治下即将走向灭亡，他心如刀割，却无从选择。

在这茫茫尘世，我本就孑然一身，自从娘去世之后，爹爹的偏爱令我饱受欺凌，几百年来，我上天入地自由散漫，可内心却孤单寂寞。

是顾萧城给了我一个温暖的怀抱，一双可依靠的臂膀，以及一段美好的时光。

我摸了摸我的心口，那里有顾萧城最想要的心，我听着它在我的身体里一下一下地跳动，慢慢地落下泪来。

玖·『离开』

天光初明的清晨，我在恍惚中被人摇醒。

一个之前伺候我的宫人正在帮我解开绳子。

他神色匆匆地说："白姑娘，我是来带你走的。"他念了个诀，将我变作一片金叶藏入他的袖中。

琉璃屋外已经被重兵把守，就连平时歌舞升平的海市中也多了很多巡逻的士兵。我在他的袖子中被晃得晕头转向，等我重见天日的时候，海市的大门已经被缓缓打开。

碧绿珠门外，是另一番光景，没有奢华至美，是我许久不见的尘世。

"白姑娘快走吧，以后再也不要来了。"

"那你们的八星阵怎么办？"我忍不住问道。

"陛下自有办法，姑娘无须费心。"他从怀中掏出一袋金叶放在我手中，"此袋里装的是一百片金叶，可助姑娘抵挡任何妖魔法力。以后修仙路长，或许能帮上姑娘。”

“他为什么要放了我？”

“陛下应该自有陛下的思量。”

“不，你带我回去，我要见他，哪怕他要挖我的心，我也要见他。”我不知道哪里来的勇气，脱口而出。

“玉浮海市对于外人只能三进三出，白姑娘，这已经是你第三次离开，以后这里的门，永远不会再为你开启。”宫人垂下眼睑，转身进了大门。

进去的一瞬间，我瞥见他小厮模样的衣衫渐渐变了颜色，眉眼光华，青衫广袖，一点点地显现了出来，他转过身的时候，顾萧城的脸已经出现在门的另一端。

他轻轻地朝我挥了挥手，广袖飘荡，在大门缓缓关闭的一刹那，他轻声说：“宝珠，珍重。”

我不顾一切地跑过去，可是海市已经消失得无影无踪。空空的周遭，荒草从生，只剩下耳畔的风声作响。

我抱着那袋金叶，纵声大哭起来。

拾·『旧梦一场』

后来常常有人提起月圆那夜，都说万年不曾见过如此异象。天地风云变色，龙宫覆雨翻云，万鸟群飞，分明是漆黑的夜，却如同白昼一般明亮。

这个异象持续了一夜，直到第二天，所有的一切才恢复常态。

而我在海市门前哭晕了过去。

游历九天的画眉上仙途经此地，将我送到了小姑姑修炼的不周山。我醒来之后四处打听玉浮海市，众人皆说它已消失，让我不要再做无谓的寻找。

我常与小姑姑坐在不周山上看远处花海沉浮，听诗雨虫鸣，远山含黛的景色却再也不能让我有任何的悸动与眷恋。

我从未与外人说过我在玉浮海市的遭遇，人生处处皆梦幻，我已不想再惦念那样的一场梦。

五百年后我接替飞蛾一族的帝姬蕚宛到九乐地为陆司办差。

三界之外的九乐地，是众人都不愿意踏足的地方。它收纳冤魂、情爱、欲念、贪念，以及平生的记忆。

听到陆司名字的那一瞬，我记忆里某个画面像被人撩动了起来。我想起当年顾灵欢说她爹走遍九天三界，最后才在陆司这里找到救玉浮海市的法子。

他如此神通广大，又怎会不知玉浮海市是否还存在呢？

陆司似乎对我一点也不陌生。他摸着花白的胡子，从众多的匣子中取出一个珊瑚匣，说："顾萧城的记忆，全在这个匣子中。"

我坐在洱水桥上，艳红色的微光中，饿殍四散。匣子被打开的一瞬间，印在洱水桥上的景象是浮屠塔的一轮皎洁圆月。

霜白的月光下，顾萧城用刀刺入自己的心脏，将自己的心挖了出来，放到了八星阵上。鲜血将他的青衫一点点染红，他脸色苍白，忍着巨大的痛苦，却拼尽全力熬过了那个可怕的夜晚。

他死在顾灵欢的怀中，她抱着他哭得很伤心，他颤颤巍巍地说："这一生，我辜负了你，也辜负了宝珠。我带她入玉浮海市是想杀了她，可是我却对她动了情，再也下不了手。所以我只能用自己的心来换她平安。"

我想起在死亡金矿的那一夜，他曾对我说："如果没有遇到你，就好了。"

可是他死前说的最后一句话却是："宝珠，遇见你，我从未后悔。"

他在我第一次偷偷离开玉浮海市的时候就跟在我身后护送我离去，却还是把我带了回去。他在死亡金矿忍着巨大的疼痛挣扎煎熬着，他本想在我伤好后就放了我，是顾灵欢看出了他的想法，才抢先下手将我关起来。

从他将我送出玉浮海市的那一刻开始，他就做好了替我去死的准备。

我将那个匣子缓缓合上，紧紧地抱在怀中。

玉浮海市，人间仙境，人人都向往的无忧之地，可原来再美的景色没有人一同欣赏，也是索然无味。没有心爱之人在侧，即使长生不老，也不过是一具没有灵魂的躯壳。

我的泪一滴一滴地落在洱水中，绵延不绝的金色睡莲在水中艳艳盛开，纠缠的枝蔓攀附住我的脚踝。

海市盛景，堪比日月，万象如仙，皆是虚幻。

到底不过是刻骨铭心的旧梦一场。

梦远不归

淮畔柳如云，花锁玉楼春。
莫叹樽中月，梦杳无处寻。
——《洛诗集》

壹·『唐子轩』

来到洛珠国的那一年，皑皑白雪漫天纷飞，整个山涧树林被大雪覆盖成一片霜色。

我穿着一件单薄的素裙，跪在雪地里徒手去挖黑榕树的根。白雪落在我身上，冰冷蚀骨的寒意仿佛要刺穿我的五脏六腑，可是我毫不在意。

眼前的黑榕树是我唯一的希望，可是，当树干的根部被挖开时，里面露出的却是一个巨大的黑洞，凄冷萧索，像是在嘲讽我的可怜。

“看，梦魇在那儿，快抓住她。”不远处有人叫嚣着朝我奔过来，我听得出那是猎人的声音，立即起身想逃，可是已经来不及了。

火烧箭一箭射穿我的身体，我倒在雪地里，欢呼的声音由远及近，我知道若我被猎人抓住，便是落进了人间地狱，我用尽最后一点灵力准备自焚，却在施法的时候被人扼住手腕。

“吃了它。”那人身上有淡淡的药味，却并不难闻，带着一股道不明的清香。

温热的身体俯身而下，一双上挑的桃花眼率先映入我的眼帘，乌发黑眸，五官精致，是一个笑得极其好看的小公子。

猎人赶到的时候我的满头银发已经变得乌黑，那个俊俏的小公子突然眼睛一瞪，滚出大颗泪珠，哭得声嘶力竭：“你们这些坏人，为什么要拿箭射我姐姐？为什么！姐姐，你疼吗？”句句如泣，哭得十分逼真。

“我刚刚射的明明是一头银发的女子啊。”猎人狐疑地盯着我瞧。

“哪里有银发？”他把我的发丝掬在手中，“你们是不是瞎了？你们把我姐姐弄伤了还诸多借口，不赔医药费，我便去官府告你们。”

猎户以为真的伤了人，只好丢下身上的碎银，怨声载道地离去。

树林里恢复了寂静，有大片的雪落在他的眉间，衬得他一双眸子更加清亮。

他收起了泪珠，帮我拔箭，包扎伤口，熟练而迅速。

“你是谁？”我问。

“我叫唐子轩，学医的。”他把我背在肩上，行走在山林间，冬鸟幽啼，草木萧萧。

“姐姐，我听说你们梦魇可以为人织梦，是真的吗？”他在路上问我。

“你想织什么梦？”我附在他的耳边问。

他笑笑，并没有说话，清亮的目光里闪过一丝蓬勃的野心。

那时的唐子轩刚满十四，我云梦初却已有九千九百九十岁，他在我眼中不过是一个还没有长大的孩子，可是他的背脊却十分温暖，像是能将整个冬日的雪都融化于心。

我攀着他的臂膀，依在他的背上暗暗地想，无论是什么梦，只要我能给，一定竭尽所能帮他实现。

贰·『梦魇』

没有遇到唐子轩之前，我住在九天齐荒下的梦浮海市。

洛天大陆十国九天，有七十二城，三十六洞，却仅有三座海市。

梦浮海市的子民擅长织梦幻术，能让梦境成真，令无数人趋之若鹜，只为求得一梦。

凡人称他们为“梦魇”。

梦魇虽为人编织梦境，可是每到万岁便会老死，这是他们命定的劫数。

族中梦师找寻多年才寻得活命之法，无论男女，若能在凡间找寻一位恋人，待那人真心爱上梦魇，便可入他梦中取他元神，以他之命续自己的命。

族中男女一到九千岁便开始容颜憔悴满头银发，只有吃下黑榕果才可恢复容貌，他们便纷纷离开海市去寻黑榕果，再以美貌获得爱情和生命。久而久之，梦魇便成为猎人捕捉的对象，一旦捕获便用尽酷刑逼其为自己编织梦境。

我是被父亲丢出海市的，他不愿见我老死在他面前，索性让我自生自灭。

离开海市之后，我过上了非常凄惨的生活，为了寻找黑榕果，我走遍洛天十国，为了躲避猎人的追捕，我只能住山洞、树林，以天为被地为床，以山果为食，日子和乞丐无二。

唐子轩把我带回他的医馆，为我铺新床，煮晚饭，再将熬好的药一口一口地喂到我嘴里。

我感动得差点想以身相许了。

医馆颇为陈旧，看得出是有些年头了，梁栋上还挂着白色的花球，像是刚刚办过一场丧礼。唐子轩点着炭火小炉，把米缸里最后一点米放在砂锅里熬煮，“你跟着我，以后可要过苦日子了。”

我捧着热水，心里暖暖地笑起来：“你为何不让我给你织一个富贵荣华的梦？”

他站起身，推开窗，冬日的风雪刮在他的脸上，将他白净的脸冻得通红，那一双清亮的双眸闪着笃定：“我想看看单凭我自己，能不能实现我的梦。”

那是洛珠国开国以来最冷的冬天，我们同喝一碗粥，因为太冷，他小小的身体靠在我怀里取暖，墨黑色的发抵在我的下巴处。

“你家里人呢？”

“死了。”他目光沉寂，一双拳头握得紧紧的。

我将他揽入怀中，感受到他瘦小的身体正在微微发抖，那是一种埋藏在内心深处的隐忍，坚毅得让人心疼，我抚摸着他的头，轻轻地说："以后我便是你的亲人。"

叁·『拜师』

唐家医馆在都城天安桥下，门口有一株柳树，小桥河塘，长街繁华，很是热闹。

唐子轩一出生便没了母亲，父亲本是皇宫里的御医，医术超群，常被妃嫔点名问诊，在一次误诊被逐出皇宫后，便在城中开了一间医馆。谁料数月前被人诬陷倒卖假药，唐子轩上诉求援耗尽家财还是无用，最终他爹被屈打成招，枉死在狱中。

他听人说梦魇可助人造梦，便寻遍所有的山林，找到了一颗黑榕果制成药丸，日日等在黑榕树附近，想求梦魇帮他织一个梦。

正巧救了受伤的我。

我不知道他为何没有让我为他织梦，而是让我和正常人一样和他生活在一起。

父亲把我丢出海市的时候曾经告诫我，凡人心不可测，千万不要对他们的感情有所眷恋。

这么深奥的话我自是不懂，我只知道唐子轩对我好，他教我缝衣、种花，把最好吃的都留给我。

"姐姐，这个可好吃了，你尝尝。""姐姐，我画了一幅画送你。""姐姐，这白芷膏是特意做来给你修复疤痕的……"他的声音暖糯糯的，配上一张讨巧好看的脸，笑意浅浅地看着你，仿佛他要天上的星月你都愿意摘来给他。

唐子轩在半年之后将他父亲留下来的医书全部看完了，仍然觉得所学不够，可是城中名医像是商量好的一般，都不肯收唐子轩为徒，他一筹莫展地坐在门口望着河塘发呆。

我知道他心中的抱负，是在三年后太医院的招考中被选中，入太医院一雪他唐家多年的耻辱。

可是太医院人才济济，若无人教导，以他如今的医术就是再自学十年也不可能入选。

我沉思良久，想起离洛珠国不远的祁山上有一位神医，若能得他真传，唐子轩入选太医院便不是难事。

翌日我便拉着唐子轩前往祁山。神医住在山顶，那座山岩壁尖锐，陡峭异常，除了攀爬，别无他法，求医问药的人十分多，可是真正攀爬到山顶的却没有几个。

我让唐子轩在前面攀爬，我则护在他的身后。好几次他脚底一滑，险些跌倒，还好我用肩将他托住，即使尖锐的岩石划破了我的手臂、双腿以及脸颊，我也顾不得那么多。待我们到达山顶时，已经日暮西斜，我们累得几乎瘫坐在地上。

神医闭门不见，我和唐子轩便长跪门前。入夜之后山顶阴寒寂寥，冷风吹过我们的身体，仿若刀割一般，他瘦小的身体在风中微微颤抖。

我问他："子轩，你怕不怕？"

"只要能达成所愿，我什么都不怕。"他的眼眸坚定如星。

我们在神医门前跪了一整夜，当日出的第一缕金光从山顶照耀下来时，神医的房门才缓缓打开，唐子轩用尽最后一丝气力爬到神医的脚边，头深深地磕了下去："求神医收我为徒。"

神医走到唐子轩的面前，一双枯手覆在他的头顶："念在你诚心一片，吾就收你为徒罢。"

那一年唐子轩刚满十五，成了洛珠国神医门下唯一的徒弟，这个消息一经传出便让他声名鹊起。而我因那夜跪了太久，膝盖处落下了病根，只要天气阴冷就会疼痛难忍，可是当我看到唐子轩因为拜得神医门下而喜上眉梢的脸庞时，那些所谓的疼痛也一并化作幸福的喜悦了。

肆·『一辈子』

唐子轩拜在神医门下之后便久居祁山，神医门规甚严，只准他一月回一次家。我学着做了许多东西给他送去，他不能下来，我便送上去给他。

每次看到我为了给他送东西划得满手臂都是血时，他总会心疼地拉着我的手说："姐姐，你以后别给我送东西了，我这儿什么都不缺。"

他师父笑他："你姐姐这是疼你。"

他吃着我给他做的花糕，挽着我的手臂笑得极其灿烂："我知道姐姐是最疼我的。"

风雪落在他的眉间，覆盖在他一双微挑着的凤眼上。看着他的眼睛，我常常会恍惚地觉得我们已经认识了很久很久，久到我几乎快要忘了我是从梦浮海市而来，为了编织一个梦而生的。

下山的时候，他总不忘叮嘱我："姐姐，小心。"

他墨色的长发随意地披在肩后，顺着风势飘散开来，一张白净无瑕的脸对着我，眉宇间尽是关切的神色。那是我记忆中最深刻的画面和容颜，无论过去多少年都不会忘记。

他在祁山上一学就是三年。三年的时间我学会了做各色菜肴，学会了分辨各种草药，学会了把医馆打理得井井有条。唐子轩每次回来的时候，都会感叹院中的花草馥郁、生机盎然。

他一月问诊一次，开始只有寥寥数人上门，在他医治了几个疑难杂症之后，病人便多了起来。与他医术齐名的还有他的容貌，只是一身白袍，丝带束发，坐在医馆里悠闲自得地捧一盏茶，便能让无数姑娘看傻了眼，更有甚者不惜撒下重金聘他过府问诊，只为一睹他倾城的容貌。

唐子轩学成归来后，家中提亲的人几乎快要踏破医馆的门槛，他全让我打发了。他的一颗心都扑在钻研医术上，经络，五行，精气，阴阳，他早已精通，对于太医院的招考几乎是胜券在握。

他考试的那天是我送他去的，我为他整理衣发，他已高过我的头顶，长身玉立，一双微挑着的凤眼明亮地嵌在他俊俏的脸上。熙攘的人群从他身边走过，有一个讥笑的声音说道："这不是神医弟子唐子轩吗？怎么？考个试还要姐姐作陪，真是个长不大的奶娃娃。"

他下意识地撇开我的手说："你回去吧。"我看到他眼中带着一丝窘态。

我发现，他长大了，不再是那个喜欢靠在我身边，暖暖地喊我"姐姐"的十四岁少年了。

往回走的时候，我在湖边驻足，湖中倒映出我的容颜。我虽吃了黑榕果，可容貌仍在一点一点地老去，眼角上的细纹在提醒我，我的寿命所剩无几。自入凡尘以来，我没有将心思放在其他男子身上，我差点忘了我若不找到那个喜欢我的男人为我以命续命，我便会迅速老死。我会比唐子轩先老，先死，我脸上出现的皱纹便是最可怕的开始。

那日我坐在医馆门前的柳树下发怔良久，高大的柳树成了精，总喜欢跑出来与我玩耍，他提醒我："梦魇最怕动情，你舍不得取他性命，最后他只会害死你。"

我不相信唐子轩会害我，我与他生活了这么多年，他待我极好，又怎么会害我？

那日他很晚都没有回来，有邻居跑来告诉我，唐子轩今天考试的时候被人查出作弊，当场被痛打了二十个板子丢了出去。

我惊地推开门就去寻他，那是雪夜，都城落雪的长街上只有打更的更夫，月光凄清地照在路面上，一脚踩下去全是深深的脚印。

他坐在一座小桥上喝着酒，我跑过去时，他身上的血已经染红了半身白衣，和雪粘在一起结成了冰。他喝得醉醺醺的，我过去将他手里的酒壶夺下："别喝了。"

"给我！"他的眼中有怒气。

"走，跟姐姐回家。"我拉着他。

"家？什么家？我早就没有了家，你也不是我姐姐，你不过是一个助人织梦的梦魇罢了。"他笑起来，笑得很大声，很刺耳，"你那是什么眼神？是在可怜我？是啊，我堂堂神医的徒弟竟然被指作弊，的确够可悲，够可怜的。我以为只要我足够努力，就可以在这次的考试中拔得头筹，可是他们还是不肯放过我，连一个机会也不给我，我终究是个废人，废人！"

我知道他此刻的痛苦，他辛苦了三年，忍辱负重就是为了这一日，可是却没能得偿所愿。

我把抢来的酒摔在地上："我不会可怜你也不会同情你，只有弱者才需要别人同情。三年前你和我说，你要靠自己的力量去实现你的梦，我便一直跟着你，从你将我带回医馆的那一天开始，你就是我的至亲，无论你好与不好，我都不会嫌弃你，更不会离开你。"

唐子轩没有说话，刚刚愤怒的双眸瞬间柔软了下来，我为他拂去墨发上的雪，他把脸贴在我的手中，温热的泪落了下来：“姐姐，对不起。”

我淡淡地笑起来，唐子轩虽然已经长大了，可是他在我心里却永远是那个稚嫩的少年。

我背着他走在风雪中，一如三年前他背着我。长夜漫漫，漆黑的夜路上只有我们两个人，我说：“子轩，我可以为你织一个梦，只要你想要。”

他把头埋在我的脖颈中，一双手紧紧地抱住我的肩，瓮声瓮气地说：“姐姐，我不要你给我织什么梦，我只想你一辈子陪着我。”

我心里一动，鼻头发酸。我不过是梦浮海市放逐出来的梦魇，活不过万岁，更别说什么一辈子。

沉重的步子深陷在雪地中，清辉尽落，却照不亮我心中的阴霾。

伍·『转机』

所谓的考试作弊不过是被人陷害，太医院的副院与唐子轩的父亲曾有过节，多年来唐家的衰败也与其有着莫大的关联。可他如今身居要职，无人能奈他如何，这一次也不例外。

考试被指作弊，考生五年内不得再考，唐子轩进太医院的梦想破灭了。他的腿疾治了一个月才好，等他病好了之后，便不再上祁山学医，终日无所事事地待在医馆里混日子，对医术的钻研也不如从前那般刻苦。

他开始参与一些文人雅士的活动，作诗饮酒附庸风雅，一张古琴一柄折扇，走街串巷引来众人围观。

闲来无事他也会下厨做菜，他极爱花糕，折一篮新鲜时令的花入糕点，做好了端到我面前，自己只拈一块，一小口一小口地慢慢咀嚼。

他常常站在门前，看着长街的人群打马而过，背对我的身影很是寥落，整个人僵硬笔直，隐隐还能听到他声音里的叹息。他虽然表面上装作无事，可我深知，他只是用这些表现来打发他内心的不甘和苦闷。

有一日我与唐子轩路过市集，看到都城贴出告示，清月公主得了怪病，御医们均束手无策，只好贴榜求医。我灵机一动，揭下皇榜塞到唐子轩手中。

很快唐子轩便被带到了皇宫中，我知以他的医术想要救公主并非难事，果然，仅用了三日，他便治好了清月公主的怪病，国主大喜，当场便破格将他纳入太医院。

这则消息传出来，全洛珠国的百姓都为之哗然。我并不觉得奇怪，以他的资质才华，得到重用和赏识是必然的。

他出宫的时候我去宫门前等他，远远的，我便看到他打着伞与一女子并肩而行。那女子身后跟随着十几名宫女太监，阵仗庞大，她身着华贵衣裳，看着唐子轩的时候巧笑倩兮，爱慕之情呼之欲出。待走近了我才看清，这名女子长得极其貌美，面如皎月，冰肌玉骨。

她想必就是清月公主。

唐子轩看到我，欣喜地朝我跑来，一把将我抱在怀里："姐姐，我好想你。"

清月公主刚才还笑意盈盈的脸瞬间冷了下来："这就是你说的姐姐？怎么长得如此苍老？"

我有些尴尬地推开唐子轩，对公主行礼："民女见过公主。"

唐子轩执我手对清月公主说："我姐姐虽然老了，可是她依然是我心中最美的女子，全天下的女子都不及她分毫。"

公主气鼓鼓地走了，我抽回自己微微变皱的手，瞪着眼睛看向唐子轩："让你乱说，现在公主被气走了，以后看你怎么办？"

"什么怎么办？"

"你装什么傻，公主摆明了是喜欢你啊，你还不顺理成章地从了她，从此一步登天，不要说进太医院了，做上提点也不是难事……"

"你不吃醋吗？"唐子轩突然问我，目光炙热地看着我。

"吃醋是什么？"我被他看得心跳加速。

沉默之后，他看着我无奈地叹息，白皙的手用力敲在我的头上："你真是个傻姐姐。"

陆·『分别』

庆宝四十年，唐子轩入太医院。而后城中蔓延了一场极为严重的瘟疫，亏得他研制出了克制瘟疫的药，才将这场可怕的瘟疫平息了下来。瘟疫过后，他得到了国主的重用。仅用了两年的时间便成了太医院中最年轻的提点，官拜正五品。

国主给了他新的府邸，在都城最繁华的位置，雕梁画栋好生气派。可我还是喜欢那个破旧的小医馆，看着门前的流水河塘，睡着那张他为我铺的小床，仿佛是我这辈子最温暖的记忆。

唐子轩掌权之后，便着手为他父亲洗清当年的冤案，挖出了陷害他们一家的副院。

副院被正法的那日阳光明媚，我说怕血腥便没有去看，是清月公主陪他去的。他们有说有笑地离去，喝到酩酊大醉地回来，隔着门缝我看到清月公主趴在他的肩头，他伸出手轻轻地拥住她，那动作太过温柔，月光照在他们的身上，真是一对郎才女貌的璧人。

清月公主喜欢唐子轩，全洛珠国上下都知道。她为他不惜拒绝了洛羽国二皇子的求婚，为他打点上下的关系，唐子轩可以在那么短的时间内坐到正五品的位置，除了他自身的才华，清月公主在背后也为他出力不少。

我不小心踢翻门边的一盆海棠，惊动了两个深情拥抱的男女，唐子轩迅速地与公主分开，推门进来面露尴尬地说："姐姐……公主……她身体不适……我去给她抓些药。"

他慌乱解释的样子看得我有些难受，公主是金枝玉叶，宫中什么珍稀的药材没有，还需要到我们这小小的医馆来抓药？我并没有戳穿他的谎话，只是站在门口与公主四目相对。

她走到我面前，从上到下地打量我，娇丽的容颜尽是不屑的神色："你别以为你对子轩来说是独一无二的，男人到底是喜欢美丽的事物，你看看你都老成什么样了？他怎么可能还喜欢你？"

公主走后，我去看铜镜前的自己，两鬓有了细细的白色，看上去愈发的苍老，唐子轩拿着梳子帮我梳头，我问他："子轩，姐姐是不是又老又丑？"

"姐姐在我心中永远是最美的女子。"他说。

我知道这些都是他安慰我的话，他刚刚和清月公主抱在一起，那么温柔缠绵，一转头却可以假装若无其事继续与我说笑。他明明心里有了别人，为何还要来骗我？

我躺在小小的床上，眼中酸涩难忍，我想起父亲曾告诉过我，凡人的感情变数太多，千万不要有所期待。

我曾经渴望他喜欢上别人，因为我不可能陪他终老。可是当他真的喜欢上别人的时候，我的心却像被人剜去一块那般疼痛，我突然很想知道，他心里真正喜欢的人到底是谁。

我慢慢地推开唐子轩的房门，他就静静地躺在床上，白玉般的俊颜永远都那么好看。我施了法想入他的梦，金色的光刚刚落在他的头上，我便让一张巨大的网给擒住了。

“妖孽还不束手就擒！”唐子轩的房间里突然出现了一个道士，还有不知道何时便躲在角落里的清月公主。

我被巨大的网罩住，那是集天地灵气的天蚕所织的网，我根本无法逃脱。

唐子轩睁开眼睛，目光冰冷地看着我。

“子轩，我说了她想害你，你现在总该相信了吧？”清月公主指着我说道，“我早就知道你是梦魇，你们在万岁的时候就会老死，来凡间就是为了寻一个喜欢你们的人，在他真正喜欢你的时候夺他性命来续命。”

我蓦然明白，是他和公主设了一个局，引我入瓮。

“公主说的都是真的吗？”唐子轩静静地看着我问。

我很想告诉他，我要入他的梦，只是想看看他是否真的喜欢我。

可是我知道现在所有的解释都太过苍白，他不会信我，就算信我，我也不可能再留在洛珠国，不可能和唐子轩继续在一起了。

“是，公主说的都是真的。”我没有狡辩，反而非常平静，“我跟随你，就是想让你喜欢上我，然后以你的命换我的命。”

“不，我不相信。”他不可置信地摇头，“你早可以取了我的命，为何要等到今日？”

“我感恩你救过我，本不愿让你死，可是今日公主和我说，你要娶她，我很害怕，我怕老，我怕死，我思前想后便只能牺牲你。”

“子轩你听到了吗？这就是你一直放在心上视如明珠一般的女人，多么恶毒，多么可怖。”

清月公主叫嚣着，脸上挂着得意的笑容。

“这么多年，你和我说的那些话全都是假的？”他抓住我，眼神极其痛苦。

“你当初救我回来，不就是想让我帮你织梦吗？我不假装对你好，还能活下去吗？在我们的生存法则里，不是你死就是我亡。”我忍着心中的悲伤继续说道。

“简直可恶！”清月公主夺过道长手中的长剑，直直朝我刺过来。

我闭着眼等着这一剑，长剑却在我的面前停住，唐子轩徒手抓住了剑锋，血汩汩地从他手中滴了下来，他一脸哀伤地看着我：“姐姐，当初我救你是为了让你帮我实现愿望，可是从我见到你的第一天开始，我便再也放不下你，我从来不想你帮我织梦，因为我知道你若为别人织了一个梦，你就会死。我不想你死，我想和你在一起，哪怕年岁短暂，对我来说也是一辈子。”他痛苦地笑着，“是我自作多情，自作多情了……”

他笑得很苍凉，我从未见他有过这样悲伤的容颜，一双凤眼中满是绝望，怎么也望不到头。

“你曾问过我，想要一个怎样的梦，在没有遇到你之前，我想要富贵权力，但在认识你之后，我只想与你厮守终生，我不怕你老，不怕你死，我只怕你对我都是虚情假意，我可真傻，真傻……”他缓缓松开手，眼中却没有一滴眼泪，仿佛油尽灯枯了一般。

他走到公主面前，双膝跪在地上：“微臣求公主饶她一条性命，从今以后，微臣愿在公主身边，侍奉终生。”

柒·『永梦』

我没有死在唐子轩的面前，而是在大雪天的夜晚被人丢出了洛珠国的都城。

大雪封地三十里，有人给我盖了一条厚厚的貂皮披风。

我闻到貂皮披风上有一股淡淡的草药味道，是唐子轩身上常有的气味。

可是我抬眼只看到他清瘦的背影渐行渐远，随着城门紧闭消失在我眼前。

我知道是我的话狠狠地伤了唐子轩的心，给他心上留下了血淋淋的伤痕，这件披风是他给我的最后一点温暖。

可是我并不后悔。

至少他不会放弃富贵权位带我远离尘世，他不会看着我一天天变老，他不会在我死后成为洛珠国的笑柄，再也无法让他们唐家光耀门楣。

至少我不用入他的梦，便已经知道他心里喜欢的人是我。

让我独自一人老去，独自一人死去，而他一定会和公主过得幸福美满。

哪怕他恨我一辈子，我也没有什么可遗憾的。

城门外没有人，仿佛每到下雪的夜晚，都看不到人。我用尽最后一点法力隔空织了个梦，我许久没有织过梦了，在凡间五年，我的双手长满了茧，身上都是病痛。

在梦浮海市的时候，所有的一切都可以靠织梦得到，那里的子民不需劳动便能活得无忧无虑。所有的织梦师都害怕离开梦浮海市，可是他们不知道，轻而易举能得到的一切从来没有人会去珍惜，所以即使岁月过了万年，我们始终不懂什么才是真正的幸福，而我们在凡间经历悲苦磨难，对来之不易的情感才会更加珍惜。

我用了五年才明白这个道理，不知道算不算晚。

我拖着老迈的身体朝山林走去，我看到自己的身体在迅速地变老、起皱，我的黑发变得雪白，我的腰渐渐无法挺立，等我走到那棵黑榕树下的时候，我已经变成了一个鹤发鸡皮的老妪。

山林间的风太大，我只能紧紧地抱着那棵黑榕树才不至于被风吹走。

我静静地注视着洛珠国的方向，那是唐子轩给我家的地方。父亲曾说，梦魇一生所求的，就是寻得一个爱自己的人来续命。

而我此生所求的不过是我爱的人可以百岁无忧。

知道他未来会幸福，会平安，就够了。

我仿佛在那些金色的梦境里，看到了唐子轩的后半生。他会加官晋爵，有一双可爱的儿女，他们唐家繁荣绵延，开的医馆遍布洛天十国，他成了洛天十国家喻户晓的人物。

只是他再也不会记得我，不会记得他十四岁那年，出现在漫天雪地里那个一头银发冻得瑟瑟发抖的女子。

我在闭眼前，仿佛看到了十四岁的那个少年，乌发黑眸，五官精致，笑起来极其好看，他捧着一碗粥给我，说："你以后跟着我，可要过苦日子了。"

我想这是他给过我的，最甜的梦。

捌·『梦远不归』

唐子轩次日醒来后便忘了遇到梦魇的过往，娶了洛珠国国主最心爱的清月公主，两年后有了一双儿女。

在他担任太医院提点的三十年，治疗了各种疑难杂症，收门生无数，留下医书几十部。

他五十岁便归隐于市，打理唐家医馆，不消几年唐家医馆就遍布洛天十国。

人人都说他这一生幸运而幸福，他从未怀疑过，只是每年雪天他走过落雪的长街时，总觉得心里空落落的。

有一年冬天，他儿子给他端来一碟用黑榕果制成的糕点，糕点入口的那刻，他的心里突然泛起一股莫名的苦楚。

他不顾风雪夜，执意要去那棵黑榕树下看看，儿子拗不过，只好带他前去。

远远的，他便看到那棵黑榕树在风雪里灼灼繁盛，他每朝前面走一步，都仿佛是踩在自己的心上。

他突然想起几十年前的一个风雪夜，他与公主一起回来，他对公主说："承蒙公主抬爱，可子轩心中早已有了爱人，不论她能活多久，我都陪着她。"

公主泪眼婆娑地问他："你能不能给我一个拥抱，就当是最后的诀别。"

他听到门后的动静，看到了一双娴静秀丽的眼眸，哀伤又动人。

他拼命地去想，却怎样也想不起那个人的脸。

当他摸向到那棵黑榕树的时候，才看到树干上刻着一行小字，时间太久，字迹已经非常模糊，他凑近了仔细看，娟秀的字迹写着："梦太远，你可还会来。"

他摸了摸自己的脸颊，不知何时已经落下泪来。

梦远不成归，归来已经年。

予归未可期

夏夜银钩月，清风莲上掠。
两鬓染万雪，归心永不灭。
——《洛诗集》

壹·【成平君】

听说我被退婚的那一日，阳光甚好。

南海许久不曾有过这样和煦的阳光，夹杂着从云层上空跌落的一片云雨，片刻之后化作七色霓虹，立在天际，衬得这湛蓝的海水像海市蜃楼一般。

我将自己埋在沙地里，四仰八叉地躺着，只露出一双眼悠闲地望着这天幕美景，难得如此惬意。

小乌龟在旁边端着我爱喝的玉露安慰我道："七公主，别太伤心了，那成平君也太不识趣，不要也罢。"

成平君是万凰之王火凤凰家族的二皇子，是父王一个月前在朝华君的喜宴上同帝君求来的婚事。

没承想不过几月，我便遭到对方的退婚。一想到皇姐们的耻笑，顿觉我的人生都黑暗了。

“听说那成平君退婚之后，帝君罚他下凡渡劫，也算是有所惩罚了。”小乌龟又说了一句。

“渡劫？”我从沙地里一跃而起，“这么说他现在是凡人啦？”

“七公主你要做什么？”小乌龟紧张地看着我。

我念了个诀，将小乌龟变成了我的模样，叮嘱道：“我去凡间一趟，你先冒充我一日，我会尽快回来的。”

“七公主，不可啊，不可……”

小乌龟的声音被我抛在了茫茫的大海之中。

贰·【苏远安】

成平君被贬到洛纱国的一户商人家中。

洛纱国在洛天大陆中属于小国。因地处偏远，无山陵遮蔽，常年遭受风沙袭击，幸得古氏家族庇佑，才让这个常年被天灾所袭的国家得以生存。

我来的第一天就被风沙吹得七窍生风，好不容易在风沙中把头上的两只龙角变没，用着龙宫的法器寻到了成平君的所在。

我原意是看到这个该死的凤凰时就上去痛揍他一顿，然后拍拍手愉快地走人。

我是在私塾门前见到成平君的。下学后一群学子从学堂里走出来，成平君锦衣华服，虽只有十四岁，却星眸皓齿，浓眉墨发，扎在人群堆里尤为醒目。

他左脸颊上有一枚凤凰图形的印记，虽然已经用法力隐藏，但是我看得无比真切。

管他长成什么样，揍他一顿才是正经事。

我一路尾随他，见他先在路边买了一个糖人，又买了一只纸鸢，在熙熙攘攘的街上，我始终不方便下手。

终于他走到了一条人烟稀少的巷子内，在我还琢磨着要不要上前的时候，已经有一群人走上前去，将麻袋往他头上一套，抡起手里的棍棒就朝他打去。

竟然有人抢了我要做的事情？看来这成平君平日里得罪的人也不少。

眼看着来人下手都很重，有人甚至从怀中掏出了匕首，我赶忙施了法将那群人狠狠地摔在巷子两旁的墙壁上。

我拍了拍手以示完工，成平君此刻却从麻袋里挣扎着钻了出来。光华流转的一张脸，稚气未脱，却已经看出了绝色的容颜。

“你没事吧？”我走上前，看着他青紫的脸问道。

“在下苏远安，敢问姑娘芳名？”

“我叫小七。”我冲他咧嘴一笑，这成平君的样貌可真是好看。

“小心……”他突然大呼一声，一把将我护在身后。

原来是刚才被我打倒的小厮又爬了起来，正拿着匕首欲从背后袭击我。待我一掌将那个小厮打到吐血，成平君已经被匕首刺伤，倒在了我怀中。

叁·【承诺】

这样一个手无缚鸡之力的书生，不知道是谁给了他这么大的勇气去接那一刀。

苏家是洛纱国的巨贾，做外贸生意，我随意问了个路人便得知了苏府的位置。

把苏远安送回府邸的路上，他始终攥着我的手不肯松开。

苏家老爷夫人见我救了他，千恩万谢地把我请进了府。

苏远安在软榻上蹙着眉头，俊脸上仍带着稚气，迷迷糊糊的。

大夫说他虽然中了一刀，但是好在救治及时，算是躲过一劫。

我在红烛中看着眼前的成平君，也就是如今的苏远安，他的眉目中带着一种难以言说的婉转，风姿卓然的样子，的确是继承了凤凰的好血统。

这样的男子悔婚也是正常的吧。

我想起他刚刚替我挡刀的样子，瘦弱的一张脸，紧蹙的眉头，却没有哼一声，心里不免有些动容。

手腕上的珍珠铃铛响了起来，我知那是小乌龟在召唤我，算了算我的障眼法也快失效了，小乌龟快要现出原形了。虽然不舍，却也不得不起身准备离去。

不承想成平君却在此刻睁开了眼：“你要去哪儿？”

“我要回家了，苏公子。”

“你家在哪儿？”

“很远很远。”我指了指南海的方向。

“等我好了，去找你如何？”

我咬着唇不知道该如何告诉他，南海太远，他找不到我。

可最终只是将手腕上的珍珠手串脱下来放到他手里：“这个送你留个纪念吧。”

“小七，我会去找你的。”这是我走的时候他对我说的最后一句话，带着笃定。

厢房内点着燃烧的红烛，点点烛光衬得他瞳仁点漆，透出眼中的温柔，晃晃悠悠地荡入我的心里。

肆·【阴差阳错】

虽然我回南海及时，但父王还是得知了我私自去凡间见成平君的事儿，将我关在河蚌住所里，让我面壁思过。

可是思念这种东西，从我离开苏府起就无时无刻不在缠绕着我。

我总会想起苏远安那双点漆眼眸，在摇曳的红烛之下，泛着柔光。

我想再见他一面，只要一面就好。

在河蚌住所待了几日，趁着父王在外迎客，我耗尽了一身法力，冲破了河蚌的结界，一路飞身去往洛纱国。

我离开不过四五日，凡间却已经过去了四五年。

当我再次站在苏府大门外时，这里已经变成了状元府，张灯结彩，一片喜气盈盈。

我到附近的酒肆打听：“苏家出了什么喜事？”

“苏公子在不久前中了今科状元，圣上赐婚大祭司之女古云阡与他做妻子。”小二哥八卦地说了一句，“不过这古云阡，虽说是大祭司的唯一传人，身子骨却差得很，皇上这是让状元郎给她冲喜呢！”

古氏一族已经存在了几百年，大祭司有着护国的使命，每当风沙天旱来袭时，都需要大祭司做法以抵御天灾，可谓是洛纱国最重要的命脉。

而这古氏人丁日益单薄，到这一代只有古云阡这一个女子，并且自幼体弱多病，洛纱国的皇帝甚是担忧，后经高人点化，要找一位贵人给她冲喜，她便能好起来。

今科状元苏远安就成了这个冲喜的不二人选。

我拖着几乎变成透明的虚体尾随着花轿，因为冲破结界用法过度，只有半明半虚的一副元神，若不想现身，一般凡人便瞧不见我。

我钻入花轿之内想看看成平君的新娘长得如何。

刚钻进花轿，就看见了让我吃惊的一幕——那名身穿大红喜袍，头戴凤冠霞帔的新娘，已经在花轿中咯血断气。

突然花轿一抖，我被猛得一撞，本就元气大伤的虚体竟然被撞入了这名女子的身体之中，受伤的元神找到了一方肉身寄居，恰好与那副躯体融为一体，我挣扎了片刻，却发现无法挣脱出去。

花轿落定，只听见喜娘在花轿外喊了一声：“落轿，新郎背新娘过桥。”

背新娘过桥是洛纱国特有的风俗，新婚夫君都要背新娘过桥，表示未来两人需共同携手度过。

一只玉白的手伸进了花轿，苏远安的声音疏远而冷漠：“古小姐，请下轿。”

此时我已别无选择，灵体附在古云阡的身上，无论如何都难以挣脱，只好硬着头皮把手递过去。

这是他第一次牵我的手，不，是古云阡的手。喜帕还盖在头顶，让我看不见此刻苏远安的样貌神色，他背起我，在那座名叫“子归”的桥上走着。荷花碧水的香气钻入我的鼻息中，夏季有薄薄的凉意，我伏在他的肩膀上，能感受到他的气息，一如五年前那般清新。

我真想问问他，还记不记得五年前的那个小姑娘。可是话到嘴边却变成了：

“以后，你就是我相公了吗？”

他的背脊一僵，落在我脚踝上的手用力地紧了紧，勒得我生疼，他冷冷地说道：“古云阡，你终于如愿以偿了。”言语里没有一丝怜爱，全是憎恶。

走到桥尾时，他重重地将我放在地上，我一个趔趄险些没有站稳，不知是哪里来的一股大风，用力地掀开我的盖头，绣着鸳鸯的喜帕掉在了脚边。

漫漫的夜色，杨柳依依的河畔，我终于看到了苏远安如今的样貌。

只不过才过去了五年，他便长成了长眉若柳的面容，一袭大红长袍挂在他的身上倒添了几分疏狂，身如玉树般林立于岸边。

有些暗沉的星空下，他的目光冰冷阴暗，再也没了往昔的温柔。

他仿佛变了一个人，冷漠得几乎让人认不出来。

“还没到府上，新娘就被吹了红盖头，是要不吉利的……”喜娘赶忙把盖头给我盖上。

我坐在喜轿里，掀帘看了一眼前面骑在马上的苏远安，玉树身姿却感受不到一丝喜悦，看来，他对这身体的主人非常不满意……

我摸着被苏远安紧勒过的脚踝，隐隐觉得有些疼痛。

伍·【苏府】

古云阡是古氏家族新任的大祭司，本身就有着异于常人的体质，我的元神附在她的身上，就连父王都难以找到我。

成婚当夜我并没有看到苏远安，伺候我的丫鬟春桃说，苏远安当天夜里去了江姨娘的厢房中。

江姨娘是和我同一天嫁入府中的，她是苏远安爹爹故人的女儿，四年前因家中遭逢巨变而来苏家投亲，苏老爷看她孤苦无依，便留了她在府中。

想来和苏远安应该是日久生情。

听闻我前脚刚从正门抬入，她后脚就从后门入了府。

苏家是皇城中的巨贾大富，又出了状元郎，让他娶个病痨子本就是为难，所以纳妾这事儿皇上也就不管了。

我望着一室的红烛暖帐，房间摆设全都没有变，和我五年前时来见到的无二。

只是那时候苏远安坐在床上，目光盈盈，带着不舍，而如今他只有冷漠疏离，在别的厢房与另一名女子一夜春宵。

不过是五年时间，苏远安的生活却发生了许多变化，他从当年那个小小的少年变成了今科状元，进入翰林院做编修，娶了大祭司的女儿，皇上对他颇为器重。

这古云阡喜欢他是全城皆知的事情，据说是在五年前的一次相遇，当时还未成为大祭司的古云阡对苏远安一见钟情，虽然拖着病体，却还是让爹爹进宫求了这门亲事，苏远安千万般不愿意，却又无计可施。

其实古云阡长得并不难看，也算得上是个清秀佳人，我在铜镜中看过她的面容，清丽的一张脸，嵌着一双水灵灵的大眼，怎么看也比那个凤眉婉转的江明月来得顺眼。

自我嫁入苏府以来，苏远安一次都不曾来看过我，就连回门那日他都以要陪江明月去西园寺祭拜为由推脱了。

他日日留宿在江明月的厢房中，清晨他去翰林院，江明月为他梳洗，伺候他出门，我厚着脸皮也去送他，他只是皱紧眉头看着我问："你怎么也来了？"

我站在门口目送他，直到他的轿子拐进巷子才恋恋不舍地离去。

他编书辛劳，有痛风顽疾，我去摘了草药熬成汤汁端到他书房，转头便被他扔了出来。

这苏府上下都盛传苏远安和江明月是郎情妾意互定终生，若不是大祭司中途插了一脚，江明月就是这苏府名正言顺的女主人。

原来是这古云阡破坏了苏远安的幸福，难怪他如此这般讨厌我。

春桃看着我因为摘草药而擦破皮的双手不忍地说："夫人，您是大祭司啊，何必要如此委屈自己。"

我摇摇头，无法告诉春桃，我并不是古云阡，也不是守护这洛纱国的大祭司，我不过是霸占了古云阡的一副元神，惦记着我和苏远安的一面之缘，可是他早已把我忘了。

陆·【取血】

因为无事，我常常不梳繁杂的发髻，只是包两个丸子头，剩余的头发长长坠下，如同我往日在龙宫那般。

我认真地学习刺绣、羹汤，了解苏远安的喜好，默默地将凡间妻子该做的事情做了个遍。

这一切是我自愿领受，也怪不得旁人。

没过几日，江明月得了一种怪病，脸上起了可怕的红斑，城中名医全都束手无策。

苏远安来找我。

这是他第一次主动来找我，彼时我正伏在案上画一幅丹青。

刚画了一半，苏远安便来了，他倚在门边，修长玉立的身姿在夕阳下落拓出了一层光影，我从画中抬眼，一眼便瞧见他。

"明月得了顽疾，听闻古氏家族擅长医术，不知你是否可以医治她？"他难得对我态度亲和。

我从椅凳走下来，鞋都没有穿，二话不说便随他前去。谁知我刚走入房中，便被人制住了双手，一群动作麻利的小厮抓着我问他："公子，真的要这么做吗？"

"苏远安，你要做什么？"我挣扎着。

"明月生病了，神医说大祭司的血能治百病。"他冷冷地说出原因，刚刚亲和的样子顿时消失不见，取而代之的依旧是一双冷漠的星眸。

"委屈你了。"

他一把拽过我的手，紧紧地捏在手中，似要捏碎一般，手中的短刀用力地划开我的手腕，疼痛的感觉袭来，一滴滴鲜红的血落在碧透的夜光碗之中。

我顾不得手腕的疼痛，不可置信地看着他的脸，我不相信那个在我心中温柔美好的少年如今会变得如此残暴不仁，诓我骗我，无非是为了另一个人。

取血完毕，制住我的小厮才放开我。

他将那碗血急忙端去喂江明月服下，大祭司的血果然有效，江明月长满红斑的脸在饮下血的瞬间就变得白嫩美丽，恢复往昔的模样。

苏远安痴痴地看着江明月的那张脸，露出了满意的笑容，完全不顾手腕仍在滴血的我。

我知他对古云阡厌恶至极，我在苏家的这几月，恪守本分，委曲求全，做尽所有，结果还是换来他的铁石心肠。

我垂着手臂，腕间的疼痛不断侵蚀着我，触目的鲜血顺着掌心落到地面上。

“来人，给夫人包扎一下。”苏远安冷漠地对旁边的小厮说道。

“不用了。”我捂着受伤的手腕站起来，心里有种苍凉的悲苦。

走到门口的时候我转过头，苏远安还在注视着江明月的脸，仿佛不容她有一丝一毫的闪失。

我苦笑了一声说道：“我知你讨厌我，不想见我，可是从你背我过子归桥的那日，我便视你为我相公，一生相携的那个人，你要我一碗血，告诉我便可，何必如此劳师动众。就算是要我一条命，又如何，我连眼都不会眨一下。”

我在笑，不知自己为何会笑得那么悲凉，原来这就是父王和我说过的情爱之苦，他不希望我陷入这样的情爱之中，我不听劝，一再地忤逆他，终究是自作自受。

我跌跌撞撞地朝苏府外走去，赤着双脚，被午后阳光灼晒过后的路面将我的脚底烫出了水泡。

走到那座子归桥上，炎炎夏日，河上泛着粉色的荷花，灼灼其华开在碧波之上，蜿蜿蜒蜒像是南海的分支。

他曾背着我从这里走过，子归，子归，我明知他心里住着别人，却仍渴望他能归来我身边。

我定是在这凡间待了太久，连思维都变得天真了。

日光刺目，晕晕眩眩之间，我闭起眼，却依然无法挣脱古云阡的身躯，望着滔滔河水，我纵身一跃，只希望能求个解脱。

柒·【恶果】

我没有死成。

苏远安将我从河中救起，抱我回了苏府。我贴着他湿透的锦袍，有片刻感觉到他身上的温暖。

古云阡的水性极差，身子也不济，回到府中我便昏迷不醒。

在梦中我见到幼时那个的小少年，他手中握着我的珍珠手串，眼底含着温柔的笑意对我说："等我好了，去找你可好？"

他没有来找我，我却来找他了，而他，却连看都不肯看我一眼。

在梦中我潸然泪下，大骂他是个骗子，我感到有人温柔地将我的手握住，我将头扎入他的怀中，低声地哭，那个梦境太过温暖，我竟痴痴地不愿醒来。

不知过了多久，我从那个梦中醒来，苏远安靠在床边合着眼，墨色的发丝垂落，侧脸安然，我伸出手刚想抚上他的脸颊，他却睁开眼，四目交接，落在我脸上的目光有一种辨不出的情绪。

"喝药。"他将药碗送到我的唇边。

"为何要救我？"我心存希冀。

"你可是古氏家族唯一的后人，怎可轻易死去？"他将药强行灌到我嘴里，"你的命，我们苏家可赔不起。"

苦涩的药在嘴里蔓延，眼前的人依然冷漠，他救我并非出于爱怜，而是碍于我的身份。

"别再想寻死，嫁入我苏家，你只有生不如死。"他看着见底的药碗，目光淡然地说道。

"苏远安，我知你恼我破坏了你的姻缘，可是江明月你还是娶了，我容忍你疼她宠她，视我不存在，可你怎么还能对我如此残忍？"

"我残忍？古云阡，难道你不残忍？五年前我就和你说过我不喜欢你，你利用大祭司的身份拘禁我，诓我考上状元就放了我，却在我金榜题名那日逼陛下下诏书让我娶你，我念你是洛纱国的大祭司，念你体弱多病，处处迁就你，却无法容忍你步步为营，捆绑我的一生，你终于实现自己的愿望了，你可知我有多痛苦，因为你我再也无法与她一起，你让我如何不恨你！"苏远安字字血泪，步步逼近，将我不曾得知的前因后果一并道出。

我被他问得竟答不上话来，这是古云阡种下的孽，此刻都成了我这个倒霉鬼领受的痛，谁让我附在这副躯体上，活该受这份苦。

我不再回答，闭上眼，绝望地躺在榻上，直到苏远安离开厢房，我才睁开眼睛，强忍着的泪水，这才缓缓掉落。

捌·【决绝】

苏远安是如此恨着古云阡，哪怕我做再多，他都不会为之动容。

我病快好之时，江明月来揽月阁看我，手中端着洛纱国有名的绿豆糕，步履款摆地走了进来。

她身上有俗气的脂粉香味，桃红色的纱裙随风摇曳，我不明白为何苏远安会爱她。

可是爱这个东西，总是难以追究原因。

江明月刚一进门就喊我："姐姐，妹妹来看您了。"

我继续描绘那幅没有画完的丹青，看都没有看她。

她走到我面前，看着我画丹青，"姐姐真是好兴致。"眼眸却落在我丹青的图景上，"姐姐画的是何人？"

"与你无关。"

"你……"江明月被我冷淡的态度气得脸色涨红，"喊你姐姐是尊重你，别给脸不要脸。"

"我倒从来不知道我古云阡还有妹妹。"我微微抬眼，看着气焰嚣张的江明月，这个在众人面前向来柔弱大方的女子，此时才露出真实的面貌。

"别以为你是大祭司我就会礼让你，相公疼谁谁就是这苏府的女主人。而你不过是相公憎恶的弃妇罢了，也敢在我面前嚣张？"

我停下手中的画笔，江明月说得不错，身份不在乎高低，重要的是苏远安爱的是谁。

"春桃，送客。"我无意与她争论。

"古云阡，你竟然敢赶我走？"江明月走上前，一把抢过我手中快要绘完的丹青，她看了一眼丹青上方的题字："就这种破烂玩意儿也想送给相公，真是白日做梦。"白色的画纸顿时被她撕成碎片。

我细细画了一个月的丹青，准备在苏远安生辰之时送给他的礼物，瞬间化为残破的废纸。

我愤怒地将江明月按在墙边，虽然我如今不能施法，力气却比一般女子来得大些。我用力掐住江明月白皙的脖颈，想给她一个教训。

“古云阡……你……放开……”江明月在此刻才有了一丝惶恐。

我见她惊恐至极，便松了手，本以为她会知难而退，不曾想她竟指着我笑道：“古云阡，我会让你后悔的。”

她扯了扯衣衫和发髻，用长指甲在脸上划出几道血痕，衣衫凌乱地冲到院中大喊：“来人呐！救命啊！大夫人要杀我！”

苏远安下朝回来，刚进院中就见到这一幕，江明月楚楚可怜地带着哭腔扑倒在苏远安的怀里，抬起一张梨花带雨的脸，露出脖颈上我掐出的五指印：“相公，姐姐要杀我，我好怕啊相公。”

“不怕。”苏远安轻声安抚，疼惜地看着她道，“脸都划破了。”

我追出来，呆呆地望着苏远安道：“我没有……”

“你没有？”苏远安一把拉过我的手放在江明月的脖颈上比对，不大不小刚好吻合，他冷哼一声，“你有什么好解释的？”

“我只是惩戒她一下，并没有要杀她。”

“相公，你别怪姐姐，姐姐只是一时嫉妒月儿，这才起了歹念。”江明月似在为我求情，眼眸中却透着阴险的笑意。

“你这个蛇蝎女人，谁需要你的求情。”我真后悔刚刚没有将她掐死。

“相公，月儿好害怕……”江明月缩在苏远安的怀里，嘤嘤低泣。

“你装什么可怜？分明是你撕我的画在先，现在却装得是我故意要害你似的……”我堂堂南海七公主，何时受过这等冤枉，急着想要让江明月说个清楚，张牙舞爪地朝她扑过去。

只是我人还未靠近她半分，苏远安的巴掌就已经落在了我的脸上，他下手极狠，打得我一下便摔在院中的小路上，不知哪里来的碎石扎得我手心生疼。

“够了，古云阡，你别以为我会对你一忍再忍。你要再敢伤害月儿一根头发，就算赔上苏家，我也要休了你。”

他扶着江明月离去，我看到江明月低下的眼眸中闪过一丝挑衅。

她说得一点儿也不错，苏远安疼谁，谁才是苏家的女主人，我空有古云阡的正室身份又有何用，在苏远安的眼中，我只如蝼蚁般低贱。

天空飘来了大朵的乌云，雷电交加，顿时下起了豆点般的大雨，大颗大颗打在我的周身，似乎整个院子都被包裹在这瓢泼的雨水之中，将我团团围住，毫无生还之机。

我跑回厢房内，将被江明月撕碎的画纸捡起来，周身的雨水落在碎纸上，将那幅丹青一点点地洇染模糊，那丹青上的小少年，坐在巷子的尽头，探着稚气未脱的脸，目光温柔地看着远方。

我渴望在他生辰之时送他这幅画以提醒我们的过往，可是它如今却变成了一个可笑的梦境。

时光漫漫，烛火依然，却永远回不到从前，回不到那个少年待我如水的当年。

我抱起那一堆碎纸，紧紧地贴在胸前，任雨水将它浸泡成一团辨不出影像的废纸，我如此视为珍宝的过去，在苏远安的记忆中也无非只是一场短暂的相逢。

他的情深终究不会给另一个人，除了江明月，谁爱他，都不过是自取其辱。

我望着漫天的大雨，傻傻地笑了，心里似埋着千万般的疼，无端地咳出了一大口血。

玖·【予归，不归】

洛纱国连下了一个月的大雨。

往年均是风沙袭击，今年却变成了大雨连绵。

大雨冲垮了屋舍农田，许多百姓流离失所，皇帝请我去摘星楼施法。

我用身上的法器算了算这场浩劫，原来洛纱国多年以来的天灾均是几十年前大量砍伐山林种下的恶，这是山神为了惩罚无知的洛纱国子民而设下的诅咒。多年来幸有古氏族人的庇佑，才幸免了一次一次的浩劫。

而今年这场雨水，是一场灭国之灾。非古氏族人可解。

古云阡的爹爹来苏府看我，这个洛纱国的前大祭司一眼就看出了我不是他的女儿古云阡。

他看着我道：“我早在一年前用紫微星盘算过云阡的命，她应是在出嫁那日死在花轿之中的，这一年来我都不敢来看她，我知道她已经去了，可是我仍希望看到她活着，哪怕只是一副躯壳。”

“对不起。”我有些惭愧。

“我们古家百年来拼尽全族灵力来抵挡洛纱国的灾难，如今怕是要走到头了，这场雨，古家无力挽回，我已禀报陛下，推搪了过去。上神切莫施展法力，这是逆天而为之事，怕是会灰飞烟灭。”

古云阡的爹爹不住地提点我，临走的时候看着我说：“切莫再踏云阡的后尘。”

往回走的途中，看到苏远安站在长廊中呆呆地望着院中的雨水蹙眉，他虽只是翰林院的编修，却无时无刻不关心着百姓安危，他将许多无处可居的灾民收进府中，为他们送吃送水，悉心照料，可这不过是杯水车薪。

我不忍心告知他，这一场灾难谁也无法解救，这个国家即将灭亡。

而苏远安会在这场天灾之中死去，回到凤凰之巅，成为尊贵的上神。

他在雨色中遥遥望着我：“听闻你爹拒绝了施法的请求。”

“这场雨，回天乏术。”

“只要你能拯救这场灾难，以后任何事情我都依你，可好？”他走到我面前，轻轻执起我的手，“云阡，帮帮洛纱国的百姓，算是我求你。”

平日那个冷傲不羁动辄对我出言讥讽的男子第一次这样低声祈求于我，我似乎看到他悲痛的心，否则他不会如此委屈自己。

飘泼的雨水被风吹入长廊，落在他的发梢眼角，我为他细细擦去脸上的水珠，他这次没有躲闪，没有讥笑，只是静静地注视着我。

“陪我去一次子归桥，我便答应你。”我悄声说道。

苏远安与我同去了子归桥，滚滚河水几乎快要将桥淹没，我趴在他的背上，把头埋在他的肩窝，滂沱大雨，我撑着油纸伞，雨水顺着脸颊落入身体里，他背着我，如那个迎娶我的夜，我能闻到苏远安身上散发的淡淡香气。

我想起我曾经在他房中看到的一首小诗：

江有汜，之子归，不我以！

不我以，其后也悔。

江有沱，之子归，不我过！

不我过，其啸也歌。

子归，子归，终究不可能再归来了。

拾·【施法】

我去了摘星楼。

在上摘星楼的时候，我望着跪了一地的大臣，苏远安从人群里抬起头来看我，清光漫散的大雨中，他的目光一如昔日的少年。

是我爱过的那个少年，纵然他伤我千万遍，却依然是我爱过的少年。

我从衣袖里拿出一副裱好的丹青交代给旁边的宫人，那是我重新绘制的初遇他时的场景，那条逼仄漆黑的巷子，是我对他最深的印记。

摘星楼上星象大变，一年多没使用法力的我，把自己封印的法力破除，用尽毕生的修为与天灾对抗。

青灰色的天顿时碧空如洗，晴空万里。

下了整整一个月的雨在顷刻间停了，洛纱国躲过了这最后一场浩劫，从此改变命数，生生不息。

就在全城百姓齐声欢呼之时，天空中兀自闪开了一道金光，天兵天将出现在我眼前，大喝一声："南海七公主，私用法力改变洛纱国国运，扭转乾坤，触犯天条，带回灵仙宫，就地正法。"

他们将我从古云阡的身体里拉了出来，古云阡的躯体瞬间瘫倒在地，有人惊呼："不好啦，大祭司晕倒了。"

在离去的瞬间，我看到第一个冲上摘星楼的竟是苏远安，他将古云阡的身体抱在怀中，隐约间，我仿佛看到了他眼中的一丝泪光。

拾壹·【此生无悔】

南海七公主因触犯天条被抽筋去骨，只留下一身皮囊和一缕魂魄被南海龙王养在雪玉河蚌内，吸收日月灵气，养足万年方能重修肉身。

苏远安从宫人手中接过那幅丹青打开，上面画着的是他十四岁那年在巷子里被人突袭的场景，站在不远处的小姑娘梳着两个丸子头，手上戴着一串珍珠手串。

苏远安颤抖着将怀里的珍珠手串拿出来，七颗斗大的南海珍珠，挂着一枚银色的铃铛，和画上的一模一样。

那是他心里魂牵梦萦的姑娘，他在她离开的第一年为了找寻她，去求大祭司帮他占卜，却无意被古云阡一见倾心，为爱痴迷的姑娘想尽了一切办法将苏远安留在自己身边，最后嫁入苏府，却在途中病发生身亡。

苏远安对她恨之入骨，却碍于她的身份只能冷落她，故意迎娶姨娘来气她，而他长久以来如此珍视江明月的那张脸，无非是因为她与小七有着几分相似。

他一直在等她来找他，却被迫迎娶了古云阡，他在这场炼狱中苦苦挣扎，将所有的怒火都发泄在古云阡身上。

他不知他爱的姑娘早就在他的身边，被他折磨，被他冷待，被他伤害，却无怨无悔。

古氏一族从此消亡，洛纱国再无天灾，苏远安平步青云，封侯拜相。

位高权重的他到花甲之年依然每年夏日都会去子归桥赏荷，炎炎夏日的子归桥上，日光暖融，常常会有迎娶新娘的花轿从桥上走过，少年郎背着姑娘走过子归桥。

他会想起那个伏在他背上的姑娘，好看的眉眼，声音低顺，她说："这一生，我只想与你携手共度。"

她念："江有沱，之子归，不我过！不我过，其啸也歌。"

他记得那一日，是他最后一次与她亲近，她在他耳边幽幽说道："此一生，彼一生，即使再也无法归来，终究还是不悔的。"

即使两鬓斑白，时光变迁，苏远安每次思及此景，依然会红了眼眶，疼了心肠。

千衷不渝

山光水远翠烟寒，春悄照梦终须还。

把酒临歌身前事，花间舞影月无边。

——《洛诗集》

『楔子』

八年后，顾盏辞终于在千暮山的山脚下看到那场迟来的烟花。月空下的皎丽光芒，宛若笙歌蹁跹而至，犹如惊鸿鹊起曼舞。更似他记忆中熟悉的飒飒风姿，凛冽绵延。

寂静漆黑的夜色里，顾盏辞站在汹涌的人群中仰望星辰，当最后一抹光芒消失殆尽，他看到了脚边靠着一个粉嘟嘟的女娃。此刻她正闭着眼睛旁若无人地酣睡，手里牢牢抱着一颗纸扎的彩球。

“哪里来的不知轻重的小孩儿……”侍卫欲上前把孩子拉开。

“退下。”顾盏辞示意他们莫要打扰。

那女娃像是听到了动静，迷迷糊糊地睁开了眼，一双天真的眼眸对上顾盏辞，小小的脸孔中有着顾盏辞说不出来的熟悉。

“小姑娘，你怎么一个人在这里？”顾盏辞问。

“我是跟着洛叔叔来的。”小女娃伸手攀到顾盏辞的身上，软软地贴在他的脖颈上。

她小小的手腕上，挂着一只银质的手镯，里面的铃铛随着小女娃的手臂晃动发出悦耳的声音。

顾盏辞将她的小手放在自己的掌心，非常平常的一个铃铛手镯，银器因为放置的时间太长已经有些微微变黄，手镯的内侧刻了一个“步”字。

他记得这个手镯，是他登基之后送给步雪歌的礼物。那天他们同坐在雪地里，白雪落在她的眉睫上，她提着剑在雪地里写字，低着眉轻声说：“铃铛，就是平安的意思。”

“你叫什么名字？”

“顾平安。顾是爹爹的意思。”

顾盏辞心中一颤：“那你爹娘呢？”

“我没有爹，娘……死了，三年前的雪夜，洛叔叔给她下的葬。”女娃垂着眼眸，“就葬在千暮山上。”

寂静的山林中风声萧萧而过，满山遍野的灯盏如影如幻，顾盏辞仔细去瞧眼前的小女孩，她可爱的眉目间，有着步雪歌的样子。

他曾对她说：“收了我的铃铛，就是我的人了，以后我定会保你平安。”

现在想来，恍若一场永远无法抵达的梦。

十几年来，他爱过她，也恨过她，可是到最后他才发现，她如同镌刻在他心上的烙印，无论是爱着，恨着，都永不能忘。

壹·『与君初相识』

洛天大陆十国九天，只有洛羽国没有烟花。

并非洛羽国人无人能造，而是七皇子出生之时，宫中举办了一场烟花庆典，结果几乎烧毁了半座都城，国师印天用星盘卜算，说七皇子命里与火相克。

从此国主便下令洛羽国不可放烟火，在都城，连打火把和灯笼都是违禁。

端庆三十二年，刚过及笄之年的步雪歌第一次离开青柯城去往皇都述职，风雨兼程赶了三天三夜的路，抵达时已是半夜，都城城门紧闭，四周寂静漆黑。

步雪歌牵着马在林中席地休憩。刚坐定，她便听到林中有异样，那人脚步从容，一听就是个高手，只是从容的脚步略显凌乱，像是有什么东西阻碍了他的前进。

她仔细去听，一个稚嫩的声音愤愤传来："快放我出来！否则我杀了你！"

"就你一个小毛孩还想杀我？也不打听打听老子是谁！"

"我不管你是谁？有本事就杀了我，这样把我装在麻袋里算什么英雄好汉！"

"老子本来就不是什么英雄好汉，你要再乱喊乱叫，我就先在你屁股上扎几个口子让你知道知道疼！"

"你扎啊！我长这么大还没怕过什么，你今天要不扎，你就是乌龟王八蛋。"

"你个臭小子还敢挑衅我，看我今天不把你扎成血窟窿我这小白龙的绰号就送给你了……"

步雪歌先前还在像听戏一样听着两人的对话，虽然不清楚两人之间的瓜葛和过节，但是那个孩子不服输的声音听着让人觉得特别逗，只是对话进行到这里的时候，她突然感觉到事态的严重。那个孩子有危险！

她朝声音的方向飞身而过，刚落定便看到一名黑衣男子掏出匕首。步雪歌急忙掏出暗器打过去，黑衣男子痛得松手，手里的匕首掉在了地上。

"这样对付一个手无缚鸡之力的孩子，可不是大丈夫所为。"

黑衣男子站起身，看到不远处的步雪歌，容颜娇俏的少女提剑倚在树下，娉婷的样子犹如花间明月，只是全身上下透着一股不属于她这个年龄的狠戾。

"老天对我可真不薄，知道长夜漫漫，特意送个美人来给我消遣。"黑衣男子看着步雪歌调侃道。

步雪歌闻言眉头一紧，"想让我陪你消遣，得先问问我手里的青阳剑答应不答应！"话音刚落，步雪歌便已挥剑而来，那人这才发现步雪歌并非等闲之辈，几招过后，他便被步雪歌擒住捆在了树下。

步雪歌走到麻袋前，发现里面的人一动不动，她忙用剑将麻袋割开，一张极其漂亮的脸孔随即出现在步雪歌的面前，“小妹妹，小妹妹。”步雪歌喊道。

他缓缓睁开眼，沉星般璀璨的眸子看着步雪歌。

“小妹妹，别害怕，姐姐把坏人抓起来啦。你的腿受伤了，姐姐帮你包扎一下，很快就好了。”步雪歌从怀里掏出金疮药涂在小孩的腿上，生怕动作重了会弄疼她，还时不时帮她吹了吹伤口。

眼前的小女孩在确定步雪歌喊的小妹妹是她之后，一张脸瞬间由白转红，在步雪歌准备把她抱起来的时候一把将她推开，“谁是小妹妹啊！本……我可是货真价实的男子！”

步雪歌先是一愣，抬头看到他一副急于想要维持男子尊严的样子，没忍住扑哧一声笑了出来。

“你笑什么？不许笑！不许笑听到没有！”那男孩子急了，气急败坏的样子更添了几分可爱。

“好好好，姐姐不笑，那你和姐姐说说，你叫什么名字？怎么会被人抓来这里？等天亮了，姐姐好送你回去。”

“我的名字可不能随便告诉别人。”他可是一点儿也不配合。

“脾气还挺坏。”步雪歌捏了捏他软软的小脸。

“饿不饿？我这有一个饼要不要吃？”

“我不吃……”他继续倔强着，可是肚子的咕噜声却出卖了他。

步雪歌笑着把饼放到他嘴边，“吃吧，这么点大的孩子，逞强给谁看？反正今天过后，我们谁也不认识谁。”

他盯着饼想了想最后还是张了口，那样子像是在等步雪歌喂他。步雪歌想他应该是个大户人家的公子，索性好人做到底，一口一口喂他吃。

吃完之后，他满嘴都是饼屑，步雪歌伸手帮他擦嘴，“你说你这么大的人，又不会自己吃东西，又不会自己擦嘴，以后长大了岂不是要成个草包？”

“大胆！你竟敢这样辱骂我！你不想活命了！”他气得眼睛都睁圆了。

“行啦，现在又没人，你凶给谁看啊？”步雪歌继续戳戳他脑袋，“别忘了，你的小命还是姐姐救的呢，哪有你这么对待救命恩人的？”

他发现发怒无效之后，有些沮丧地垂着头，“我知道我没用，所有人都说我没用，可是我都这么没用了，为什么他们还要抓我？”他握紧拳头，身体微微发抖，步雪歌看得出他在强忍着心中的悲恸。

那一刻，步雪歌仿佛在他的眼中看到幼时无助的自己。她把手从他背后绕过去，一把将瘦小的他圈到自己的怀里，“既然知道要面对风雨，那就先让自己变得强大起来，就算保护不了周围的人，至少也不要连累别人为你受伤。”

她说这些话的时候，瞳孔里并没有一点儿属于她这个年龄该有的天真烂漫，她的眼眸似一潭深深的枯井，似乎望不到尽头。

那是幼年的顾盏辞第一次遇到步雪歌，那时候的他年仅十二岁，顶着灾星的头衔惶惶长大，他厌恶争权夺势，厌恶在尔虞我诈的皇宫中苟延残喘，他甚至不知道自己能活到几时。

那是第一次，他缩在一个人的怀里，心里有种莫名的温暖和安定。

天亮之后步雪歌送顾盏辞回去。初光微绽的都城落下初冬的第一场雪，皑皑白雪如絮般飘飞在空中。

步雪歌把顾盏辞放在马背上，牢牢护在身前。一路驰骋而去，向来惧马的顾盏辞竟在她的庇护下宽下心来。

要入城的时候，守城的士兵将他们拦住，“非皇亲贵族和捕快不得在都城内骑马。”

步雪歌本想拿出腰牌，但是转念一想，还是罢了。她转过头，看到顾盏辞竟一言不发，她调侃他：“是不是知道要回去了，舍不得离开姐姐呀？”

“才没有！”他一张俊秀小脸通红，不敢看步雪歌一眼。

“行啦，下来吧，都城内可不让骑马。”步雪歌也不戳穿他。

“我……”

“男子汉大丈夫怕什么，跳下来，我接着你。”步雪歌对顾盏辞伸开双手。

他踌躇着，感觉到自己的腿肚子在打颤，可又不想让步雪歌小瞧了，只得闭着眼就往下跳。

步雪歌一把将他接住，他紧紧地闭着双眼，一张白瓷般的娃娃脸紧张得全拧在一起，抓着步雪歌的手臂死活不松开。

“没事啦，睁开眼睛吧。”顾盏辞缓缓睁开眼睛，对上步雪歌清澈的瞳孔，一张脸瞬间憋得通红。

“七弟，你怎么在这儿？让我们好找！”远处一名青衣男子踏马而来，那男子一身华服，器宇不凡。来人不是别人，正是顾盏辞的五皇兄顾盏言。

顾盏辞慌忙从步雪歌的怀里挣脱出来，恭敬地对着眼前的男子喊道：“五哥。”

“这位是？”顾盏言看到了步雪歌。

“这位是昨日救我的姑娘。若是没有她，我现在必已遭了毒手。”

“什么姑娘，叫姐姐。”步雪歌毫不留情地敲他脑袋。

“你这个女人，你又打我？”顾盏辞气结。

顾盏言对步雪歌行了个礼，“感谢姑娘大恩，请姑娘告知芳名，改日必到府上拜谢。”

“你们都城人就兴这些虚礼，什么谢不谢的，举手之劳而已。既然你家人已经来找你了，那我就不送你了。”

“你……你要去哪儿？”顾盏辞听到步雪歌要走，忍不住问道。

“神机府。”她从怀里拿出令牌挂在腰间。那是神机府的捕快才有的令牌，有了这枚令牌，她可以随意出入都城。

步雪歌一个翻身跃上马背，“小孩儿，后会有期。”

马蹄声渐远，尘土千浮，荒天漫雪中顾盏辞望着步雪歌踏马离去的背影久久没有回神。

步雪歌起初以为这只是一个普通的绑架勒索案，可是她抓捕的那名犯人当夜便被人毒死在牢中。

他的死相极其恐怖，七窍流出黑血，面色紫红，不消一刻便化为一摊血水，尸骨无存。

洛无双说：“他中的是火鹤。这是西蜀才有的一种药，用开在沼泽地里的幽潭花配上七种毒虫提炼而成，若病者吃下，可解除痛苦，早日康复；若健康之人吃下，就是蚀骨毒药，立时灰飞烟灭。”

此药虽在洛羽国是禁药，可是因它十分珍贵神奇，许多达官贵人依然不惜万金求买一帖，以防病痛。能舍得用此药来毒杀一个犯人，可见此人身上藏着多么巨大的秘密。

洛无双是步雪歌青梅竹马的发小，他们师出同门，一同长大，洛无双年长她几岁，因在青柯城屡破奇案于三年前被招至都城，步雪歌这几年努力追赶，终于在神机府的招考中拔得头筹，以女捕快的身份进入神机府。

从牢中出来之后，步雪歌想着刚才的场景眉头深锁，洛无双笑着说："你昨日救下的肯定不是一般人，瞧这毁尸灭迹的手法，只有宫中争斗才这般狠绝。"

"宫中争斗？"

"近年来，皇上身体不适，各皇子蠢蠢欲动都想夺得帝位，太子本是名正言顺的帝位人选，前几日却因传出调戏民女被罚面壁。昨夜七皇子更是无故失踪，皇上急火攻心，今日连早朝都没上，你昨日救下的该不会就是七皇子吧？"

"不会吧？我救的那个小孩儿人小脾气大，除了长得细皮嫩肉的，其他怎么看也不像皇子啊。"步雪歌脑中浮现出顾盏辞那张喜欢逞强的脸。

"是了是了，七皇子可是出了名的脾气坏难伺候。我听侯爷说过，他身边的侍女侍卫每隔一个月就要替换一次，从宫中侍卫到六扇门到锦衣卫，没有一个人对他不是恨得牙痒痒的。"

"有没有这么夸张？不就是一个小孩儿，能有多难伺候？"步雪歌不以为意。

"多难伺候，以后便知。神机府明面上为皇上效力，实则是德妃的羽翼，所以我们也难逃要去面对他的命运。"

"呵，没想到从小天不怕地不怕的洛无双竟然会怕一个小孩儿。"

"没来都城的时候，我的确天不怕地不怕，到了这都城，我才知道，人呐，多的是身不由己的时候。"洛无双深深叹息，款步走到庭院中。

"真想念在灵山的日子，这世间凡尘，最多烦恼。"步雪歌坐在庭院的秋千上，闭着眼，暖绒的光线透过花树的藤架一缕一缕洒在她的脸上，轻盈恬静。

洛无双在身后轻轻地帮她推着秋千，凉风尚好，一如幼时。

他记得步雪歌刚到她家的时候只有八岁，纤小削细，眸若秋水，穿一件烟色的薄袄，蹲坐在墙角里瑟瑟发抖。

他拿食物给她吃，她像只小兽一样警惕地看着他，他伸出手想去摘掉她头上的树叶，她却在他的手臂上狠狠咬了一口。

那时候的她，是个对任何事情都充满戒心的人，拘谨戒备，从不与人交谈。

他与父亲用了一整年的时间来改变她，教她习字，教她武功，教她说话。

父亲发现她在武学上有异于常人的天赋，索性将他二人一同送去灵山拜师学艺。

步雪歌的性子在去灵山之后慢慢有所改变，她是骨骼清奇之才，还有千里听音的本事，在灵山学成归来后，便随着他们四处办案，不怕苦累，很快成了他们得力的帮手。

如今的少女，没有了年幼时的怯懦防备，出落得娉婷娇俏，浑身散发着一股快意恩仇的洒脱。

洛无双静静地问她："雪歌，三年了，可曾记挂师兄？"

"自然。除了义父，师兄是雪歌在这个世上唯一的亲人。"步雪歌口中的义父是洛无双的父亲，青柯城赫赫有名的金牌名捕。

"以后你在都城，师兄会好好照顾你的。我们……永远不分开。"洛无双深情地说道。

步雪歌没有接话，只是仰头望向如洗的天空，幽幽叹了口气。对于步雪歌的来说，这世间尘事，最难以掌控的便是分离。

再见到顾盏辞已是三个月后，步雪歌随侯爷去宫中给德妃娘娘送观音画像。彼时步雪歌已破获了几起盗窃大案，侯爷对她也颇为器重。

领路的王公公在半途心绞痛复发，侯爷让步雪歌先将王公公送到太医院诊治。

刚到太医院，就被浑身湿透的小公公撞了个满怀，步雪歌定睛一看，整个太医院都沉浸在一片兵荒马乱的局面中，侍卫、宫人、太医早已没了秩序，个个拧紧眉头从别院的侧门摇头走出来。

“不知道哪位是太医，能否帮王公公诊治一二？”步雪歌随便拦下一个人问道。

“现在哪还有空诊病？没看大家都在忙吗？”一个浑身湿透的太医不耐烦地说道。

“您在这儿先歇着，我去看看他们在忙什么。”步雪歌对气若游丝的王公公说。

“步姑娘……别……别去……”

步雪歌大步流星地走到别院，便看到宫人、侍卫在一间厢房门前跪了一地。

“小祖宗啊，您就老老实实地把药给泡了吧，否则小人今日可就没命了。”

“请七皇子不要为难奴才们。”

“你们这些狗奴才，命没了就没了，你们今日就是全死了，本宫也不会泡！”

这人讲话的口气好大，竟一点儿也不把别人的命当回事。想到还在生病的王公公，步雪歌胸中涌起一股无名火，也不知哪里来的胆子，几步上前一脚踢开木门。

屋内弥漫着浓烈呛鼻的草药味道，所有人都笼在浓重的雾气中辨不出面目，正中央一方巨大的池水正汩汩地冒着热气，将这个小小的空间包裹得如梦似幻。

“来者何人？”管事公公在雾气中焦虑地怒斥。

“来帮忙的。”步雪歌将头转向刚刚顾盏辞传来声音的方向指责，“你这人好不懂事，诸位大人都是为了你的身体着想，你却将人命视如草芥！”

“哪里来的狂徒，竟敢在本宫面前放肆？”顾盏辞也毫不示弱。

“我就是专门来治你的狂徒！”步雪歌素有听声辨方向的本事，即使是在黑夜里，她都能手擒野狼，何况是区区雾气。

她认准了声音的方向，几个移步走到他的面前，一把抓住了他两只裸露的胳膊。

“你要干什么？你这个女人要对本宫做什么？你快松开本宫！你……你竟敢脱本宫的衣服……本宫要让人砍了你的脑袋……”步雪歌直接点了对方

的哑穴，瞬间清静下来。

屋外的人刚想行动，步雪歌的声音便威严地响起，“想要七皇子乖乖泡药的，就都别过来。”

大家平日里都受够了七皇子的刁难，难得遇到一个不把他放在眼里的，简直是大快人心，谁还会上前，何况耽误了七皇子泡药，这项重责谁也担当不起。

“噗通”一声，步雪歌毫不留情地把顾盏辞丢到药池里去。

步雪歌见池子里的人还想挣扎，一把将手搭在他的肩上威胁说：“你要再动，雾气可就散了，屋外那么多宫女、侍卫如果轮流进来看到些什么，我可不好说。”

顾盏辞憋了一肚子的怨气，却无法发泄，只好拼命在药池中蹬腿来泄愤。

药池的水溅了步雪歌一身，她也不恼怒，沿着池边坐下来，听着他在水中发出各种声音，宫人进进出出更换药池的水，无人敢多言半句。

渐渐地，不满的动作消失了，那人似乎已经认命地乖乖顺从起来。

步雪歌看时辰尚早，便从怀里拿出一包糖给他：“吃颗糖吧，就不会那么痛了。”

顾盏辞闭着嘴不说话。

“装什么哑巴，我都给你解穴了。”

顾盏辞还是不理她。

“不想吃啊？那罢了，既然现在大家都这么无聊，不如我给殿下唱个曲儿吧？”

他背过身。

“你背过身，就听不到我声音了吗？”步雪歌笑起来，“你可知要听我唱一曲是多大的福分，我这歌声当年可是迷倒了我们青柯城万千美少年。咳咳咳，我唱了啊，你听仔细了。”步雪歌清了清嗓子自信地唱出了第一句。

刚端药进门的宫人直接连人带盆摔在了地上。

“哈哈哈哈哈……”本来还在生气的顾盏辞没忍住捧腹大笑起来。步雪歌认准方位，把糖丢到顾盏辞的嘴里。

“你给本宫吃了什么？”

“糖啊，不许吐出来，吐出来我现在就揍你。”她扬了扬拳头。

“你这女人除了暴力还会什么？”顾盏辞虽然嘴上不示弱却没有把糖吐出来。

甜甜的糖带着沁凉的味道，一下子就涌遍了全身。

“对付殿下这样不听话的孩子，不暴力怎么行？”顾盏辞从鼻尖发出一个不屑的音调以示不服。

“我唱曲儿真的很难听吗？”步雪歌问道。周围所有伺候的宫人都不遗余力地点了点头。

“你那叫唱曲儿吗？你那叫要人命！”顾盏辞也毫不示弱地揶揄她。

“笑吧笑吧，你这个臭小鬼。”步雪歌准确无误地在他脑袋上狠敲一记。

“你信不信我泡完药就杀了你？”顾盏辞摸着脑袋不服地说。

“微臣贱民一条死不足惜，要杀要剐悉听尊便，倒是陛下乃是千金之躯，尊贵无比，何必用自己的身子来为难奴才的性命。”

“你懂什么？”顾盏辞冷冷地笑，“苟活于世，倒不如死了痛快。”

“殿下……泡药的时辰到了，请起身吧。”管事公公赶忙上前为步雪歌解围。

“那微臣先告退了。”步雪歌识趣地退了出去。

“你不许走！”看着步雪歌离去的身影顾盏辞急了，无奈这厢宫人还在为他细细穿衣，穿好衣服之后，他连发也来不及束，就散着头发追了出去。

太医院的大殿里，德妃正端坐于前，她着一身金丝凤凰图纹的宫装，云带束腰，面容艳丽，正用手拈过一片甘草放在鼻尖浅嗅。

顾盏辞停在了门外。

“雪歌，快点过来见过德妃娘娘。”站在德妃身旁的侯爷对着步雪歌说道。

“步大人免礼。”德妃放下甘草，笑意盈盈，“听闻今日盏辞按时泡药，都是步大人的功劳。”

步雪歌没想到宫内传事如此之快，忙推说：“功劳雪歌愧不敢当。”

“步大人过谦了。”德妃抬眼，“我看盏辞与步大人甚是投缘，不如日后就让步大人来教导盏辞。”

德妃娘娘此言一出，侯爷和步雪歌心下都吃了一惊，包括站在门背后的顾盏辞。

“雪歌区区一介女流怎能教导殿下？”步雪歌本能地拒绝。

“步大人无须过谦，侯爷说步大人办案冷静果敢，武功非凡，天赋异禀，有诸多过人之处，加上你比七皇子稍长几岁，留在他身边从旁照顾，本宫颇为放心。”

“雪歌自幼随父办案，乃一介武夫，人笨嘴拙，怕惹怒殿下。”步雪歌也急了，她从未想过要去伺候人。

“步大人有所不知，盏辞是个苦命的孩子，他一出生就身中剧毒，国师说他为不祥之人，皇上几次三番想将他送走，是本宫苦苦哀求才将他留在都城。可他脾气暴戾，上个月得罪了太子差点被人害死，本宫希望他身边能有一个人教导他护他成长。他向来谁的话都不放在心上，难得能听得进你的话，步大人就当体恤一个做母亲的苦心吧……”

“母妃何必和她说那么多，要想来保护本宫，也要看你有没有那个本事……”顾盏辞最不喜欢听人谈论他的事情，再加上步雪歌一再推脱，他心中十分窝火，拿起手里的鞭子就甩了过去。

步雪歌感觉身后有一道杀气袭来，刚想提剑刺过去，就听侯爷大喊：“雪歌，莫要伤了七皇子！”

步雪歌立刻收了功夫，任这一皮鞭狠狠地落在自己的肩膀，他下手不轻，直接将她的肩头甩出一道露骨的伤痕。

可是步雪歌只是闷哼了一声，便一把抓住了他的皮鞭，三两招就把他拉到了自己的面前。

“你这个女人，你放开本宫，你放开本宫！”顾盏辞拼命挣扎，步雪歌这才看仔细了，眼前的少年眸若灿星，五官俊朗，如瀑的黑发散落在肩上，更添了几分光华之姿。

步雪歌认得他，是三个月前她在林间救下的少年。他居然真的就是七皇子。

“是你？”

“是你？”

两个人相视而望，异口同声。

贰·『初雪伴风月』

“盏辞，你与步大人认识？”德妃说道。

“不认识，本宫怎么会认识这种粗鲁的女子？”顾盏辞的手还被步雪歌牢牢钳住，却矢口否认他们相识。

步雪歌没想到天下竟然有如此忘恩负义之人。

“不管认不认识，母妃都决定让步大人来照顾你。”德妃说。

“本宫不要她！本宫讨厌她！”顾盏辞大声地喊道，“你放开我！”他几乎拼尽全身的力量，却怎么也挣不开步雪歌的手。

“殿下讨厌我，我又何尝喜欢殿下？殿下脾气差、心地坏，连泡个药都要所有人围着你转，不就仗着自己是个皇子吗？早知殿下是这种人，上次我就不该救你。”

“谁要你救，是你多管闲事！”顾盏辞第一次听到有人敢当面这么说他，气得差点儿背过去。

“雪歌，你怎敢对殿下如此无礼？快向殿下赔罪！”在一旁的侯爷责备道。

“雪歌没有错，又何来赔罪之说？”步雪歌当时初入都城，一身的倔强，拗脾气上来谁也管不住。

“母妃，母妃……”顾盏辞只好求助在厅中的德妃。

“依本宫看，步大人照顾盏辞甚好，他平日里蛮横惯了，是该找个不怕他的人好好管管。”

“母妃今日若让她进本宫的宫里，除非本宫死了。”顾盏辞也放下狠话。

步雪歌在他耳边轻声说：“那殿下就别等了，随便找面墙一头撞上去，血溅当场。”

顾盏辞闻言羞愤难当，气得气喘不止。

步雪歌看他样子难过，立刻松开钳制他的手，顾盏辞得了自由，刚刚气喘的样子立刻就不见了，逮住机会一把抓住步雪歌的手臂，隔着衣物在她娇嫩的臂上狠狠咬了下去。

他咬得十分用力，牙齿狠狠嵌入她的皮肤里，他以为步雪歌会疼痛地叫喊，像他一样狼狈，可是他抬起头，只看到步雪歌眉头紧皱地看着他，连哼都没有哼一声。

“盏辞，你闹够了没有！自今日起，步雪歌就是你凌霄殿的一等侍卫，本宫特许她不用听七皇子的任何差遣，只负责保护和教导七皇子，任何人不得干预！”

德妃金口一开，顾盏辞知道此事再无回旋的余地，只好松了口，沮丧地坐在地上。

步雪歌把手抽了回来，缓缓转过身，对着德妃重重跪了下去，用力叩了叩头，道：“臣遵旨。”

傍晚的云霞从宫墙外落进殿中，春日绿意盎然，娇花茵茵绽放，暖风微度到太医院的青瓦缝隙间。

浓稠的血腥味漫过顾盏辞的舌尖，她的血又凉又暖，如同她的人一般。

端庆三十二年，步雪歌从神机府调往皇城照顾顾盏辞。

这则消息传出来时轰动了宫闱上下，终年病魔缠身、性格暴戾的七皇子竟会容许一介女流教导左右！这几乎成了奇闻。众人都在猜测步雪歌到底是有着怎样惊人的本事，才降得住这个混世霸王。

洛无双尤为震惊，他没想到步雪歌只是随王爷进了一趟宫，就揽下了这么个差事。

步雪歌要走的那天夜里，洛无双站在她的房门前说：“雪歌，这伺候人的活不适合你，不如我替你去顶了这门差事？”

“伺候人的活儿又何尝适合师兄？”步雪歌在屋内收拾细软，“这是皇命，皇命不可违。”

“一入宫门深似海，深宫险恶，雪歌，我不想你去冒险。”

“师兄多虑了，侯爷让雪歌进宫，只是照拂殿下而已。”

“什么照拂，不就是想让你去助他登上帝位吗？谁不知争皇位是最凶险的路途，一个不留神，随时有可能成为牺牲品。”

“师兄，我会照顾好自己，不会让自己有事的。”

“我知道，你认定的事情，谁都无法改变，只是此去凶险，你自己要多加小心。”洛无双疼惜地抚摸她的发，“有什么难事一定要告诉师兄，无论多难，师兄都会为你办到。”

步雪歌对上洛无双的双眸，已及笄的她已经略懂男女间的情愫，洛无双对她的疼爱远远超过了一个兄长的范畴。她也曾想过，若此生和洛无双在一起，找个幽静的山林搭一间草庐，从此过上逍遥自在的日子倒也惬意。

可是这一切，对如今的她来说，太过渺茫。

“师兄就别为我操心了，你快快给我找个嫂嫂才是正经事，我记得尚书府的千金对你倾心已久，那姑娘生得标志水灵，不如……”

“雪歌，不许胡说，你知道我心里没有别人。”洛无双打断她。

步雪歌缄口。

“你安心入宫吧，我会一直在这里等你回来。”洛无双说完便离开了。

步雪歌慢慢坐回梳妆台前，她对着点翠的铜镜，一点一点将上衣拉下来，昏暗的光线下，她娇嫩的肌肤上印着一个花蔓的图腾，它在她的皮下不急不缓地生长着，就像春日慢慢吐芽的新蕊，一寸一寸占领料峭的寒冬。

她将衣服拉回来，对着铜镜深深叹了口气。

人世间最伤人的，便是痴念。

对于步雪歌的到来，顾盏辞起初怀着强烈的敌意。

他找了皇宫内武功最强的几个护卫来与步雪歌打斗，结果全被步雪歌打趴在地上；他抓了一堆蛇虫鼠蚁放在步雪歌的床上，却被步雪歌活捉炖了补汤；他在步雪歌的衣物里放了痒粉，她却面不改色一如平常地送他去御书房。

顾盏辞看不到步雪歌有一点儿的失态，相反，他却每天被人喊起床、看书、上书房，空闲时也不能如往常一样逗鸟赏花，必须在院中练气蹲马步。

顾盏辞居住的凌霄殿内有一个小园种满了各种奇珍异草，一棵巨大的古树盘立在院子的西北方向。步雪歌喜欢坐在树下读书，顾盏辞就在院中练剑，若有松懈，一片树叶就犹如石子般砸在他的头上，他抬头去看步雪歌，她却是悠然自得的模样，连眼皮都没有抬一下。

顾盏辞对步雪歌恨得牙痒痒，却又无可奈何，几次三番找来五哥顾盏言想整治步雪歌，但都被他拒绝了。

“能得步姑娘如此照料，是你的福气。”

顾盏辞不知道步雪歌给众人下了什么药，所有人都对她赞誉有加，说她巾帼不让须眉，样样堪比男儿，顾盏辞甚是不屑，不就是一个没有女子样的男人婆吗？到底有什么好？

步雪歌照顾顾盏辞两个月，两人的关系依旧紧张，他极尽可能地不配合她，而她也毫不在乎地强迫他，在步雪歌面前，顾盏辞心有怨气，却始终敢怒不敢言。

德妃偶来探望顾盏辞，见他平日孱弱的身体渐渐有了起色，心下宽慰，对步雪歌更是赞赏有加。顾盏辞看在眼里急在心上，一想到长此以往要与她同住，便觉得此后必定生不如死。既然无人愿意帮他，他唯有靠自己了。

于是他绞尽脑汁连想几日，想出了一个自认为天衣无缝的赶人妙计。

谁都知道步雪歌是来保护顾盏辞的，若是他出了什么事情，她便难辞其咎。

顾盏辞想自己偷偷溜出宫去，假装被人劫持，如同上次一样，在宫外待一个晚上，第二天再回来，这样步雪歌就犯了保护不周的罪名，肯定要被逐出皇宫。

这个大计他一个人实施不了，只有求助早在两年前就离开皇宫去往封地建府的顾盏言。起初顾盏言并不同意，顾盏辞央求了他许久，骗说只是想给步雪歌一个教训，只字不提要赶走她的事情，顾盏言耐不住他软磨硬泡，最终勉强答应。

有了顾盏言的帮忙，一切都十分顺利，顾盏辞趁着灯火节宫门守备松懈的时候，寻着机会便溜出宫去。

他和顾盏言商量好，等他一出宫，便有马车来接他，没想到他出宫之后左等右等都不见接他的马车，他闲着无聊，只好随着人流在都城里闲逛。

那日是洛羽国的灯火节，这个节日是在灯火禁令之后才有的，平日里入夜后的都城如死寂般黑暗，百姓只能趁着解放禁令的时候出来提灯赏月。

暮色沉沉的月夜，都城笼罩在星火璀璨的光芒中，河畔边的垂柳伴着水中一盏一盏随波逐流的莲花灯，远远望去，像是一簇一簇拢起来的烟火。

顾盏辞也想买一盏莲花灯放到水中祈愿，那是摊主手里的最后一盏莲花灯，顾盏辞刚把灯拿到手里，就被人用重棍狠狠敲了一记。

手里的莲花灯掉在地上，意识模糊间，他感到自己被人五花大绑地塞入一辆马车里。

被绑架对顾盏辞来说并非第一次，上次是在他神志清醒的时候被人塞入麻袋，这次他被打得头痛欲裂，连骂人的力气都没有了。

几个蒙着面的黑衣人把他丢在了一条清冷无人的巷子里。

“给他点儿教训，让他以后别再那么张狂。”带头的黑衣人发号施令。

“主上为何不直接杀了他？”

“此等草包，不过是仗着有个受宠的母妃撑腰罢了，何惧之有？”

那人轻蔑的声音落在顾盏辞的耳里，伴随着拳脚相向，心高气傲的他从头到尾都没有求饶一声，直到最后痛得失去了意识。

“他已经晕过去了。”

“把他吊起来，让他这个心高气傲的皇子感受一下这暗巷的冷风。”

“是。”蒙面黑衣人把顾盏辞吊起来后才离开，巷子里寂静得可怕，顾盏辞吹着冰冷的风，疼痛让他全身麻木。巷子里难闻的气味不断传入他的鼻中。

他突然发现没有了旁人的庇佑，他竟和废人差不多，甚至连自己的生死也无法掌控。他突然觉得自己有些可悲，原来有时候人真的可以渺小到自己都看不清的地步。

他不知道自己在月色下被吊了多久，一度觉得自己已经死了。

顾盏辞从来都不怕死，从他懂事起，他几乎就在药罐子里泡着长大，甚至每个月都要忍受蚀骨钻心的疼痛泡药，他常常想，自己会不会哪一天就这样死了，他从来不惧怕死亡，他只是不甘心就这样浑浑噩噩地来这世间走一遭。

顾盏辞在意识混沌间，看到巷子口出现了一袭紫衣长裙，那道紫色的光从月色中慢慢走近他，她步履轻缓，不紧不慢，黑发束起，在风中飒飒而立。

那人的手里拿着一支吃了两颗的冰糖葫芦。

来的人不是别人，正是步雪歌。

她没有急着要救顾盏辞，只是慢悠悠地走到顾盏辞的面前，叉着腰仰头看着他道：“好像每次与殿下在宫外相见，殿下都是这般倒霉。”

顾盏辞看她一副看好戏的样子，气不打一处来，加上自己现在这副狼狈的样子，更加不愿与她说话。

他干脆闭起眼，不去看步雪歌。

“都被吊在此地吹了一个时辰的冷风了，还没想明白吗？”步雪歌咯咯地笑着，声音似银铃。

顾盏辞蓦然明白了，步雪歌早就来了，她只是躲在暗处没有出来帮他。他睁开眼，愤怒地看着她。

“别用那种眼光看着微臣，这宫是殿下要出的，绑你的人是殿下自己的积怨，救不救殿下完全凭微臣的心情。”步雪歌吃完最后一颗糖葫芦，把竹签捏在手里。

“看到本宫狼狈的样子你很开心吗？想让本宫求你，别做梦了！”顾盏辞到此刻还是死要面子。

“看殿下被人家打，被人家欺负，微臣不知道有多开心！刚刚还吃了好多串糖葫芦庆贺。”步雪歌毫不掩饰地顶回去。

“你！你！咳咳咳……”顾盏辞怒火攻心，用力地咳嗽了起来。

步雪歌将手里的竹签抛到空中，不偏不倚正好把吊住顾盏辞的绳索给划断了。

顾盏辞整个人垂直从半空中坠落，步雪歌伸出手，一把将他抱住。

因为常年生病，瘦小的少年身无四两肉。透过衣物，步雪歌甚至能触摸到他身上的一根根肋骨，一张如明月皎洁的漂亮脸庞，此刻苍白异常，长睫微微抖动，真真是我见犹怜。

步雪歌将随身带的药丸塞到顾盏辞的嘴里，吃了药丸的顾盏辞气息逐渐恢复。

他在步雪歌的怀里挣扎，步雪歌一把按住他，“堂堂皇子，成天如同女子一般爱生气，将来怎么担当重任？”

“重任？就本宫这病怏怏的身子，能担当什么重任？若不是母妃庇佑，早就任人鱼肉了。”

“微臣还没见过这么逞强的鱼肉。”步雪歌轻轻一笑，一把将顾盏辞背在身上朝皇宫的方向走去。

“你……”

“好了，身子不舒服就多休息。”步雪歌打断他。

都城的灯火节，在璀璨的灯盏下，光影交错的火光中，河里的莲花灯蔓延了数十里，步雪歌背着顾盏辞在拥挤的人流中穿梭。

走到河畔的时候，她特意停了下来，从怀里拿出一盏莲花灯递给背后的顾盏辞。

“刚刚看你喜欢，过来的时候顺便买了一盏。”

“谁稀罕你假惺惺的东西。”顾盏辞心里有气，用力甩开步雪歌递过来的莲花灯。那盏莲花灯被顾盏辞甩在地上，碎成了两瓣。

步雪歌微微一愣，深深叹了口气：“微臣并非故意看殿下出丑，微臣只是想让殿下明白，这世上处处都是危险，一旦出了这皇宫，没有人能护你，自己不够强大的话，就只能任人宰割。”

“那你也不能看着本宫被人打而坐视不理！”

“纸上谈兵都是空泛，只有殿下切身体会才能深悟。”

“本宫为何要领悟这些？”

“‘承担’是作为一个君王应有的气度。”

“君王？”

“对，君王。”

“所有人都让本宫去争皇位，可是他们有没有想过，本宫对皇位根本没兴趣，本宫在众皇子中年龄最幼、身体最差，能平安活着都是一种奢望，还君王？简直是做春秋大梦！”

“殿下不争，就是等死。”步雪歌停下脚步。

顾盏辞没有说话，搭在步雪歌肩上的手用力地握紧。

“只要陛下愿意做这个梦，微臣就能助陛下实现。”

长街灯火千万，星辉数点熠熠从身旁掠过，顾盏辞趴在步雪歌的肩上，沁凉的气味钻入他的鼻间，他空寂了这么多年的心，难得有了踏实的依赖感。

她让他做一个千秋万载的梦，她说会帮他实现。

虽然他不喜欢她的无礼和强势，可是他似乎又无法拒绝她的靠近和教导。

顾盏辞回宫之后生了场大病，虽只是受了点皮肉伤，却感染了风寒，一时间发起了高烧，躺在床上迷迷糊糊地喊疼。

步雪歌端着汤药喂到他口中，他全部吐了出来，一张白瓷般的小脸烫得发红，热得直掀被褥，步雪歌端着不知道已经熬了几次的汤药坐在他的床榻上，不知该如何是好。

长期伺候顾盏辞的桂公公焦急地说："若是七殿下再不服药，怕是要烧成傻子了。步姑娘你说如何是好？"

"你先下去吧，容我再想想办法。"桂公公只好退了出去。

烛火摇曳中，步雪歌抚着顾盏辞滚烫的脸，突然想起在灵山学艺时，有次十一师姐熬药的时候与她闲聊说道，若是有病人喂不进药，以口对口是最好的喂药方法，只是这法子太过亲近，有违礼教。

步雪歌不管什么礼教，一心想着要救顾盏辞，她一口将药倒入自己口中，倾身下去以口喂他。

顾盏辞只感觉自己本在灼热的疼痛中煎熬，顿时有一处柔软靠上来，伴随着甘苦的药剂，他沉醉在柔软的触感中忘了苦涩的味道，身上灼热的感觉也陡然消失得无影无踪。他伸出手用力搂过她，柔软馨香的身体靠了上来，步雪歌愣了一下，本能地想要推开他，可是他却将头埋在她的颈窝间，像个孩子般呢喃道："别离开我。"

步雪歌长期以来铜墙铁骨的心，在听到他说这句话的时候，一下子就柔软了，平日里总是嚣张跋扈高高在上的七皇子，也不过是个害怕孤独的孩童罢了，那些锐利的表象，不过是他用来保护自己的铠甲。

步雪歌没有动弹，只是安静地任他抱着。她想起孩童时，母亲也常常这样抱着她，拿薄荷味的松子糖给她吃，她被紧紧圈在母亲的怀里，互相依偎的感觉是她记忆里最深的幸福。

此时顾盏辞害怕的样子，像极了幼时的自己，那种对亲人的渴望，想要依恋的表情，她都万分熟悉。

口中是苦涩的味道，步雪歌抱着瘦弱的顾盏辞，顿时有种相依为命的错觉。

顾盏辞在天光微亮时醒了过来，步雪歌躺在他的怀中，微微侧着脸庞，少女娇花般的容颜近在咫尺，他的手落在她的发间，乌黑如缎般的发丝在他手中漫开，细腻柔软。

步雪歌感到有人触碰她的发丝，立刻惊醒过来，一抬眼，与顾盏辞四目相对，他的一张脸瞬间变得通红。步雪歌以为他发热还未褪去，慌忙拿手去触碰他的额，“都一宿了，为何还这样烫？”

“本宫脸烫不烫关你什么事！”顾盏辞像被人戳中心事般气急败坏地吼道。

“会发脾气，说明好了。”步雪歌笑着起身，活动了一下几乎僵硬的筋骨。

“昨日是你照顾我的？”顾盏辞试探性地问道。

“难道这凌霄殿里还有别人敢进来？”步雪歌理了理自己凌乱的发丝，“我去喊桂公公给你端早膳来。”

步雪歌在清晨中离去，掌管凌霄殿的桂公公端着早膳进来，看到顾盏辞无恙，感慨地说：“七殿下昨日可吓坏老奴了。”

“本宫能有何事？”顾盏辞吃着鱼粥。

“昨日殿下不肯服药，连喂了几帖都被殿下吐了，还一直说着胡话。”

“那后来是谁喂的药？”

“是步姑娘，也不知她用什么法子让您服了药，还照顾了您一宿，也真是难为她了。”桂公公在一旁说道，“步姑娘这人性子虽洒脱不羁，但老奴能看得出她是真心为殿下好。”

“她真心为我好？还不是听命办事。”

“殿下平日里对她百般刁难，她从未放在心上。日前殿下在她的衣物里放痒粉，老奴在夜里看到她拿着凉水向臂上浇，老奴问她为何不将此事告知德妃娘娘，她却说，殿下只是年幼贪玩，不用放在心上。后来我听太医说步姑娘对痒粉过敏，接触在肌肤上不仅仅是痒，还多了一层剧痛，可是她连疼都没有喊过一声，到点儿依旧喊殿下起床习武，老奴在深宫几十年，从未见过一个姑娘能如此坚强。这次殿下出宫，她第一时间就外出找寻，连出宫手谕都没来得及拿，想来现下应是去德妃娘娘处领罚了。”

“领罚？”顾盏辞听到步雪歌要受罚，早膳也无心吃了。

“出宫的时候步姑娘就说，等安顿好殿下，就去领罚……殿下，您上哪儿？

您的身体还未康复……”

顾盏辞将桂公公的话抛在脑后，拖着病重的身体急急赶去凤仪殿。

三伏天，炙热的阳光一早就洒满了整座都城，步雪歌跪在炙热的烈日下，汗水顺着她的脸颊流了下来，映得她的脸像火烧云一般。

“起来，跟本宫回去。”顾盏辞走到步雪歌身边。

步雪歌一动不动。

“本宫让你跟本宫回去，你听不到吗？”顾盏辞发怒地说道。

“殿下，人都应该为自己犯的错承担罪责，微臣的事情请殿下勿干预。”步雪歌义正词严地说道。

顾盏辞知道以步雪歌的性子，认定的事情是无法动摇的，干脆不再劝阻。

“好，既然你坚持要受罚，那本宫就陪你一起受罚。”顾盏辞干脆与她一同跪地。

殿门被人推开，德妃娘娘和五皇子顾盏言一同站在殿门前。“你堂堂皇子殿下，为逃管束私自出宫，成何体统！”德妃娘娘怒斥道。

顾盏辞看顾盏言一脸愧疚，瞬间明白了大概。

“德妃娘娘息怒，七弟他还太小，少不更事……”

“就因你们这样纵容他，才使他愈发无法无天。”德妃看着步雪歌，“既然步大人花了这么长时间都没让殿下学乖，步大人明日即可回神机府复职。”

“微臣遵旨。”步雪歌叩下头去。

顾盏辞没有料到一切都来得这么快，他千方百计想让步雪歌离开，可是当他听到步雪歌要离开的消息时，心里却没有半分喜悦。

他以为步雪歌会如当初那样留下来，或者找他苦苦哀求，可是一整晚过去了，步雪歌都没有出现，直到翌日，他等来了步雪歌的道别。

“小孩儿，我要走啦！”私下没人的时候，步雪歌对顾盏辞总是没大没小。

“走就走，谁稀罕！”顾盏辞从床上跃起，却没有让人开殿门。

直到窗外那抹俏丽的身影慢慢远去，他才忍着疼痛偷偷从床上起来，推开了殿门悄悄跟在步雪歌的身后。

宫门外，洛无双骑着马早已等候多时，一身青衣，俊朗挺拔，看到步雪歌走出来，本来严肃的俊颜立刻变得无比温柔，“雪歌，来。”

步雪歌朝洛无双奔跑过去，一跃跳至马背上，转头说道：“师兄，走吧。”

炎炎烈日下，他们远去的身影似蹁跹比翼的蝶，顾盏辞拖着病弱的身体，扶着墙微颤。在人高马大、俊朗非凡的洛无双面前，他像极了一个手无缚鸡之力的黄口小儿。有种极度沉闷的情绪聚在心头，仿佛乌云压顶，闷得他无法呼吸。

接连几日，再也没有人每日严苛地督促他早起，再没有人在他上书房的时候从窗外盯着，更没有人在他贪玩逗鸟的时候敲他脑袋，他的生活又恢复到以前的自由。

没有步雪歌在身边的日子，他的世界一下子变得索然无味，无论做什么都提不起兴致。而他一闭眼，就能看到洛无双携步雪歌同去的画面，那个画面直指他的心窝，让他心里发疼。

顾盏辞不得不承认，他堂堂七皇子，却羡慕洛无双这样一个小小的捕快。

洛无双虽无权无势，可他有着强健的体魄，他可以与步雪歌倚剑骑马，带她浪迹天涯。

顾盏辞对着铜镜缓缓脱下衣袍，铜镜照出他的身体，骨骼清晰，瘦小孱弱，就像一个得了病的怪物。他第一次，那么渴望做个正常人。

顾盏辞的身体在一个月后彻底康复，皇上见他病情好转，便命人传来口谕让他一同参加三月一次的围场狩猎，以前这种活动他从来不参与，但是这一次顾盏辞却应承了下来。这让众人分外吃惊。

所有人都知道顾盏辞不善马术，皇上让他参与围场狩猎，并未打算让他真的去狩猎，只是想让他出来活动筋骨，权当散心。

狩猎当日，他分到一匹模样温顺的小马驹，当号令一响，诸皇子如出弓的箭一般冲进树林。

顾盏辞在他们当中毫不示弱，小小的身体驾着马驹跑得十分灵活，他以前惧马，但在步雪歌的调教下也算是进步斐然。

眼看一只野兔从他眼前经过，他抬起箭正准备射过去，就在此时，他身下温顺的小马驹像是受到了巨大的惊吓，嘶鸣了一声就朝前面跑去。顾盏辞紧紧抓着马绳想让马停下来却毫无作用，那身下的马直直朝着树林外的悬崖跑去，顾盏辞这才慌了起来，他想跳下马来，可是天生惧马的他在此刻已经吓得完全不知所措，只能任由马儿带着他步向死亡。

在马儿快要摔下悬崖之时，他听到一道熟悉的声音喊道："小心！"

叁·『故来相决绝』

他从混沌的恐慌中惊醒，凭着最后一点意志力抓住了悬崖边的一根树枝，整个人悬在崖边晃荡。下面是无底深渊，马儿已经掉落下去，山谷里回荡着马儿的哀鸣。

一双布满粗茧的手紧紧地抓着他，步雪歌的脸从悬崖边映入他的眼中，"殿下，别怕！"

本来内心十分慌乱的顾盏辞，在触碰到步雪歌手的那一刹，所有的恐慌都被驱散了。他用力地拽着步雪歌的手慢慢地爬了上来。

脱离险境后，两个人瘫坐在地上喘着气，脸色发白。

步雪歌率先开口说："真是吓死我了！我再晚来一步，你的小命就丢了。"

顾盏辞没有说话，目光熠熠地看着她。一月未见，他竟是如此想她，想得觉得她的出现像是不真实的梦境。

步雪歌以为他吓蒙了，便伸手把他揽到自己的怀中，"都吓傻了吧，别怕，有我在，你不会有事的。"

顾盏辞的头紧紧地靠在步雪歌的怀中，闻着她身上散发出的淡淡幽香，确定她是真的回来了。

步雪歌的离开只是德妃的一个计谋，一方面让步雪歌去调查要害顾盏辞的人是谁，另一方面也是让三番四次加害顾盏辞的人放松警惕从而露出马脚。

经过步雪歌一个月的调查，暗处加害顾盏辞的人渐渐浮出水面。

此人系当今三皇子顾盏欢。这三皇子乃已故皇后的次子，骁勇善战，少年才俊，本是太子的不二人选，可皇上却因长幼有序选了大皇子为太子，他心中早已不服，这几年太子数次遭到构陷，都是他所为。步雪歌还查出，三皇子早在几年前就在宫外秘密训练了一个叫"影楼"的组织为之效命，还勾结了朝中几个肱股重臣。

他狼子野心，且步步为营，在太子失势之后，又将背景庞大的顾盏辞视为最大对手。

此次顾盏辞差点命丧黄泉，就是三皇子在暗中对顾盏辞的坐骑放箭，好在步雪歌及时出现，救了顾盏辞一命。

德妃与侯爷在凤仪厅中，听完步雪歌的禀报，久久没有出声。

烛火消融，摇曳的光影中，德妃看着步雪歌，“盏辞今后就劳烦步大人了。”

寥寥一句，步雪歌已经听出德妃话语背后的含义。

离开凤仪殿的时候已是深夜，初冬的宫墙，覆满着皑皑白雪，天地皆埋在一片素白中。

她看到顾盏辞站在不远处的雪地里。

大雪已将他周身裹上了白色，若不是那一张俊脸上璀璨如星的眼眸，步雪歌差点儿要以为那是一尊雕塑。

她走近他，为他拂去身上的雪花，手落在他冰凉的脸上，“这么冷的天，殿下为何站在此地？”

“你……要走了吗？”许久之后，顾盏辞迟疑地问出这句话。

他怕步雪歌又要离开，因此在这等候。

“殿下等在这里就是为了问这件事？”步雪歌看着冻得脸色发紫的顾盏辞有些惊诧。

“才不是，本宫是正好路过而已……”顾盏辞不敢看步雪歌，生怕被她发现他的那点小心思，“看在你救了本宫的份上，本宫会和母后求情让你留下来的。”

“那微臣如果不想留下来呢？”步雪歌故意逗他。

“你……”顾盏辞一听步雪歌不留下来，心里急得要命，却又不知道如何开口。

“殿下是不是想说，不留就不留，反正殿下也不稀罕。”

“本……”

“好啦，知道你这个小孩儿舍不得我。”步雪歌捏了捏他的脸，笑着说道。

四下无人的时候，步雪歌对顾盏辞总是这样没大没小，连称呼都懒得喊。

顾盏辞皱着眉头假装抗议步雪歌的举动，身体却一动也不动地任由她捏着。

他蓦然发现自己的心是那么渴望与她在一起，哪怕只是斗嘴，只要与她在一起，怎样都是快乐的。

从那日之后，顾盏辞像是变了一个人。

再也不与步雪歌对着干了，学武、上书房也都勤勉认真，他的课业进步很大，就连他最怕的马术，也开始克服自己内心的恐惧勤加练习。

他和步雪歌在一起，虽然还时常顶嘴争吵，却不再像从前那般蛮横不讲理。

所有人都说他长大懂事了，包括步雪歌，都以为他经历了九死一生，终于明白了争夺帝位的意义。

可是没人知道，他那么努力地要练到最好，并不是真的领悟了帝王之家的生存方式，而是希望有一天，当他们再次面临危难时，他可以依靠自己的力量来保护步雪歌。

每回泡完药，步雪歌都会带顾盏辞爬到摘星楼上观月，这是洛羽国最高的位置，可俯瞰都城所有的楼宇。落日前的景象是最美的，晚霞似琉璃般从天边一路晃荡而下，烧红的云霞染醉了半座都城。

夜色拢起，都城沉在一片暗夜的死寂中。

“若是都城入夜之后有灯有光该有多美。”

“会有那一天的。”

“他们都说本宫天生与火相克，是不祥的人。”

“以星相批命从来都是妄论，殿下怎可轻信？”

“你不相信吗？”

“我只相信，一切事情不到最后永远不知天命为何。”

“我……怕我做不到。”

“人生短短一世，总要一试。”

“这一世，你会一直陪着我吗？”下摘星楼的时候，顾盏辞走在步雪歌的身后，迎着风低低地说。

“殿下说什么？”她转过头来，眸若深水。

“听别人说千暮山有烟花，十年一放，待下次燃放之时，我们一同去看。”他提着灯，目光熠熠地说。

“这都是传说，殿下别轻易相信。何况十年的时间，太长了。”步雪歌笑着回答。

漆黑的摘星楼上，看不见一点光，只有耳畔凄冽的风肆虐刮过，顾盏辞亦步亦趋地跟在步雪歌的身后。

端庆三十五年，顾盏辞志学之年。

短短的三年时间，他从一个脾气暴戾不学无术的病弱少年，长成了成熟稳重，诗词歌赋、骑马剑术样样精通的皇子，连病弱的身体在三年的悉心调养下也渐渐康健。

他喜穿一件淡黄的长袍，手持一支玉箫，散着乌发走在宫闱中，一张雪白无瑕的脸孔极为英俊，宫中上下女子看到他都忍不住回眸驻足，只要他出现的宴席上，总能抓住无数目光。

可他偏偏性子古怪，从不与任何女子调笑，凌霄殿从内到外除了步雪歌外再无其他女子。

皇上的身体日益衰弱，宫中所有御医治了几年均不见太大的好转。这三年里，太子三起三落，最后还是被人以谋逆罪拉下了马，关到肖素阁去面壁。

七位皇子只剩六位，二皇子一心修道，四皇子六皇子蠢蠢欲动却实力薄弱做不出什么大动作，五皇子无心皇位，早就封地出宫做了个闲云野鹤，三皇子野心最大，众所周知。本来顾盏辞体弱多病构不成任何人的威胁，可他母妃背景庞大，多年来一直帮他筹谋，加上他这三年渐入佳境，多次得到皇上夸赞。

论资排辈顾盏辞年龄最小，论功绩顾盏辞与几位早就上阵杀敌夺得殊荣的兄长们比起来实在微不足道，可是他的母妃是当朝右相之女，又是孝文帝最宠爱的妃子，本来无害的顾盏辞，便成为三皇子一直想除之而后快的人。

顾盏辞倒是无心经营这些，这三年他按照步雪歌的安排学习生活，每天日子过得简单枯燥，却只要日日能与步雪歌在一起，再枯燥的日子都觉得满足。

很多时候，他坐在凌霄殿外的花园中，看着步雪歌靠在秋榕树下翻书，微风拂过她的脸颊，抚开她耳边的几缕发丝，日光温柔地自她脸上晕散开。

他坐在园中品茶，丝丝茶香萦绕在满园盎然的春色中。

他抬头便能看到她在眼前，要什么争权夺利，他根本不稀罕那些虚名。

洛无双来看过步雪歌几次，随着侯爷入宫办差，特意拐到凌霄殿来找步雪歌。

洛无双这三年随着侯爷四处办案，早就成为都城的名捕快之一，且加上他俊朗的风姿、果敢的性格，更令无数达官贵胄家的小姐们趋之若鹜。

可是洛无双一心只等步雪歌，等她完成辅佐的大业，他们便可一同归隐。

洛无双每次来，顾盏辞都会心情不好，哪怕他刻意地回避，可是却无法回避自己糟糕的心情。

那日是步雪歌十九岁的生辰，顾盏辞逃过众人偷偷溜出宫去买了她最爱吃的糯米鸡，踏着星光回来时，在殿门外看到洛无双在给步雪歌戴发簪。

夏夜寂寥的夜空下，步雪歌低头垂眸，带着女儿家的乖巧。

步雪歌从来不会对他露出这样的笑容。她对他永远都是一副大姐姐的样子，她看着他的目光只是对待一个不听话的孩子。

顾盏辞没有上前，只是远远地看着他们。

风吹开他的乌发，照出他眸中失落的伤感。

那夜步雪歌特意拿了糕点去请顾盏辞吃，他在房中已是喝得东倒西歪，乌发微散，衣衫凌乱，酒瓶滚得到处都是。

步雪歌不知他为何喝了这么多酒，心中便有些生气，走过去说道："听桂公公说殿下今日没有看书，没想到却在这里偷喝酒。"

他喝得微醺，在迷蒙中抬头看她，想起她和洛无双站在一起的画面，心里愈发涩得难受，偏过头不去看她。

步雪歌知道，顾盏辞每次一生气，就会撇过头去。

"何事令殿下如此不悦？"步雪歌耐着性子问。

顾盏辞只是继续喝着手里的酒，不理她。

步雪歌走到他面前，蹲下身去关心道：“殿下这身体，不宜喝酒。”

顾盏辞凑近步雪歌，微醺的酒气喷薄而出，眼中有炙热的火焰，他把手轻轻地拂在她雪白的颈间，慢慢地，一点点地靠近她。

“阿步，你真的喜欢洛无双吗？”

“洛师兄自幼与我一同长大，是我至亲之人。”

顾盏辞攥着杯子的手一松，幽幽道：“母妃让本宫娶陆丞相千金。”

步雪歌恍惚一笑，心里有种莫名的失落，却未表露出来，“陆千金秀外慧中，品貌俱佳，与殿下自是十分般配。”

顾盏辞深沉的目光锁住她，“是吗？你也这样觉得？”

“婚姻大事，还是要由殿下自己做主，微臣的话不可作数。”步雪歌将手里的糕点端到他的面前，“洛师兄为微臣做的生辰糕点，都是家乡小食，望殿下切勿嫌弃。”

“放着吧，本宫一会儿吃。”听到她说洛无双，顾盏辞的脸色骤然冰冷。

“糯米鸡？”步雪歌看到桌上放着的已经冷掉的糯米鸡，“殿下特意去买的吗？”

“不是，是五哥带进宫给本宫吃的，你若喜欢就拿去吧。”

“那微臣就当是殿下送我的生辰礼物了。”步雪歌欢喜地拿着食盒离开。

顾盏辞听着殿门缓缓关闭，他侧躺在冰冷的地上，白皙的脸紧贴着地面，去听步雪歌离开的脚步声。

这个女子，陪了他三年多，悄无声息地占据了他的心，可是她却将他推入旁人的怀抱，一点都不在乎他的感受。

他痛恨她的冷酷无情，痛恨她的视而不见，更痛恨自己对她的眷恋不舍。

顾盏辞一口一口地咬着她给他的糕点，咀嚼着步雪歌话里的意思。

他要如何才能留住她呢？是不是只要他登上了帝王之位，这世间便没有什么，是他不能拥有的？

包括他最爱的女人。

陆丞相的千金陆轻璇开始频繁地进出凌霄殿，那是一个如水似月的姑娘，刚过及笄年华，娇柔婉约地站在顾盏辞的身畔，与他就像一对璧人。

所有人都看得出陆轻璇对顾盏辞的爱慕，而顾盏辞这次也没有拒绝，众人都说孤傲的七皇子终于找到了自己心仪的美娇娘。

他开始有意无意地疏远步雪歌，无事几乎不会召她。步雪歌也知他已经长大，不再是幼时那个需要她教导的孩童，他有自己的部署，一切都已经朝着她想要的方向发展。可是她的心里却有着莫名的失落。

特别是当她独自走进院中，坐在树下向远处望去时，却再也看不到那个静静读书的白衣身影。

有了丞相的举荐，顾盏辞被准许同苏越老将军一同攻打西番。

洛羽国与西番的战争几年来一直僵持不下，西番本是洛羽国的边境小国，这几年却狼子野心伙同周围几大部落想要吞并洛羽国，两国的战事一直胶着，到如今也未分出胜负。

在众皇子中，只有顾盏辞没有出征过，皇上看他体弱多病，从未动过让他出征的念头，可是既要登帝位，单有庞大的背景是不够的，为帝王者，必定要有令人折服的建树。

出征打仗，是无法逃脱的责任。

顾盏辞出征前，步雪歌去给他送礼物，是自己跟宫里的老嬷嬷学做的香囊，因为是第一次缝制，十根手指都扎破了才勉强缝好了一只。

她在殿外候了许久，门才缓缓打开。

是陆轻璇开的门，她脸上的笑容在看到步雪歌的时候骤然消失，她从上到下打量了步雪歌一番，目光最后落在步雪歌红肿的手上，“是步大人啊，你有何事和我说即可。”

“殿下明日便要出征，微臣想来……看看殿下……”

“盏辞在看兵书，怕是无暇与步大人寒暄，不过步大人的心意我会带到的。”

她喊他盏辞，皇子的名讳很少有人可以直呼，可见他们的亲昵。

“那劳烦陆小姐照顾好殿下，微臣告退了。”

步雪歌缓步走回凌霄殿的院中，以前他们常坐在这里，一待就是一整天，而现在的他们已经许久没有一同在这里看鸟赏花了。

院中的花卉依然葳蕤繁茂地生长，她将那枚要送他的香囊挂在秋榕树上，难看的香囊在风中飘摇着，掠过她曾经为顾盏辞的身高做过记号的位置。

从前的顾盏辞和她一般高，她一伸手就可以抱住他。

可是如今他已长成大树，枝繁叶茂得令人无法攀附。

这是属于他的路，是她一步一步带他走上的路。

他开始在这条路上稳健地行走，他会离她越来越远，最终如同这棵大树一样，令她追赶不及。

而那时，便是她功成身退之时。

顾盏辞出征之后，步雪歌闲了下来，她记得顾盏辞爱吃薄荷糖，就跟着御膳房的厨子学起来，有板有眼地学了足足一个月。这一个月里，所有人都在为顾盏辞担忧，但是步雪歌只管躲在御膳房里做糖。

顾盏辞是在一个艳阳高照的夏日回来的。首战告捷，全城的子民都跪在地上迎接，他骑在马上直奔皇城，陆轻璇早已经等在城门迎接他的凯旋。

步雪歌站在城门上，她看到顾盏辞一身铠甲，英挺炫目，耀眼得如同星辰，他勒马停在城门，像是要在人群中寻找什么，陆轻璇扑在他的怀中，真是鹣鲽情深的一对爱侣。

步雪歌默默地靠在城门上。烈日下，她想起她初入宫时，还只是一个刚及笄的少女，一晃已经过去了五年，她陪着他从孩童到成年，韶华已逝。

他不再是从前那个倔强不懂事的小孩，他终于要迈向那条属于他的帝王之路了。

那些初入宫时迫不及待要实现的目标，似乎已经摆在眼前，她却感到有些恍惚。

顾盏辞出征归来之后，颇得孝文帝的赏识，加上丞相从旁美言，孝文帝似乎有意将储君的位置交由顾盏辞。

顾盏辞变得深沉稳重，喜怒哀乐都不行于色，在殿前谈论治国之道也颇有见地，众人对其刮目相看。

三皇子看局势大变，深感威胁，早已按捺不住，开始大肆招兵买马准备禅位那日有所举动。

侯爷连夜入宫与德妃商量，为了大局考虑，决定要先下手为强。

三皇子的命脉就在影楼，若是能将影楼连根拔起，就如同断了三皇子的臂膀。侯爷提议趁其不备，带人杀他们个片甲不留。

众所周知，影楼高手云集，非凡人能入，神机府此次入影楼，是冒着九死一生的危险以命相搏。他们都做好了牺牲的准备，就算是同归于尽，也要为顾盏辞除掉心头大患。

步雪歌成了此次行动的领头人，身负重任。

洛无双是第一个跳出来阻止她的，但是步雪歌还是义无反顾地要去。

是夜，步雪歌带着神机府的半数人马冲进影楼，影楼不愧是三皇子培养的秘密组织，戒备森严且高手如林，若不是侯爷早已打通守卫，他们断是不可能那么轻易进入。

与影楼的这一战打斗得十分凶险，步雪歌率领一众高手也被打得节节败退，影楼四大高手几乎个个身怀绝技，步雪歌眼看着周围的人一个一个地倒下，最后当她被一剑刺穿肩胛骨的时候，她感到这一局是要输了。

黑衣男子缓缓朝她走来，举起手里的剑，“三皇子早就料到你们有此一招，还派了细作潜入我们影楼，这次，我们要让你们有命来无命回。”

步雪歌闭上眼准备受致命的一剑，可是疼痛却没有如期而至，黑衣男子手里的剑被人打翻在地上，伴随而来的是尘土飞扬的马蹄声。步雪歌循声望去，她看到一小支骑兵往影楼的方向过来，带头的不是别人，正是顾盏辞。

黑衣男子低喊了一声：“不好，快退。”

顾盏辞挥了挥手，身后的精锐骑兵瞬间便将影楼团团围住，他飞身到步雪歌的身边，她身上的血早已染红了半身白衣，虚弱瘫软在地上，顾盏辞一把将她从地上抱起，她清瘦的身体贴着他的胸膛，像断翅的蝴蝶。

“阿步，你还好吗？”顾盏辞拧眉担心地问道。

“我没事。”步雪歌佯装没事，可是她微弱的声音已经出卖了她。

“阿步，我一定要让这些人血债血偿。”顾盏辞心疼地抱紧步雪歌，挥了挥手中的剑，“放火箭。”

数以万计的火箭从远处齐发而至，影楼在顷刻间便埋没在了熊熊大火中，寂静漆黑的皇城十几年来都不曾有过这么大的火，那火光烧红了半座城，染红了漆黑的夜。

步雪歌惊诧地看着眼前的一切，看着顾遙辞不顾一切烧红的双眼。

“影楼多年来，研制炮弹流火，就是为了有朝一日可以对付我，三哥认准没有人敢在夜里纵火，可我偏要放给他看。”

“可是殿下放了火，回去要如何与皇上交代？”

“本宫自有本宫的法子，你无须担心。”

顾遙辞温柔地将步雪歌放到马背上，再上马从她的身后圈住她。萧萧风声中，步雪歌偏过头去看顾遙辞，他的眸子沉在夜色中，散发着狠戾而深沉的光。

那是步雪歌第一次深深地感觉到顾遙辞长大了，他开始有了她捉摸不透的心思，开始有了自己的羽翼，开始像个男人一样拥有了宽厚的肩膀。

她有一些欣慰。

步雪歌把头埋在顾遙辞的怀中，那里非常温暖，小时候她这样抱着他，可是现在他却可以保护她了。

她的脸贴着他的胸膛，听着他的心跳，她蓦然想起方才的那一幕，在生死关头，她的眼中浮现的并不是从小青梅竹马一同长大的洛无双，而是扭捏如同孩子一般的顾遙辞，他的脸印在她的脑中，怎样也盘旋不开。

风吹在她的伤口上，可是她却没有任何感觉，她只能听到自己的心跳，随着一起一伏的马儿一路颤抖地跳动，好像只要能跟随着他，天涯海角，都无所畏惧。

步雪歌因失血过多昏迷了好几日，脑子昏昏沉沉半梦半醒。她做了一个漫长的梦，梦里战火纷飞，硝烟弥漫，喧闹的城墙里她不停地奔跑，有人站在黑暗的尽头向她伸出双手，她扑进他的怀中，那人身上有她熟悉的气味，她以为是洛无双，可是她抬起头，看到的却是顾遙辞。

他一身白衣，乌发束冠，温柔地将她搂在自己的怀中，修长的手指拂过她的脸庞，“阿步，以后让我来保护你，我们在一起，一辈子都不分开，好不好？”

“不……我不能……”步雪歌大喊着从梦中醒来。

洛无双坐在她的床边，心疼地说：“雪歌，你做噩梦了？”

步雪歌看看自己房间，除了洛无双并无他人。

“师兄，你怎么来了？”

“我知道你出事了，第一时间就赶来了。”洛无双轻柔地为她擦去额上的汗。

“师兄，七殿下呢？他有没有事？”步雪歌想起那场可怕的大火。

“你放心吧，陆丞相已经帮七殿下把所有的事情都压下来了，三皇子结党营私，私自在宫外成立组织，这些皇上全都知道了，现在已将他关在绝情殿，终生不得出来。”洛无双看着步雪歌，“七殿下乃皇位不二人选，册封大典就在这几日，你大可放心。”

步雪歌听完洛无双的话，这才松了一口气。

她靠在床榻上，望着房中的烛火，那闪着烛光的火苗微微颤颤地燃烧着，一切似乎非常平静，一切似乎都已经过去。

“五年了，雪歌，你身上的担子终于可以放下来了。”

“是啊，五年了。”窗外的风将窗户吹开，入冬后的第一场雪纷纷而落，步雪歌起身走到窗边，伸手接了一把夜空中坠落的细雪，雪在她的掌心中很快变成了水渍，她看到自己掌中的生命线已经布满了黑色。

洛无双走到步雪歌的身后，手轻轻地搭在她的肩上，“雪歌，等七殿下登基之后，你可愿随我离开？”

“去哪儿？”

“天涯海角，只要你想去的地方，我都可以带你去。”

“师兄，留在都城有大好的仕途，你又何必离开？”

“雪歌，师兄已经厌倦了尔虞我诈、险中求富贵的生活。你重伤的这几日，师兄一直在想，如果那日你没能活着回来，我所拥有的一切又有什么用，没有你在我身边的日子，荣华富贵，都失去了意义。”

如果是以前的步雪歌听到洛无双说这些话，她一定会同意的，闲云野鹤的日子是她一直向往的。那时候的她心里没有任何人，她觉得与谁在一起都没有关系，可是现在她发现她心里已经装了一个人，她再也无法同另一个人携手归隐了。

“对不起师兄，我不能答应你。”

“雪歌，为什么？我们不是说好了吗？”

“师兄，我不想欺骗你，我心里已经有了别人，虽然我和他没有可能，可是我也不会违背自己的本心去欺骗你，这对你来说不公平。”

“你心里的那个人是谁？”

“你别问了师兄，等殿下根基稳固，我自会离开，你无须跟随我，殿下还需要你这样有勇有谋的臣子来辅佐。”

“雪歌……”

“师兄，我累了，想休息了。”步雪歌不等洛无双说完，便打断了他的话，下了逐客令。

洛无双还想说什么，可是他看了看步雪歌，最终什么都没有再说，缓缓地关上了门。

步雪歌休养的一个月，顾盏辞没有来看望她一次，孝文帝大病不起，不过半个月就殁了。宫中一片哀号。

办完孝文帝的丧事，很快就迎来了新帝登基。

那是端庆三十八年，她和顾盏辞认识的第六年，她眼看着他从一个孩童长成了面如冠玉的少年，她辅佐他从毫无野心的孩子长成了成熟的君王。

顾盏辞的大婚与登基大典定在同一日。陆轻璇被册封为贵妃。

步雪歌拖着还未痊愈的身体走到大殿外，透过窗棂，她看到肃穆的大殿中顾盏辞牵起陆轻璇的手，他们郎情妾意，好一对璧人。

步雪歌转过身，心骤然疼了起来，明明是想来为他祝贺的，却不知怎也开心不起来。

她走回凌霄殿的后院，院中的花草早已经被大雪覆盖，她缝的那只香囊孤零零地挂在树上，她把香囊取下来攥在手里，坐在冰冷的雪地上。

树叶在耳边沙沙地响，人生寂寞如雪。

她心上的那个人娶了别人，可是她连说一句不要娶的资格都没有。

她将自己蜷缩在树下，缩成小小的一团，她想让这风雪将自己长埋地下，她已经助他登上了帝位，如今的她对顾盏辞而言，也没有什么用了。

她动了离开的念头，离开皇宫，离开顾盏辞，离开这六年的往昔。

她不知道自己在雪地里坐了多久，她只知道在她冻得失去知觉的时候却被一个温暖的身体抱起。

她抬眼看到了顾盏辞。

他拿唇触碰她的脸颊，望着她的眸子幽幽地说："阿步，你在伤心吗？"

她冰冷的脸颊看不出任何表情。

"我知道你在伤心，我知道你舍不下我。"他抱着她朝殿中走去，身体紧紧地贴着她，"就让我来温暖你吧。我的阿步。"

顾盏辞的言语中带着微醺的酒气，像是说给步雪歌听，又像是说给自己的呓语。

步雪歌想挣扎，却发现此刻的自己只能像只温顺的小猫，无法动弹丝毫。

肆·『曲终人未散』

进到殿中。顾盏辞摸着她的乌发，如缎般柔顺的发丝在他的掌心蔓延，修长细白的手慢慢地抚上她的脸颊。

步雪歌往后缩了缩。

"你为什么要逃避？"他靠近她，"你为什么要再三逃避我对你的感情？你宁可独自坐在雪地里难过，也不愿来找我说，是吗？"

步雪歌垂着眼，不想让顾盏辞看到她眼中的感情。

"我这么久不来看你，故意冷落你，故意和别人出双入对，可你还是没有来……"

顾盏辞的声音里透着浓浓的悲凉。

"我想要忘记你，逃避你，我对自己说，我可以喜欢旁人，所以我努力和轻璇相处，同她成婚……可是……"他的目光望进她的眼睛里，"还是不可以啊，我的心从头到尾只有你一人。为了你，我可以放下我全部的自尊，我可以抛弃所有的一切，只要你在我身边。"

他的声音那么卑微，卑微到让步雪歌心疼，她缓缓抬起头去看他，对上他深情的目光，英俊的脸上闪动着热切的期盼。

顾盏辞捧着她的脸，"阿步，我知道我登上皇位后你就要和洛无双走了，可是我不想你走，我不相信你对我是没有丝毫感觉的，你心里也一定有我，对不对？"

“我……唔……”她还没有开口，已经被倾身而下的顾盏辞用吻截住了，他的唇温润且炙热，夹杂着浓烈的爱，把她心里好不容易筑起来的城墙顷刻推毁。

步雪歌听见自己心里的声音在对她说，试一试吧，哪怕就一次。

攥紧的手掌缓缓松开，这是她人生第一次，想要把自己交付给另一个人。

步雪歌闭着眼想，这或许是她唯一能给他的，最后一点温暖了。

红烛被风熄灭，满室的春光旖旎。

他在黑暗里喊着她的名字，拥着她几乎冰冷的身子，她那么凉，仿佛怎样都不会暖起来。

云雨过后，顾盏辞将小小的步雪歌圈到自己的臂弯里来，黑漆漆的房间里，他紧紧地贴着她，步雪歌听到一阵细碎的声音。

“这个是我出宫的时候给你买的。”顾盏辞拿出一只银镯，上面缀着几颗铃铛，轻轻一摇就有细碎的声响传来。

“虽然不值钱，但是就觉得很衬你。”

“给我戴上吧。”

他细细地把银镯给步雪歌戴上，在夜色里，他在步雪歌的耳边说：“阿步，你不知道，我有多爱你。”

爱到在她面前不用天子的称呼，爱到可以放下自己所有的尊严，爱到只想与她做这世间最平凡的夫妻。

步雪歌没有回应，她只是温顺地把脸靠在他的怀中，一双点漆般的眸子闪闪发亮，她感到自己一整颗心都是温暖的，是属于与爱人在一起的温暖。

夜过分漫长，他们紧紧地拥抱在一起，仿佛这个动作已经演习了无数次，仿佛他们的爱都沉在这夜色里。

步雪歌是在晨曦初露的清晨醒过来的，顾盏辞紧紧地将她拥在怀中，两个人赤身裸体，宛若孩童。她细细地去看顾盏辞的眉眼，白玉无瑕，光华流转，这是多么好看的一张脸。

她想起许多年前她初入宫，他被人在宫外揍了一顿，为了让他好起来，她照顾了他整整一个晚上。他那时候，只是一个小小少年。

时间流转，让人措手不及。

她一直以为自己没有心，这辈子不可能为任何事动容，哪怕洛无双一家对她照顾得无微不至，让她有了家的感觉，可是她的心中却依然冰冷。她不知道原来爱上一个人，可以真正让她坚硬的心化成温柔的湖泊。

她拿着剑走到院中练剑，冰冷的雪将她所有的情绪覆盖，顾盏辞随后披着外衣走到长廊上。她在雪中专注地舞剑，眸中无半点喜怒，披散的乌发随着剑法飞舞。他们明明认识了这么多年，她也分明褪去了当初少女的娇俏，可是她依然如此轻易地就占据了他的视线。

步雪歌看到顾盏辞，想起昨夜，脸上浮起几朵娇羞的红晕，就那样站在雪地里，不知是该进还是该退。顾盏辞走到她的面前，院中的琳琅花落在她的发间，他伸手轻轻去摘，轻轻地吻在她的眉心上。

这一次步雪歌没有拒绝。

她提着剑在雪地里写字，他凑近了看，是“平安”二字。

“为何写这两个字？”

“铃铛就是平安的意思。”她垂着眼，呢喃着。

“收了我的铃铛，就是我的人了，以后我定会保你平安。”顾盏辞笑了起来。

“陛下又忘了主谓之称了。陛下现在乃是天子，以后切莫用‘我’。”步雪歌纠正道。

“我知道。”他不以为意，一把抱着她，“我只在你一个人面前这样说话，我不想做你的陛下，我只想做你的夫君。你说，我册封你什么好呢？”

说到册封，步雪歌脸色骤然一变，“现在陛下初登大宝，根基尚未稳定，还需要陆丞相辅佐，陛下昨日刚册封了贵妃，现在不宜再册封新人。且陛下以后应该多去陆贵妃处走动。”

“你要把我推给别人？”

“陛下如今已经不是孩童，应懂得审时度势。”

“好好好，只要你能在我身边，你让我做什么都可以。”

殿外的桂公公恭敬地喊道：“陛下，要上早朝了，大臣们都候着了。”

“真扫兴！”

“去吧，你现在是君王，凡事应以国事为重。”

“阿步，你一本正经的样子真不好玩。”顾盏辞不情愿地松开她，捏了捏她的脸，才依依不舍地踏雪而去。

有鸽子从远处飞来，落在步雪歌的手心里，鸽子脚上绑着一张纸条，她缓缓打开看上面的字。

她深深叹了口气，该来的和不该来的，全都来了。

顾盏辞登基后才发现，要做个好君王远比他想象得艰难。

洛羽国国库空虚，一切兵力皆掌握在陆丞相手中。他名义上虽为天子，却毫无实权，哪怕有了德妃做靠山，哪怕娶了陆丞相之女，顾盏辞的帝王之位还是形同虚设。

不仅如此，西番联合众多部族屡屡进犯洛羽国，他们的版图面积越来越大，已经一举夺下洛羽国的三座城池，这对顾盏辞来说，无疑是内忧外患。

他一方面在筹划如何对付陆丞相，一方面又在想应对西番的策略，他以为登上帝位已极为艰难，没承想，坐上帝位之后，前方长路更加艰险。

当他面对有如山高的奏折之时，他都痛恨自己当初为何要去争这个皇位，皇位对于他而言只是压在身上的重石，几乎要将他压得喘不过气来。

可是每次只要他走到凌霄殿去看步雪歌时，他心中所有的烦闷就都烟消云散了。

步雪歌不让他经常来，每月都规定好时间，强迫他一定要去陆轻漩的寝宫。

他有时会在半夜因为思念她醒来，悄悄地去看步雪歌。

没有声势浩大的排场，就穿一件简单的明黄色素衣，提着门口挂着的水墨画灯盏，慢慢走到凌霄殿。

步雪歌常常在夜里舞剑，也不怕冷，赤脚踏在地上，手里的铃铛声随着剑舞在夜空中发出悦耳的声响。

有时候转过头，正好看到顾盏辞倚在朱红色的殿门处，雪染韶华，微光铺满一地，荡得他的眼中平添了许多的宠溺。

他会提着灯朝她走去，在她刚想责备他为何又偷偷跑来的时候，一把将她拥在怀里。

步雪歌对顾盏辞来说，是他心中最纯净的一块光亮。

成年之后顾盏辞的身体恢复得极好，体内的毒已经清得七七八八，可是泡药对他来说已经成了一种习惯。他会在每月固定的时间带步雪歌去泡泉水，他喜欢在水中亲吻她，雾气缭绕中，他只能透着薄雾去看她的脸。他们在一起之后，步雪歌变得十分羞怯，每次他触碰她，她都宛若迷途的山野小鹿，仓皇无措。

他喜欢她在他面前的娇羞，不像长辈，而是他的女人，独属于他一个人的女人。

顾盏辞盛宠步雪歌的事情终究还是没有掩藏住。

宫中流言四起，陆轻璇更是无法忍受她被顾盏辞冷待。她几次三番想要去找步雪歌的麻烦，可惜步雪歌几乎足不出户，两耳不闻宫内事，只待在自己的凌霄殿内养花舞剑，这让陆轻璇无从为难。

端庆四十二年，西番和洛羽国迎来了史上最大的一场战役。一个无名小部族，企图将洛羽国吞并，国家危难，军心动摇，陆丞相在朝堂上提议让顾盏辞亲自领兵出征。

消灭西番，已经迫在眉睫。

此战要是成功，顾盏辞便可以稳固军心，受到众人拥戴；若是失败，不说帝位不稳，很有可能战死沙场。

很多人劝说顾盏辞不要前去涉险，他考虑再三还是应承下来。要想坐稳这皇位，功勋战绩是必不可少的。

他没有将要出征的事情告知步雪歌，他不想让她为他担忧。当他穿上战甲走出宫门之时，他看到久不出户的步雪歌，已经站在宫门外等着他。

她穿着一件素衣，像是匆忙赶来，乌发束成一个髻，风沙簌簌地吹落在她身上。

“你怎么来了？”顾盏辞很意外，他想起他第一次出征时，他在人群中找寻她的影子，可是怎样也遍寻不得。

“这个香囊，你拿着。”她从怀里掏出一只香囊，上面的雀鸟已不像她初次绣得那般拙劣，依稀可见一些功底。

“你绣的？”顾盏辞不敢相信，他把香囊放在鼻尖浅嗅，一股淡淡的花香扑鼻而来。

她抬起眼，抚摸他冰冷的盔甲，“好好保重。”

“等我胜利归来,我就册封你为皇后,那时再无人可阻拦。”顾盏辞的眸中,是那样的热切坚定。

步雪歌对上顾盏辞的眼睛，只是紧紧地握住他的手，一句话都没有说。

与西番的这一战打得十分艰险，西番这几年招兵买马实力大增，再加上原有的精锐骑兵部队，和几年前完全不同。顾盏辞应对得十分吃力。

顾盏辞此次出征，几乎带走了洛羽国所有他能调动的兵力，包括安定侯顾盏言也一同出征协助。这一战他们做了孤注一掷的打算，只许赢不能输，没有任何退路。

每当他思念步雪歌时，他就会把她送他的香囊拿出来闻一闻，拥有她，对他来说，是此生最大的快乐，即使只是为了她，他也不能输。

战火延续了足足三个月，两方战事进行得如火如荼，眼看着西番快要被击退，顾盏辞却在战场上突然昏厥，从马背上摔了下来，若不是顾盏言替他挡下致命的一剑，他差点儿要命归黄泉。

军医说顾盏辞是中了毒，这种毒是通过微小的量一点一点摄入他的体内的，不会致命，只会令人眩晕，所以不容易察觉。

顾盏辞怎么想都想不明白自己是如何中的毒，他看着躺在榻上伤得奄奄一息的五哥，心中悲伤不已。

他让军医检查了他帐篷中所有的物件，均一无所获。最后军医看到他身上挂着的香囊，将香囊取下闻了闻道：“是了，就是这个香囊，香囊里放有蝶兰花的花粉，是导致殿下眩晕的罪魁祸首。”

顾盏辞看着军医捏着那枚香囊，想起步雪歌那日来送他，他不敢相信这是步雪歌下的毒，他那么深爱信赖的人，为何会对他下毒？她的目的究竟是什么？

一股悲凉和愤恨从他的胸腔溢出，可是他顾不上去弄清楚真相，他平定了自己的内心，又投入到战事中去，这一次他调整了战略，夜里突袭了西番，直接杀他们一个措手不及。

当他抓着西番首领扎布勒时，恨不得立刻将其千刀万剐，扎布勒非常惶恐，为了保命，他说出了一个让顾盏辞震惊不已的真相。

扎布勒颤颤巍巍地说：“我父皇查到我有一个失散多年的堂妹流落到了你们洛羽国，而且成了你身边最得宠的人，所以父皇数月前飞鸽传书让她使毒。”

“她是谁？”

“步雪歌。”

顾盏辞听到这个名字的时候，犹如晴天霹雳。

他不相信地问：“她既然与你们失散多年，又为何会听你们号令？”

“因为我们以她母亲做要挟，这么多年，她母亲一直住在西番的皇宫里，父皇承诺她，只要她做了这件事，就放她母亲自由。”

顾盏辞松开扎布勒，脑子里一片空白，他没有想到，他以为永远不会背叛他的人，最后却差点儿置他于死地。

他想起步雪歌那些日子忧伤的眼神，越来越不爱说话的转变，欲言又止的样子，越发笃定了这件事。

顾盏言的伤在军医的全力救治下渐渐好转，顾盏辞望着昏迷的五哥，心中燃起了无限的愧疚。

他把那枚香囊握在手心里，这段时间他抚摸了无数遍上面的花纹，一针一线都是她绣的，针脚都不齐，可是他却视如珍宝，现在他摸着它，仿佛是在摸着一个破碎的梦。

他不愿意相信她会害他，那些他们在一起如胶似漆的日子，都只是虚情假意地应付吗？她不过想用自己的容忍，换得她母亲的平安吗？

他最不愿意去想的是，她是否真的爱过他。

顾盏言的伤势好些时，顾盏辞终于打算启程回洛羽国，在所有人都沉浸在胜利的欢声笑语中时，唯独顾盏辞面无表情。他郁郁地坐在马背上，大队入宫的时候，他没有在宫门口看见步雪歌。

所有人都以为顾盏辞回宫后会立刻去步雪歌居住的凌霄殿，可是他却去了陆轻璇的旋舞殿，后来几乎日日留宿在她的宫中。

顾盏辞不再去看步雪歌，他不知道该如何面对她，更不知道面对她要说什么。他是那么害怕面对那个答案。

宫中盛传，步雪歌失了宠，皇上对她再也没了兴致。

步雪歌对顾盏辞的疏离并没有太大的反应，她依旧在殿中养花舞剑，悠闲自得。

洛无双来找步雪歌的那夜，听闻千暮山出现了一场烟花。

像是天降异象，美得让人惊心动魄，千暮山邻近的村民都被这美景震撼，欢呼声传遍千里。

步雪歌迎着光走出来，夜色中闪烁着星星点点的璀璨，她站在摘星楼上吹着冷风，手腕的铃铛手镯细碎作响。

她犹记得顾盏辞对她说过，铃铛象征着平安，他希望她平安。

洛无双穿着夜行衣出现在城墙上，“雪歌，跟我走。”洛无双拽着她，“陛下已经知道了你的真实身份，你现在在这宫中，不过是等死！”洛无双其实早就知道了步雪歌的身份，只是他从来都没有说破。

“他知道了……他终于知道了……”步雪歌低喃着。

难怪他回来这么久都不曾来看她，难怪他看到她就躲避，原来他已经知道了她的身份。

“那你还在犹豫什么？跟我离开洛羽国，你想去哪里我就陪你去哪里。”

步雪歌把手镯放在眼前摇了摇，本来这一切都不会发生，是她贪恋这一点点的温暖，现在是她离开的时候了。

“好，我跟你走。”步雪歌站起身。

“你不能走！”摘星楼上不知何时多了一个人，那个人是顾盏辞，他带着一队武功高强的皇家侍卫突然出现。

黑夜里，他的眼中满是肃杀之意，他看着步雪歌，目光几乎要把她揉碎，“你真的是西番的公主？”

“对。”步雪歌毫不遮掩，“确切地说，我只是西番的前公主，我的母亲只是一个身份卑微的舞姬，从小我们就受尽旁人的欺辱。直到我八岁那年，西番发生了一场政变，我的父王被叔父杀了，皇子们无一生还，母亲怕我受到牵连，连夜让人把我送离了西番，我几番辗转来到了洛羽国，被义父收养。”

“所以，是你在这个香囊里下了毒？”

“下毒？下什么毒？”

“你还想狡辩？”顾盏辞逼近步雪歌，“就是你送我的这个香囊，军医说我就是闻了你的香囊才会头晕目眩，差点儿死在了战场上，若不是五哥替我挨了一剑，我现在已经是一具尸体了！”

步雪歌愣住了，她没想到顾盏辞差点丧命，她更没想到，是因为她送他的香囊。

香囊里的花是她请教了御医后才放的，都是一些提神和有助睡眠的花草，怎么会有毒？

可是她看顾盏辞言之凿凿的样子，并不像在撒谎，而他眼中对她的恨，是那么深刻。

从小在政治斗争下长大的步雪歌，瞬间明白了，这一切都只是一场局，是有人设局陷害她。

她想解释，可是解释了又如何呢？以她的身份，想要留在顾盏辞的身边，本就是一种奢求，如今东窗事发，更是再也不可能了。

“你为什么不说话？难道你就没有什么要和孤解释的吗？”

“既然陛下都已经认定是我做的，我说什么，都不重要了。”

“你！你就连一句谎话都不愿意编吗？”他的声音几乎带着哀求。

“罢了，要杀要剐但凭陛下发落，只求陛下放了我师兄，他是无辜的。”

“雪歌，你不要替我求情，无论刀山火海还是阿鼻地狱，师兄都陪着你去。”

“好，好，好一个有情有义的男儿。”顾盏辞本来不忍的心在听到洛无双这么说时，一瞬间全破碎了。

他露出冷傲的表情，“你们想死是吗？那孤就成全你们。”顾盏辞挥了挥手，“把他们抓起来，三日后问斩。”

步雪歌和洛无双被人带走了。

远处的千暮山上最后一簇烟花燃尽，顾盏辞站在摘星楼上眺望远处，他想起许多年前他走在步雪歌的身后，觉得此生唯一所求，就是与她一起，看尽烟花灿烂。

天牢暗无天日，隐约透过铁杆漏进来的星点光芒犹如转瞬即逝的光影。

睡着的时候，步雪歌梦到儿时与母亲住在西番，西番大王妃嫔众多，她母亲只是其中不得宠的一位。她从小就看尽旁人的白眼，日子过得苦不堪言，可是她却从未为此感到忧愁，她觉得只要能与母亲生活在一起，多大的苦都不算苦。

可是就连这样的日子都成了奢求，皇叔叛乱，一场惊天动地的屠杀在皇宫中展开，她的母亲千方百计将她送出皇宫，结果却在路上被送她出宫的宫人卖给了人贩子，人贩子将她卖进了窑子里，她一次又一次逃跑，却一次又一次被人抓回来打得浑身是伤，直到有一次在逃亡的途中遇到了洛无双的父亲。

洛无双的父亲救下了她，把她带回自己的府上，收她做义女，送她去灵山学艺，帮她渐渐从儿时的阴影里走出来。她拼命地习武，她不顾生死地破案，只不过想让自己变得强大，只不过不想在遇到伤害的时候，无力反击，任人鱼肉。

关于她母亲，她听闻新帝看她颇有几分姿色，便没有杀她，只是将她圈在了自己的后宫，这么多年她曾经想过要回去找母亲，可是国不是国，家也非家了，回去也并非易事。

她这么多年悉心教导顾盏辞要独立坚强，要努力争夺，只是不希望他像她一样，当有一天站在政治面前，却因为弱小，而束手无策。

她终于做到了这一点，可是他们两个，也走到了尽头。

分别对她来说，本不过是稀松平常之事，自小到大，她对每一个相遇的人，都已做好了离别的准备，只是她从来没想过，她会和顾盏辞相恋，会拥有一份本不属于她的幸福。

迷迷糊糊中，有双温柔的手将她抱起，熟悉的声音在她耳畔问道："步雪歌，这么多年，你究竟有没有爱过我？"

梦中她靠在那个人的怀里，觉得人生在世，最温暖的不过此处。

去刑场的那一日，她给顾盏辞写了一封信。

顾盏辞拿着那封信，踌躇再三。

陆轻璇坐在他的旁边试探道："步大人的身份如今无人知晓，陛下不如念在步大人多年照顾陛下的份上，姑且饶她一命，让她同她那奸夫一同流放。"

“不必了。私通外敌已是死罪，砍了倒也罢了。”

殿外的风沙飞檐走壁，暴雨倾泻而下，直到有人进殿大喊：“陛下，洛无双与步雪歌已经伏法。”

“下去吧。”

“是。”

殿中的人尽数离开，待到人去楼空，顾盏辞才拿过那封信，缓缓地打开。

信里只有一首诗，步雪歌用雅致的小楷写着：“山光水远愁不知，春悄照梦终须还。把酒临歌身前事，待到来生再相逢。”

这是她临别前，留给他的最后几个字。

他伏在案上，懒怠的样子一如他孩童时在上书房，当时他趴在桌案上，步雪歌站在窗户外眉目凌厉地看着他。

他摊手算了算，原来他们相识，已经有十年了。

整个殿内，肃穆庄严，他再也听不到那熟悉的铃铛声了。

顾盏辞知道此生他不会再与步雪歌相遇，这个无意间闯入他生命陪伴他成长的女子，再也不会出现在他面前了。

他甚至不知道，她是否爱过他。

他以一个帝王之心骄傲着，揣度着这世间的一切险恶，他不希望他心里这唯一的一点温暖，都是虚情假意。

步雪歌并没有死，她和洛无双被顾盏辞用两个死囚代替了，等她和洛无双从迷药中醒来的时候，马车已经载着他们离开了洛羽国。

驾车的人给了她一笔巨额银票，还留下了在路上所需的干粮和水，他说：“陛下让你们再也不要回洛羽国了，此后天涯海角，请多保重。”

步雪歌知道，这是顾盏辞身为帝王，所能给她最大限度的宽容。

她和洛无双隐居到了千暮山附近的一个小镇上。

几个月后，步雪歌诞下一名女婴，是顾盏辞的孩子，她为她取名“平安”。

但平安生来体中带着寒毒，步雪歌为了平安寻遍了名医，长期拿极珍贵的药材为她吊着命，几年后才渐渐好转。

而步雪歌却因劳累久郁身染恶疾，平安六岁那年，她听闻千暮山有烟花，就拖着病重的身体前往，等了一夜却没有看见烟花。

那日冬雪飘摇，覆盖了满山的枝柳，在回程中，步雪歌靠在一棵秋榕树下去世了，洛无双找到她的时候，她双目紧闭，已经被雪覆盖了全身，她的手里紧紧握着顾盏辞送给她的铃铛手镯。

而她坐着的位置，正是面向洛羽国的方向。

洛无双埋葬了步雪歌，带着平安生活了两年，这两年他打听了许多关于顾盏辞的事情：洛羽国废除了不能点灯的传统，他将陆丞相一党连根拔起，从此平定了洛羽国，他废除了陆贵妃，此后再未纳过嫔妃，将他五哥之子立为太子……人人都赞他是一位好皇帝，可是却无人知晓他为何不再纳妃生子。

只有洛无双知道。

他记得步雪歌曾经说过，一定要去千暮山看一场烟花，可是这场烟花过了八年，还迟迟没有出现，当国师占卜说烟花将要来之时，他决定把平安送回顾盏辞的身边。而平安，从来都知道顾盏辞是她的父亲。

千暮山上人海茫茫，分别这么多年，即使在拥挤的人群里，洛无双也一眼就能看到顾盏辞，他从第一次看到他就知道，这个人会成为他与步雪歌之间的障碍。

洛无双把熟睡的平安抱过去，放在他的身边。他知道，让平安回到顾盏辞身边，是他唯一能为步雪歌做的事情了。

回宫的马车在山路上颠簸，不多时顾平安便揉着眼睛醒了过来，她软软地趴在顾盏辞的手臂上，软软地问：“你在想什么？”

“在想这么多年你和你娘都是怎么过的。”

她眨着眼睛，“娘会给我做好多好多莲花灯和薄荷松子糖，糯米鸡和糖葫芦。她喜欢在雪地里练剑，喜欢泡泉水，喜欢绣香囊，她还说要带我看烟花，她说等到烟花绽放的那一天，我就可以看到爹爹了，我们一家人就可以在一起了……”

她不是不爱他，而是太爱他。可她知道她的身份会给他带去怎样的伤害，所以她把对他的爱意埋在心底，哪怕是被误会，被怀疑，被处刑，都不愿意说出来。她宁可他恨她，误解她，也不要成为他帝王路上的阻碍。

在肃清陆丞相的时候，他才得知，那个在香囊里下毒的人并非步雪歌，而是陆轻璇，她把这件事嫁祸在步雪歌身上，待他查明一切发现真相的时候，他心爱的女人已经离开了。

这么多年，他恨她的冷漠，恨她连解释都懒得给他，他恨她临死都不肯告诉他她是否爱他。

可是她宁可自己默默忍受着这一切，都不愿意用爱让他陷入两难的境地，她宁可做那个让他痛恨的人，带着满身的伤离去，也要为他守住他手里的一切，他好不容易打下来的天下。

她没有说，可是她的行为，却胜过了千言万语。

轿夫在雪地里滑了一跤，他们在下山的半道上停了下来，他掀开幕帘，看到了一棵巨大的秋榕树，这棵树，像极了凌霄殿院中的那一棵。

像是冥冥中的牵引，他走到了那棵秋榕树下，在纷飞的大雪里，他伸手抚摸了那棵大树，蓦然，他看到树上刻了一个记号，是一朵雪花的印记，他站过去，正是他身高的位置。

漫天的风雪里，他想起他们少时一同坐在秋榕树下，她笑着说："殿下你站起来，我给你刻个记号，看看你以后能长多高。"

他笨拙地站起来，她有板有眼地为他在树上刻下一个记号，那时候他只是个孩童，她的手略过他的眼，有光透过树的细缝晕在她的脸上，仿佛一生不过就是如此。

他听到山林里回荡着铃铛的声音，细碎而清脆。

"铃铛，就是平安的意思。"她的声音仿佛就在他的耳边。

这一生她一直在默默地守护着他，用生命来换他的平安。

"爹爹，你怎么哭了？"

"风雪太大，吹疼了眼睛。"

晶莹的雪花遮住了他的眼泪，茫茫的白雪中，他抱紧了怀中的女儿，仿佛许多年前，他们一同在摘星楼上，他说要陪她看一场烟花。

他终是陪她来看了一场烟花，悠悠十几载，他对她的千言万语，却抵不过她对他的千衷不渝。

日月昭昭

小园春来花拂风，夜莺轻啼唱翠蘅。
阑珊几度黄粱梦，不忘伊人水一方。
——《洛诗集》

『楔子』

他站在茨园的寒风里，正摸索着去钩茨树上的红耳坠，翠黛色的小园逶迤一片殷红，衬得谭绍清的身影分外清瘦。

琉钰摘下一把红耳坠放到他的手中：“你夜里看不见，何故要出来？”

他将红耳坠放在鼻尖轻嗅：“过了明日，以后怕是再也没机会闻到这味道了。”

“你真的要走？”

“我走之后，麻烦你帮我照顾阿昭和阿离。”

“你，可曾后悔来到临渊？”

谭绍清淡笑：“这或许是我此生，做过的最正确的一件事。”

月色清辉下，他原本俊朗的容颜已布满大大小小的伤痕，只有那一双墨色的双眸，依旧透着往日的光华。

他步履蹒跚地抚摸着茨园里的每一棵茨树，就像是在抚摸他和叶昭一同度过的年岁。

“书呆子，拿了我的银两，从今以后，我可就是你娘子了。”

那是十年前的叶昭，娇俏秀丽的小脸，说话的语气尽是娇嗔和霸道。

她趴在他的肩上，把头贴在他的脖颈旁，几缕青丝拂过他的面颊，一路漫至他的心尖。

黄粱旧梦，阑珊几度。

现在想来，那是谭绍清做过的，最好最好的一场梦。

壹·『初相遇』

十年前叶昭从南疆逃到洛羽国，第一个遇见的人就是谭绍清。

彼时他在街市口摆了一个书画摊子，卖一些字画，也代人写书信。因他模样俊俏，每日都会有络绎不绝的姑娘慕名前来。

那日叶昭在街市上偷了一条生鱼，竟引来十几个官兵在她身后追捕，最后叶昭躲进一个巷口才避开了官兵。

确认官兵走了之后，叶昭便蹲在巷口享受“食物”。她自幼吃遍生冷食物，一条生鱼，她可以不剔鳞不炖煮直接送入口中。许是吃得太快，一块鱼骨卡在了她的喉咙间，顿时把她憋得呼吸急促。

谭绍清刚走进巷口，就被叶昭一把抓住。看她一张脸憋得通红，直指喉咙，谭绍清瞬间会过意来，用力拍了一下她的背部，那一块鱼骨便从她的喉咙中被咳了出来，算是救了叶昭一命。

叶昭蹲在地上大口地喘气，谭绍清将怀中的水袋拿出来给她，叶昭喝了两口水缓了过来，这才抬眼去看自己的“救命恩人”。

书生意气，温文儒雅的美男子，一张俊颜如白璧般透亮，特别是他那双墨色的眼眸，如临渊之水，看得叶昭心生荡漾。

叶昭站起身，一把抱住谭绍清，在他的鼻子上蹭了蹭，欢快地说：“谢谢。”

这是南疆的感谢之礼，在当地实数平常，但对于自幼饱读圣贤书，克己守礼的谭绍清来说，已是大大的逾矩。

谭绍清面红耳赤地推开叶昭：“姑娘不必客气，若无他事，小生便先行告辞了。”

叶昭看着谭绍清匆忙离开的背影，忍不住笑了起来：“真是个书呆子。”

那是叶昭初入洛羽国的时候，身上银两用尽，已经连续半月偷窃街市的鱼来吃，鱼摊老板多次将她告到县衙，可是却始终抓不到她。坊间都在传洛羽国来了个妖物，专吃生食，或许今后还会吃人。谣言散布得极快，愈演愈烈，搅得全城百姓人心惶惶。

官府十分重视这个案子，叶昭被列入重点抓捕的名单。

幸好叶昭在南疆之时学了些武功，才能每日避开官府的抓捕。

不过即使这样，叶昭也并未觉得日子艰难，只要能逃离南疆，对她而言，已是天大的幸福。

她白日在外游荡，晚上就睡在一间茶肆的马厩，茶肆有说书人，她喜欢混在人群里听说书人说书。今日是《醉打金枝》，明日是《西厢记》，都是些情深意重的恩爱故事。正巧前日听到《铃铛记》，说的是一位姑娘被一个山野村夫救下，姑娘以身相许，两人从此天长地久的故事。

初入世的叶昭当夜躺在马厩里，看着夜幕中斑驳的星辰，做了人生中第二个重要的决定——以身相许。

贰·『偷窥』

叶昭本以为以身相许是一件极其容易的事情，没想到实施起来比她想象中要难上许多。

她第二天便早起去往街市，想再和谭绍清来一次“偶遇”。

不曾想谭绍清的摊位前已经聚集了许多姑娘，环肥燕瘦，都缠着谭绍清帮忙写信，有些姑娘拿了书信也不离去，摇着扇子娇笑道：“谭公子，你喜欢什么样的姑娘？可有娶亲的打算？”

谭绍清性子温吞，面对这样的问题只是笑而不语，低头执笔写字，叶昭站在远处心下嘀咕：“这个书呆子，真是无趣。”

虽然嘴上说着无趣，可接连数日，叶昭都会准时站在暗处，像个偷窥狂一样看着谭绍清。

谭绍清家住在城郊一间极其破旧的老宅中，并不是什么富贵人家，平日里他喜穿一身白袍，粗布麻衣，却干净整洁，墨黑的发束成冠，斜飞入鬓的一双眼，含着淡淡的笑意。

他白日摆摊，日落之后便会去城中的药铺抓药，回家前再拐到“福满楼”去买两只鸡腿。

自从痴恋上谭绍清之后，叶昭睡觉的地点便从茶肆的马厩搬到了谭绍清家门口，宅子地处偏僻，平日里都没有什么人经过，这对叶昭来说十分安全。

有一天半夜，叶昭刚刚倚门睡下，便听见有人开门，她立刻惊醒过来，躲到了一旁。门咿呀打开，一道白色的身影摸索着从门内走了出来，她一眼便看出是谭绍清。

很奇怪，他并没有看到叶昭，只是步履蹒跚地朝街市走去。他走得极慢，动作迟缓，和白日完全不同。

叶昭好奇地跟在他的身后，却看见他在一个巷子口被一个装菜的旧桶绊倒，一张脸都浸在烂菜叶中。

叶昭慌忙上前去扶他：“你怎么样了？”

谭绍清没想到这寂静的深夜还会有人出现，胡乱地抹了抹脸上的菜叶：“多谢姑娘。”

叶昭这才发现他目光呆滞，只是看着一个地方。她伸手在他面前晃了晃，发现他竟完全看不见。

“你……的眼睛……”

“我有夜盲症，一到夜里就会看不见。”谭绍清解释。

叶昭这才恍然明白谭绍清方才为何走路缓慢。

“你要去哪儿，我带你去吧。”叶昭提议。

“这寂静深夜，怕是男女有别……”

“走不走！”叶昭打断他。

“那……有劳姑娘了……小生要去清平街的孟和草堂。”谭绍清自知身体状况，实在无奈。

叶昭一把拉过他的手："那你抓紧我的手。"

谭绍清摸到叶昭的手，极凉，却有柔软的触感。

孟和草堂早已门户紧闭，谭绍清在门口敲了几声，却迟迟未有人应答。

"李大夫怕是睡下了。"谭绍清紧握双拳，伸出的手顿了顿。

叶昭从他的面色中看出他的踌躇，于是用力敲门，边敲边喊："着火啦，着火啦！"

屋里的灯瞬间亮了起来，衣衫都未穿戴整齐的李大夫慌忙开了门。

"哪里失火了？"待看清楚来人，他才明白刚才只是骗他开门的伎俩，李大夫瞬间拉下脸来，"这大半夜的扰人清梦，是何居心？"

在光亮中，谭绍清看清了李大夫的脸，连忙鞠礼："我娘夜里心绞痛发作，劳烦李大夫前去诊治。"

"你娘那病已经药石无灵，老夫去了也是无用。"李大夫摆手拒绝，说完便要掩门离去。

叶昭一个伸手把门拉开，一条银色小蛇立刻缠住了李大夫的脖子，蛇头正对着李大夫的脸吐信子。

"你要干什么！"李大夫吓得直发抖。

"你这老头，敬酒不吃吃罚酒，既然我们好言好语你不听，那我只能来硬的喽。"

幽黄的灯光下，叶昭眉心的一朵三角梅分外醒目，李大夫看着她的那张脸，颤抖地说："你是那个，吃人的……"

"对，我就是那个吃人的妖女。"叶昭笑道，"那现在您是去还是不去呀？"

"去去去，只要你不吃了我，我立刻就去。"

叁·『以身相许』

谭绍清实在没想到，自己不过是出门请个大夫，却同时请来了一个麻烦。

当天夜里送走李大夫之后，叶昭便自告奋勇地去厨房煎药，谭绍清站在袅然的烟雾中，看着这个横空出现的女子。

"姑娘帮了小生一个大忙，小生无以为报……若日后姑娘有什么难处，小生定会赴汤蹈火……”

“不对啊。”叶昭一边煽风一边说，“无以为报后面不应该是以身相许吗？”

谭绍清以为自己听错了：“什么？”

“你不用赴汤蹈火地报答我，以身相许就可以了。”叶昭把煎药罐子的盖子掀起，熟练地把药倒到小碗里，完全不似开玩笑的样子，“我去给你娘送药了啊。”她走了两步，说道：“对了，帮我收拾一间屋子。不用太好，朝南向阳，门口有红柳的那间就行。”

谭绍清没想到叶昭竟然如此自来熟，一时愣住了。

叶昭在黑暗中瞥了一眼谭绍清发愣的脸，忍不住笑了起来。

次日醒来，谭绍清一眼便看到了桌上可口的清粥小菜，以及房间里摆放整齐的衣衫靴袜。推开门，屋外杂草丛生的小园一夜间被收拾一新，母亲正坐在园中的石椅上侍弄着一盆花草，叶昭在一旁喂她吃着银耳莲子羹。

听到他推门，叶昭从晨间的雾气中转过头来，洗去了一脸的污渍，换上了整洁的衣衫，俨然是一位娇俏可人的少女，此时正笑意盈盈地看着他。

“你醒啦？”她看到他，满眼都是快乐。

“你一晚没睡？”谭绍清不敢相信。

“送李大夫回去之后已经三更，服侍完你母亲吃药便到四更，我看园中杂草丛生，怕你行走不便，就顺便清理了一番，又去厨房做了一些饭菜，天就亮了。”

“姑娘家住何处，小生可送姑娘回去……”

“送什么送！阑阑回来了，自然要住在自己家！阑阑来，别听你哥乱说，以后谁敢让你走，我和他拼命。”

阑阑是谭绍清妹妹的闺名，这位妹妹在多年前离家后就失去了消息，母亲思念成疾，除了有心绞痛之外，还患上了痴呆症，这么多年他日日照顾母亲，她还是愁眉不展。

“娘你放心，我不走。”叶昭笑脸相迎，叫起娘来也颇为顺口，毫不羞涩。

“这花可香了，娘给你戴在头上。”谭绍清的母亲开心地说。

“娘……她不是……”谭绍清本想告诉母亲真相，可是看到母亲露出久违的笑容，要说出口的话还是咽了回去。

去街市的路上看到城内贴的告示，画着叶昭的画像，画中女子凶神恶煞，和他家里那个笑起来玲珑伶韵的姑娘完全不同。特别是昨日她还救了他母亲一命，他怎么也无法把叶昭和官府通缉的犯人挂上钩。

他想，叶昭不过是一时兴起到他府上住几日，反正他两袖清风一贫如洗，待叶昭住烦了，他拿些银两，好生送她离开便是。

谭绍清怎么也没想到叶昭在他家一住就是数月，丝毫未有离开的意思。

她能煮可口的饭菜，能把庭院收拾得井然有序，能将厢房打扫得一尘不染，还能哄得他母亲日日愉悦。

他不知道她从哪里来，是什么背景，只知道她的名字叫叶昭，养一条银蛇，外界都传她是个吃人的妖怪，可是她在他面前只是一个大胆直爽的少女。

叶昭从来不掩饰她对谭绍清的爱意。

她帮他做饭，洗衣，磨墨，每天对谭绍清说的话就是："书呆子，你长得真好看。"

他出门去摆摊，她送他到门口，递上提前做好的午饭。

她每天给他母亲拿药，熬药，喂饭，还学会了做他最爱吃的鸡腿，谭绍清的母亲问她："阑阑，你为什么对你哥哥那么好？"

她眨着一双玲珑的眼睛回："因为我喜欢哥哥呀。"

谭绍清听完惊得一口饭噎在喉咙，叶昭却一副理所当然的模样。

叶昭与这洛羽国所有女子都不同，她热情聪颖，不扭捏作态，喜欢的事物总挂在嘴边，所有的喜怒让人一眼便可看穿。

她尤其喜欢腻在谭绍清的身边，她说她不识字，要谭绍清教她，趁他握笔的时候靠在他怀里，他吓得往后退，叶昭却站在原地笑得肚子疼。

有时候谭绍清睡到半夜，突然感觉有人坐在他的床边，他睁开眼，见叶昭手拎一盏灯，只穿一件清凉的睡衣怔怔地看着他。

"书呆子，你一个人睡觉孤独吗？"叶昭凑近了看他，整个人像是要贴上去。

谭绍清吓得半死，大声喝道："男女授受不亲，你再这样，我就只能请你离开了。"

"你个书呆子，你们的书里说了，送上门的不要白不要，你居然把我往外推，是不是我样貌太丑，你不喜欢？”

“你不丑，只是我早已心有所属。”

“你喜欢谁，告诉我，我去把她杀了。”叶昭总是会用轻松的口吻说出骇人的话。

谭绍清起初感恩叶昭对他的付出，同时又十分害怕叶昭的纠缠，总是想方设法要让叶昭离开，可是无论是好言相劝还是冷漠对待，叶昭都不为所动，加上谭绍清的母亲对叶昭颇为宠爱，每当他说要让叶昭离开时，她便跑去找他母亲告状，惹得谭绍清毫无办法。

肆·『杜莺莺』

其实谭绍清并没有欺骗叶昭，他当时的确心有所属。

那是他父亲在世时定下的婚约，许的是户部侍郎的千金杜莺莺。那姑娘与谭绍清两小无猜，本该在两年前就成亲的，谁料他父亲突然被奸臣陷害，差点要株连九族，好在皇上喜得麟儿大赦天下，他们家才幸免于难。

只是往日风光不再，只得搬至城郊的旧居度日，他一介书生，妹妹走失，母亲病重，只能靠卖画和代写书信为生。自那之后，这桩婚事就这样无声地被搁置了。

谭绍清这两年努力卖字画赚钱，努力筹备考科举，就是为了有朝一日可以再次风光地去杜府提亲。

奈何他在秋闱上只中了一个小小的举人，科举三年一试，杜莺莺现已年过十八，怕是再也等不起他了。

再加上叶昭在他府上久居的流言慢慢传了出去，说他养了一名貌美的女子在府中，早已将杜莺莺抛之脑后。

谭绍清着急地去和杜莺莺解释，她却总是闭门不见，最后还是在上元佳节时，看到杜莺莺与另一男子挽手走在街边放灯。

谭绍清愣在原地，急步走到杜莺莺的面前，拉着她的衣袖问：“这是你给我的答案？”

杜莺莺冷笑地指着叶昭：“我与谁在一起，与你又有何关系？你不是早已经金屋藏娇了吗？怎么？想娶我回来做小？我堂堂户部侍郎的千金，会嫁给你这个穷酸举人做小吗？”

谭绍清望着杜莺莺，满眼悲伤。

“啊，有蛇！”一条银蛇不知何时在杜莺莺的手腕处咬了一口，她立即变得脸色苍白。

谭绍清想去扶她，却被她随行的男子推开了。那男子怒吼：“你们把莺莺怎么了？”

叶昭提着花灯冷冷地笑着：“没怎么啊？不过就是被我的宝贝咬了一口，过一会儿就会七窍流血，全身溃烂而死！哈哈！”

“你这个毒妇！快把解药拿出来！”

“我不拿你又能把我怎么样？”

“叶昭，别闹，把解药拿出来。”谭绍清在旁边发话，声音颇为愤怒。

“她这么对你，死了活该。”

“快点把解药拿出来。”谭绍清一把抓住叶昭的手腕，去找她腰间的解药。

“她这种女人，不值得你去爱她！”叶昭捂住解药，不让谭绍清拿。

谭绍清怒火上涌：“你懂什么是爱吗？你除了会不知羞耻地赖在我家里白吃白住，你还会做什么？”

谭绍清说完这句话就后悔了，虽然这些日子他不喜欢叶昭的某些举动，可是她对他情深意重，就差没将自己的一颗真心捧出来。

叶昭愣在原地，把手里的解药丢过去：“谭绍清，你混蛋。”说完便跑远了。

谭绍清没有追叶昭，而是把解药迅速地给杜莺莺服下。

叶昭气得在厢房里如孩童一样大哭，把细软收拾得阵阵作响，一边收拾一边骂道：“谭绍清你个混蛋，我对你那么好，对你娘那么好，你就这样骂我，我整天伺候你，你从来不拿正眼看我，我都没生气，从来没人敢这样对我……我要把你的脸划花，把你的手脚砍下来丢进赤龙渊！”叶昭越骂越生气，临走的时候还不忘到谭绍清门前踢上两脚。

“谭绍清我告诉你，我出了你家这个门，你以后就是求我我都不回来了！”

谭绍清躺在屋子里，听着她的骂声，听着她踢他的门，差一点就要出门了，可是他心底那一点自尊和自傲让他停住了脚步，他听着叶昭摔门离去的声音，默然地点燃了一支烛火。

叶昭走后的那段时日，谭绍清总是郁郁寡欢。早起无人做饭，晚上无人为他母亲走远路去拿药，夜里起来所有的灯都熄灭了，他在黑暗中摸索着起身，走到小园里，发现叶昭数月前种下的果树已开始发芽了，他不知道她种的是什么，当他趴在地上去看那些新芽的时候，他才想起，那个总在夜里为他点灯的叶昭已经不在了。

他以为他会为失去杜莺莺而哀痛，可当他提起笔作画，发现画出来的每一张画都是叶昭的身影，娇嗔的，灵动的，穿着破旧衣衫的，毫不矫揉造作的。

他在梦里看到叶昭趴在他的怀中，醒来却再也听不见她的笑声。那个他以为生命之最重的杜莺莺，他却连一个梦都没有梦见过。

他这才发现，习惯是一件多么可怕的事。那个不起眼的叶昭不知道从什么时候开始，已经成了他生命中不可或缺的人。

伍·『许诺』

谭绍清想把叶昭找回来，走出街市却看到了叶昭被捕的消息。

他生怕叶昭受委屈，花钱买通衙役进去探望她，本以为她会被各种刑具折磨得生不如死，不曾想她竟然坐在牢房内与几名衙役玩骰子。

“来来来，买定离手。”她大声吆喝着，依旧是那身破旧的乞丐服，脏兮兮的脸，叉着腰，大口大口地喝着酒。

“姑奶奶，你把我们所有的钱都赢走了，还不满意啊！”一个衙役苦着脸说。

“别废话，快下赌注。”

谭绍清站在一旁看傻了眼，带他进来的衙役低声说：“这个叶昭可真是个姑奶奶，还没到宣判的日子，就已经把我们所有的钱都赢光了。”

“好了，今天就先这样吧。”叶昭收起了赌局，把一些碎银分散出去，“一点意思，多谢大家陪我玩。”说完便把剩下的银子一点一点地装进她随身的钱袋里，笑得眼睛都眯成了一道弯月。

“你一个无亲无故的犯人要那么多钱干什么？”一个衙役问道。

“我这钱可是要拿来嫁人用的。”叶昭大言不惭。

“哪家公子会愿意娶你一个将死的囚犯。”衙役的嘲笑声此起彼伏。

“他要是不愿意娶我，我就把他杀了，这钱正好留着给他办丧礼。”叶昭收好了钱，面对着墙，看着涔涔月色独自喝酒。

“真是个疯子。”众人作鸟兽散，各归各位做起事来。

谭绍清在角落里看着叶昭，她总是这样，无论是身陷囹圄还是面对家徒四壁的困境，她总能过得潇洒自在，仿佛生死富贵都与她无关。

谭绍清走到牢房前喊她：“叶昭。”

叶昭身形一震，手里的酒壶掉在地上，却始终没有转过身。

“你来做什么？”她的声音带着赌气的意味。

“我来……看看你……”

“一个将死的犯人有什么好看的？”

“你……冷不冷……需不需要我给你带点什么？”

“不需要，省得你又说我不知羞耻。”叶昭叉着腰，声音中还带着埋怨。

“那天……是我讲话太冲动了。我本不是那个意思，但却伤害了你，实在抱歉。”谭绍清轻声地道歉。

叶昭一动不动：“你是不是觉得我快要死了，所以才说这些可怜我的话。”

“我不是……罢了……”谭绍清转过身，迈步朝牢房外面走去。

“谭绍清，我都要死了，你说一句好听的话哄哄我又会怎样？”叶昭抓住牢房的门说道。

谭绍清转过头，并没有上前，隔着几步之遥，他望着她：“叶昭，我不会让你死的。”

黑漆漆的牢房中点着几支烛火，焦黄的光线映出他那张清俊无瑕的脸，那是叶昭数月以来第一次在谭绍清的眼中看到他对她的关心。

陆·『一句千金』

回家之后谭绍清拿出所有的积蓄帮叶昭疏通，本想找几位父亲曾经的旧部帮忙，可是几乎无一人愿意援手，最后谭绍清不得已，只好拿着曾经的结亲信物去拜会户部侍郎。

他站在户部侍郎家中，拿着玉佩不卑不亢地说道："小侄只想请杜伯父帮我这最后一个忙，以后杜谭两家再无瓜葛。"

户部侍郎对他的到来颇为震惊，他没想到那个在他眼中文弱无能的书生，竟然会拿杜谭两家的婚姻来威胁他去救一个他都没听过的女人。

"老夫会托人帮忙，但成与不成，老夫也不能保证。"最后户部侍郎还是应允了这个请求。

街市上冷风萧索，谭绍清并没有回头去看。当谭绍清把玉佩交还给杜家的那一刻，他便知道，此生他和杜莺莺不可能再有瓜葛，他和她最后的一点缘分，都在这一刻，消失殆尽。

是什么让他放下得如此决绝，连杜莺莺的眼泪都无法令他动容，他站在湖边的垂柳下，心中已经有了答案。

叶昭的案子在三日后开堂审理，本是妖女吃人的案子，可叶昭并未吃人，亦未伤人，最多就是偷了渔户的鱼。她可怜兮兮地站在堂前，一把鼻涕一把泪地说自己只因家乡闹了饥荒，便一路逃荒，在路上啃树皮吃野草才养成了生吃的毛病，并非什么吃人的妖女，她说得情真意切，加上她瘦小柔弱的模样，也教人十分信服。

在户部侍郎的帮忙下，叶昭这个可大可小的案子就以普通的偷盗案处以罚银外加三十大板而结案。

叶昭被打，可是她却丝毫没有叫喊，当打完三十大板后，谭绍清走了过来，拿着一块云锦布系在叶昭的腰间给她遮羞。

"谁要你可怜啊，就这三十大板还不跟蚊子叮一样啊……喂，你放我下来……"叶昭还想挣扎，谭绍清已经把她背起来，朝府衙外走去。

叶昭趴在他的背上，气哄哄地说："我不要你背！"

"那你还想让谁背？"他的声音隔着清风，冷冷地从前面飘来。

"我……"

"绍清，你真的喜欢上了这个妖女？"杜莺莺不知何时已经走到了他们的面前。

谭绍清停下来，却没有说话。

“你怎么说话的！谁是妖女！”叶昭在任何时候都是一个不甘示弱的人。

“你这个妖女，绍清本来对我一心一意，就是你把他抢走了。”杜莺莺气得面色涨红，早已没了什么大家闺秀的模样，“他竟然为了救你，拿我们的婚约来交换！”

叶昭内心一怔，她没想到谭绍清会为了她去做这样的事情，她一直以为谭绍清心里只有杜莺莺，所以上次才会那么着急地骂她。

“莺莺，叶昭是个善良的女子。”许久之后，谭绍清才开口说话。

“绍清，你我多年感情，竟抵不过一个妖女。”杜莺莺的泪顺着脸颊落了下来。她对谭绍清还是有感情的，只是世俗的逼迫才让她不得已地选择离开。

“莺莺，就当我们有缘无分吧。”谭绍清欠身从杜莺莺身边走过去。

叶昭刚刚的怒气在这一刻都化作一潭清水，看着眼前这个清秀俊逸的男子，枕在他温柔坚毅的肩上，仿佛只要倚着他，这辈子就已经足够了。

“你真的为了我，解除了你们的婚约啊？”在路上的时候，叶昭问谭绍清。

谭绍清停顿了片刻，偏头道：“我说过，我不会让你死的。”

“那你那天还那么凶地骂我！”叶昭一想起那天就伤心。

“我是怕你闹出人命，莺莺可是户部侍郎之女。”谭绍清眼中的关心叶昭看得真真切切。

叶昭心里一软，感觉眼中有湿润的水雾快要漫出来，但是脸上还佯装镇定：“书呆子，那你是关心我吗？”

“我不关心你，为何要救你？”好半天，谭绍清才说。

叶昭心里甜滋滋的，笑得无比灿烂。

到谭家老宅门前之时，叶昭从谭绍清的背上跳了下来，谭绍清担心她的伤，想去扶她，她却看着谭绍清笃定地问：“书呆子，本姑娘现在要嫁给你，你娶是不娶？”

谭绍清没想到叶昭会问这样的问题，无奈地回：“叶昭，你除了会耍赖，还会做什么？”

“我还会一心一意地喜欢你啊。”

“叶昭，我谭绍清一介穷儒，家中一贫如洗，还有个病重的老母，科举若是不中，将一世清贫。与我一起，你怕不怕？”

“那我来历不明，蹲过大牢且人人都喊我妖女，你又怕不怕？”

谭绍清温柔地伸出手，把叶昭额前的碎发拂开：“我不怕。”

叶昭笑起来，急忙把腰间的钱袋拿出来放在他的手里：“书呆子，拿了我的银两，从今以后，我可就是你的娘子了。”

他握着那袋银子，觉得那里有千斤般的重量。

叶昭生怕他反悔，赶忙在他脸上亲了一口：“有了这个定情之吻，你就不能反悔了，以后啊，你只能对我一个人好，只属于我一个人，你要是对我不好，我就把你杀了，拿去喂蛇。”

谭绍清没有回答她，只是缓缓靠近她，俯下身在她的唇上重重地落下一吻，软而润的触觉让她愣住了。叶昭平时看似跋扈，其实不过是假把式，谭绍清这一吻，倒让她晕头转向，一时分不清南北了。

他吻完她，看她一脸羞红，满意地附在她耳边轻语："这才是真的定情之吻，娘子。”

一句千金，此生不悔。

柒 · 『光明』

叶昭伤好之后，便与谭绍清拜了堂。

没有三书六礼，没有高朋满座，只有几支红烛，高堂为证。

入夜后的都城更深露重，园中的花卉竞相绽放，像是要将这良辰美景衬得更为写意盎然。

谭绍清在微凉的月光下挑起叶昭的红盖头，烛火下的她娇艳动人，如绽放的牡丹，眉间一抹三角梅更添几分妩媚，红唇轻启，眼波流转，是谭绍清从未见过的动人模样。

屋外的风吹入窗棂，把屋内的蜡烛吹熄了，叶昭慌忙地要去点灯，谭绍清把她拉住，在黑暗里拥她入怀。

他细细地抚摸叶昭的脸，从眉眼到唇角，最后到她的发丝。

“若我看不见之时，只要能摸到你的脸，我便知道那是你。”谭绍清一直在为他的眼疾担忧。

叶昭有些感动："以后，你看不见的时候，我便做你的眼睛。"

最初的那几年，叶昭与谭绍清日子过得清贫也颇为幸福，叶昭终日为他洗衣做饭，伺候母亲，将家里打理得井井有条。

叶昭的心性像个孩童，她不要山珍海味，也不要绫罗绸缎，只是每每看到集市上的小东西就流连忘返，小小的糖画，纸糊的风车，色彩鲜艳的水灯……她也不开口说要买，就是眼巴巴地看着那些物件。

谭绍清看她喜欢，便想方设法一一为她做来，可惜他一介书生，做的东西总是不尽如人意，糖画画成四不像，风车做完却不会转，好不容易做只水灯，一放到水中就沉下去了。

谭绍清觉得自己做得糟糕至极，可是叶昭却喜欢得紧，抱在怀里恨不得睡觉都搂着它。

叶昭经常一边吃着糖画一边在园中摘红耳坠。碧绿的树下，她的衣袂随风而起，冰肌胜雪。

后来谭绍清才知晓，叶昭在园中种的是茨树，结出的果子唤作红耳坠，可以泡茶，煮粥，入药，有明目清神的功效。

叶昭事事以谭绍清为先，做任何事情都是在为他考量。

有时红耳坠结多了，叶昭便将其晾干，装在袋中推车沿街叫卖，谭绍清怕她累着，向卖菜的商贩买来一辆装货的木头推车，叶昭坐在车上，他便在后面推着。

车轮贴着地面，在青石板路上发出咕噜噜的声响，叶昭大嚷着："又大又漂亮的红耳坠，可煮粥泡茶，有没有人要买……"

叶昭的红耳坠卖得很好，她聪明伶俐，又能说会道，总是有很多人喜欢来买她的东西。

每次卖完一季的红耳坠，叶昭便十分高兴，回到家中温上两壶自己酿的花雕，把糖画车拉出来让谭绍清给她做糖画。

他问叶昭："喜欢什么图案？"

叶昭转了转眼珠："我要七仙女的。"

谭绍清愣住，叶昭大笑："骗你的啦，书呆子。"

她眼睛明亮，衣着素雅，却难掩一张美丽动人的芙蓉面，她爱喝酒，喝醉了便托着腮看着谭绍清，笑着撒娇："相公，给我亲一口。"

她醉倒在谭绍清的怀里，嘴角边泛着幸福的微笑。

谭绍清有时候并不明白叶昭的幸福从何而来，她那么单纯，无私地奉献自己所有的爱，可是她又那么神秘，无人知道她的身份，可是谭绍清并不在乎，他只知道，眼前的这个姑娘深深地爱着自己。

而自己，也同样地爱着她。

天长地久的相守，对他来说，已经是最大的满足。

爱慕谭绍清的姑娘得知他娶了城中有名的妖女后，都不再光顾他的生意，有时候叶昭给他送饭，看他一个人寥落地站在那些字画前面，她便会假装揶揄他："当年的万人迷，现在门口连只麻雀都不来了。"

谭绍清拿起叶昭给他做的桂花糕送入口中："这个成语叫，门可罗雀。"

"你是在笑话我没有学问？"叶昭叉着腰，像只母老虎。

谭绍清揽过叶昭，垂眼温柔地笑："我可以教你。"

谭绍清闲时会教叶昭识字作画，就在书房的长案上，点一炉淡淡的香，研墨的水是叶昭每日早晨收集的露水，一点点的墨色在纸上晕染开来，他宽大的手握住叶昭的手，一笔一画地教她写着："昭。"

"日月昭昭，是光明的意思。"他轻声地说。

"光明。"叶昭细细咀嚼着这两个字，神情恍惚地看着谭绍清，"相公，自从遇到你，我才觉得人生有了光明。"

"傻瓜，那你之前的十几年，难不成都在黑暗里吗？"谭绍清笑道。

"黑暗，无边无际的黑暗。"叶昭垂下眼，像是有雾氤氲了她的脸颊。

捌·『辞官』

他们两个甜蜜地度过了三年的时光，这三年里，叶昭一直鼓励早已放弃功名的谭绍清再考科举，在叶昭的鼓励下，谭绍清重拾了复考的信心。

科举到来之日，叶昭为谭绍清做了红耳坠菊花的香囊，谭绍清一路过关斩将进入三试，直到放榜的那日，当他在众考生中看到自己的名字入榜眼之位时，还一时无法回神。

周遭的恭喜声声声在耳边响起时，他才意识到这并不是一个梦，他立即奔回家中将还在收拾院落的叶昭抱在怀里："娘子，我中了榜眼。"

叶昭傻傻地问："榜眼是什么？很厉害吗？"

"也不算很厉害。但是够养你了。"他拥着她，一想到以后她再不用与他过穷苦的日子，内心便止不住地欢喜。

叶昭虽然不明白榜眼的含义，可是看谭绍清喜上眉梢的样子，便知是不错的成绩："相公，我就知道，你是个有本事的人！"

"我最大的本事，就是娶了你。"谭绍清看着叶昭满眼宠溺。

叶昭附在谭绍清的耳边，细语道："那我要奖励你一个礼物。"

叶昭在谭绍清发愣的片刻，已将红唇覆上，幽香扑鼻，唇齿相依，这是叶昭送给谭绍清，最好的奖励。

满园的茨树在风中沙沙作响，葳蕤的枝叶浸润在阳光下，两个人拥抱在一起的身影缠绵又悱恻。

谭绍清中了榜眼之后，顺理成章地入了翰林院，他们的家也从城郊搬至都城的繁华之地，只是叶昭日日都要去老宅给茨树浇水。

从前曾经没有任何来往的亲朋好友开始络绎不绝地上门拜访，更有甚者要给谭绍清做媒，让他迎娶小妾。

对于这些谄媚的嘴脸，谭绍清全都拒之门外，一心一意对待叶昭一人。

入朝为官之后，谭绍清便不能像从前那样自由洒脱，总有许多朝政事务要忙。

他清晨入朝，出宫门之时常常已是日暮。

叶昭会提着一盏灯，带着一壶泡好的红耳坠菊花茶在宫门外等他。

别的大臣都有轿辇，唯独谭绍清没有，他从叶昭手里接过灯盏放入手心，与她执手漫步回家。

暗夜的街，流水潺潺，微弱的光影落在湖面上，叶昭紧紧牵着他的手，在朦胧的夜色中，她的笑容像是画影，仿佛有些不真实，可是她手上传来的温暖却又让他那般心安。

德宣四十五年，谭绍清的母亲重病离世，离世前仿佛回光返照，本来痴傻不清的头脑突然清明了起来，她握着谭绍清和叶昭的手，微颤地说："见你们夫妻恩爱，我也十分欣慰，唯一的遗憾是你们夫妻至今没有生下孩子。我走后，望你能为谭家开枝散叶，不要让我们谭家在这一辈断了香火。"

安葬完母亲后，叶昭连续几日都跪在谭绍清母亲堂前。与谭绍清成亲多年，她自问是做到了一个妻子所有的本分，可唯独子嗣这件事，她却迟迟未能做到。并非她不想给谭绍清生孩子，而是她的身体不容许她生下子嗣。

这是叶昭从未对谭绍清说起过的秘密。

"阿白，你说，我该怎么办？"叶昭看着银蛇，无奈地自言自语。

银色的蛇缠绕在她的手腕上，慵懒地吐着信子。

"相公若是知道了我的身份，会不会就不要我了？"叶昭伏在地上，长长的黑发落下来，声音里带着啜泣。

对于叶昭的心思，谭绍清那时并不知晓，他只觉得叶昭沉寂了下来，以为她是在为母亲的去世而悲伤。而那段时间皇上将非常重要的修书任务交给了他，他每日在翰林院忙得无暇顾及叶昭的情绪。

只是谭绍清万万没想到，在他修完那套书准备带叶昭出去游玩之时，却被人诬陷说他编写的内容有暗讽皇上的意思，还将他父亲当年的案子也一并提及，说他对圣上始终怀恨在心，假借修书之名，实存报复之心。

谭绍清平日克己奉公，从来不与人勾结，早就得罪了不少人，这次的事一看便是蓄谋已久，他为证清白，在朝堂上愤然辞官。

当晚他将自己编撰的书放在园中烧毁，熊熊火光之中，叶昭把泡好的花雕递给他，谭绍清抿了一口："你不怪我辞去这么好的差事？"

幽幽花树下，叶昭看着谭绍清，目光清亮："你喝酒，我陪你一醉解忧，你杀人，我替你江雪埋骨；你辞官，我愿为你褪去繁华。"

屋檐下，结成冰凌的雪正在淌着水，花雕酒散发着红耳坠的馥郁。

没有太多的言语，所有的情都埋在这漫天的冰封中。

玖·『身份』

从翰林学士到普通平民，坊间众人都说谭绍清太傻，说他不该为了争一时之气而放弃大好的前程，叶昭不懂那些官场风云，她只知道，只要谭绍清能快乐，他做什么她都支持。

没有了俸禄，谭绍清不得不重操旧业，继续去摆摊为人写书信，画些字画拿去卖。

本以为这是再简单不过的事情，可谁知他摆摊的第一日，便被人砸了摊子。原来在他当官的这些年里，都城地痞四起，所有摆摊的人都要交保护费，而有人早就给这些地痞下了指令，让他们看到谭绍清的摊子就砸。

他这才知道，要害他的人并没有因为他辞官而放过他，而是要见他潦倒屈膝才算痛快。

出摊第一天不仅钱没有赚到，还赔进去一个摊子和一些书画，叶昭知道后，气得不得了，第二天便跟着他同去，谁要来捣乱，叶昭便冲上去打得他满地找牙。那天谭绍清才知道，叶昭的武功厉害得很，竟能一人打败十几个彪形大汉而毫发无伤。

可惜就算没有地痞流氓来捣乱，也没有人再敢买谭绍清的字画，亦无人敢来找他写书信。

都城住不下去了，叶昭和谭绍清决定搬去都城外的一个小镇重新生活。

他们乔装打扮，装作外乡人的模样来到了小镇上，用所有的积蓄开了一间小酒馆，叶昭会酿上好的花雕酒，泡上自己种的红耳坠，这酒便有了养身的功效。

她每天天不亮就起床，雇了几个伙计一起酿酒、封坛。谭绍清想要帮忙，却都被她赶了出来，说他一介书生别来捣乱，只让他在堂前算算账。

酒馆生意并没有特别好，只能勉强维系开支，而叶昭的脸色却越来越差，好多次谭绍清要找人来帮叶昭把脉，都被叶昭拒绝了。

搬到镇上半年后，叶昭怀上了他们的孩子，当叶昭告诉谭绍清这个喜讯的时候，谭绍清高兴得热泪盈眶。

“我们谭家终于有后了，终于有后了。”

叶昭怀孕后，谭绍清便不许叶昭去堂前招呼客人，自己在酒馆忙前忙后。他这才知道，叶昭每日做的事情有多辛苦，从酿酒到卖酒都是她一人包办，她的付出远比他想象的更甚。

叶昭怀孕六个月时，吃什么都没有胃口，无论他买什么给叶昭吃，她都全部吐掉，看着她日渐苍白的脸色，谭绍清既心疼又无可奈何，请了很多大夫都说叶昭脉象虚浮，这个胎怕是保不住了。

叶昭把那些大夫统统赶走，说他们都是庸医，她开始有了发狂的迹象，每日摸着肚子自言自语。

她的神智开始出现短暂的混乱，好几次夜里他看到叶昭爬起来，梦游般地在屋里走动，他点了灯去看她，她却扑到他面前，伸出手要掐死他。

可是白日里的叶昭却记不得她这些癫狂的举动，她依然会像个小女孩一般抱着他的脖颈撒娇，把他给她做的东西拿出来玩。

直到有一日，琉钰的出现，他才知道叶昭之所以会变成这样的原因。

那是谭绍清第一次见到与叶昭有关的人，在他们相识的五年里，叶昭从未提过她的家人。

琉钰有着一双深棕色的眼睛，长发编成一簇一簇的小辫，高鼻梁，深邃的眼窝，皮肤泛着蜜色，穿着异族的服饰。

叶昭那日正在发病，对着墙一直撞，谭绍清拦不住她，后来琉钰来了，在她的耳后刺了一针，她便清醒了。

"阿昭，好久不见。"琉钰皱紧眉头看向叶昭。

"琉钰……"叶昭支支吾吾起来，"是父王让你来抓我回去的吗？"

"王上很担心你的安危，自你五年前离家出走，王后流了很多眼泪。"琉钰摇一摇手里的铃铛，另一条银蛇扣在他的手腕处，和叶昭养的那条一模一样。

"我很好，让父王母后不要担心。"

谭绍清看着这位不速之客："阿昭，他是谁？"

琉钰看着谭绍清："我是西岚国的国巫，叶昭是我们西岚国的公主，也是我们的圣女，她于五年前离家出走，王上一直在找她。"

"琉钰，回去告诉父王和母后，我不会回去的。我要和相公在一起。"

叶昭坚定地拉住谭绍清的手。

“阿昭，你可要想清楚，你的身体，若再不回西岚，不出一年，必定油尽灯枯而死。”

“不，你别说了。”叶昭把琉钰推出去，把门紧紧地关上。

隔着门，琉钰的声音冰冷而无情：“阿昭，你不属于这里，你在这里，只有死亡和贫穷。”

屋里死一般的寂静，只有风吹过宣纸发出的沙沙声响，许久之后，谭绍清低声问她：“他说的，都是真的？”

叶昭点点头，眼泪从脸上簌簌地落下来。

“原来你是公主，原来是我高攀了。”谭绍清呢喃着，颤颤巍巍地推开门走了出去。

叶昭看着他的身影，想追上去，却不知道追上他要说什么，直到他的身影消失在门外，她才瘫坐在地上，纵声大哭。

那天晚上，在镇上的泰安桥上，琉钰拿着一箱黄金给他，“离开阿昭，让我带她回去。”

“她是我娘子。”

“可是你给了她什么？”琉钰无情地打断他，“她在我们西岚国吃的是山珍海味，穿的是绫罗绸缎，受万人敬仰，可是这么多年来，阿昭跟你在一起，卖东西，打架，为你做家务，捧着你那一点臭骨气，日日和市井泼妇一般。好不容易等你熬出头了，也没有享受几天好日子，又要陪你来到这个小地方累死累活，跟着你这么多年，她受了多少委屈，吃了多少苦？你带给她的只有无穷无尽的贫穷和痛苦。现在还想她给你生孩子，她的身子若是生下孩子，连性命都保不住。你怎么能这么自私，怎么能这样对她？”

面对琉钰的指责，谭绍清竟无从反驳，他想了想，叶昭这么多年跟着他，的确没有过过什么好日子，包括他们的孩子，将来孩子出生之后，他该怎么办呢？

那个孩子注定一出生就要和他们一起受穷。

琉钰把一箱金子放到谭绍清的怀里：“这箱金子够你过下半辈子了，你可以再娶一个妻子，让她替你们谭家传宗接代，这已经是我能给你安排的最好的生活。”

谭绍清笑起来，把那箱金子抱在怀里，痴笑着走回去。

刚走到门口，他便看到叶昭站在石凳上去摘茨树上的红耳坠，她大着肚子，脸上却没有因为怀孕而红润起来，而是变得更加凹陷下去，他才发现叶昭因为怀孕清瘦了许多，她的变化他浑然不觉，而叶昭也从不会说。

叶昭把红耳坠放在鼻尖嗅了嗅，露出了满足的笑容。

她看到谭绍清，慌忙从石凳上下来，跑到谭绍清的面前：“相公，你回来了。”她瞥见谭绍清手里的盒子，“这是什么？”

“琉钰给我的黄金。”他冷冷地看着叶昭。

“你为什么拿他给的黄金？”叶昭不敢相信。

“有了这盒黄金，这辈子我的日子就不用愁了，再也不用起早贪黑地酿酒，也不用在堂前面对讨厌的客人赔笑脸了。”

“你是在赶我走吗？”叶昭颤抖地问，“你不要我和孩子了吗？”

“有了这些黄金，我便可以用这笔钱娶个新媳妇……孩子，要多少有多少。”谭绍清说得很轻松，脸上没有丝毫留恋的神情。

“不，不会的，你不会这样对我的，你说过，这辈子，你就只娶我一个娘子，只爱我一个人，只想和我过这一生……”

“男人的话你怎么能相信？以前那种穷日子我过够了，现在有了钱，逍遥快活，想做什么就做什么，岂不痛快……”

“啪！”谭绍清后面的话还没说完，脸上已经挨了叶昭的一巴掌。

脸上火辣辣的疼，仿佛一切都凝结住了，谭绍清摸了摸被打的脸，“这一巴掌，算是我还你这么多年对我的情。”

叶昭无法置信地看着他，“一巴掌就能还清我们这么多年的感情吗？原来我们的感情只是这么廉价和脆弱。”叶昭咬着牙，握紧拳，“是我叶昭瞎了眼，错看了你。”

叶昭转过头，只身朝屋外走去，手里的红耳坠散了一地。

这次她没有哭没有闹，更没有像以前离开的那次一样踢他的门，她蓦然发现，当一个人真的被伤透心的时候，是说不出一句话的。

当叶昭的身影彻底消失在谭绍清眼前的时候，他松开手，黄金散落在红耳坠的旁边，眼泪从清明的眼眶里滚了出来，落在红耳坠上，碎成一片。

拾·『去南疆』

叶昭走后谭绍清没有心思照顾酒馆，终日把自己关在地窖里喝酒，酒馆不到半年就关门了。

伙计作鸟兽四散，大伙都说，酒都让老板给喝了。

谭绍清关了店回到都城，不过一年的时间，再无人记得有他这么一个人，世人总是善忘的。

他衣着破旧，披头散发地走回老宅。

那里已经被尘封起来了，院内所有的草木都已经枯死，只剩几棵凋零的茨树在风中摇摆，树上早已结了厚厚的蜘蛛网。他想起以前叶昭总喜欢在树下缠着他给她洗头，她的头发在阳光下泛着亚麻的颜色，如绸缎一般。

他的手穿过她的发，仿佛能一直延伸到她的心上。

他以为他很快会从叶昭离开的悲恸里振作起来，时光会模糊他们在一起的点点滴滴，可是日子越久，叶昭的身影就愈发清晰，她靠在他的怀中，她搂着他的脖颈，她怒气冲冲地掐着腰……

他那么思念她，思念到自己都无法控制。

翌日他出门去买东西，听到有人在传："听说西岚国的公主生了一个男孩。"

"西岚国的公主不是才回国半年吗？怎的就临盆生子了？"

"听说是与外面的男子珠胎暗结。这个孩子的出生，也不知是福是祸。"

谭绍清听到叶昭生了孩子人也平安，总算放下心来，说明他送她回去的决定是对的。

夜里他辗转反侧，却怎样也睡不着，他总想见叶昭一面，只要能见她一面，他也知足了。

思及此，谭绍清连夜收拾了细软，踏上了去西岚国的路。

西岚在南疆，和洛羽国隔着千山万水，谭绍清翻山越岭，风尘仆仆地赶了四个月才到。

他这才明白为何他初见叶昭的时候她衣衫褴褛一脸污秽，他无法想象一位娇生惯养长大的公主，是如何孤身一人走了四个月到达洛羽国，变成了那个无所不能的姑娘的。

西岚的都城叫临渊，叶昭住在临渊皇宫，他在宫外徘徊了许久，终于看到了一则招画师的告示。

谭绍清揭了皇榜，他的画技了得，而后果然中选，被安排进了画馆。

他经过多方打听才知道，叶昭回国后一直住在皇宫的偏殿里，国主不许她踏出宫门一步，对外却说她身体虚弱要静养，只有每月一次的朝圣，叶昭作为圣女才会出宫供众人膜拜。

在临渊城的几年，谭绍清在朝圣日必会告假出宫，他混在人群里，跪拜在地上。

当叶昭的礼车从他的身边驶过时，他会微微抬起头来去看叶昭。

隔着一层珠帘，他连叶昭的脸都看不清楚，只是依稀看到她那双曾经活泼的眼睛如今却如死一般的寂静。

日子就这样一天一天地过去了，谭绍清在西岚的皇宫里除了画画，还了解了许多西岚的民风。

西岚人善于制蛊，也十分信蛊，叶昭之所以被尊为圣女，是因为她的体内养着西岚的蛊王，这本是无比尊贵的荣耀，可是她五年前却带着蛊王离开，在西岚国上下引起了不小的骚动。而她如今回来，却是临盆在即，这让西岚子民颇有微词，可王上下令不许任何人提及此事，所以叶昭依然是西岚国的圣女。

他还听说叶昭回来后几乎从来不说话，只在宫外种了一片茨园，时常会独自去那片园子浇水。

谭绍清偷偷去过几次茨园，大得令人吃惊，接连成片的茨树在凄冷的风中潇潇落落地被吹着，红耳坠落了一地都没有人捡，依稀可见主人内心的空寂。

叶昭居住的偏殿不许任何人靠近，入夜时分，守卫少了一些，谭绍清会靠着白日里做好的标记走到那里。

他有夜盲症，夜里出行本就极其困难，怕被人发现更是不敢点灯，只能循着白日的记号慢慢地摸索，刚走的时候摔得满身是伤，风凌厉地吹过他的眉眼，他却毫不惧疼。好不容易走到偏殿外，在门檐的灯盏下寻一方空地坐下，他想起叶昭曾和他说，与他不相识的时候，她夜里就睡在他家门口，所以那日才会刚好帮了夜里出行的他。他无法想象她堂堂一位公主怎愿屈就睡在他家门前，寒风刺骨，夜风冰凉，究竟是什么支撑着她留了下来?

如今他也这样坐在她的宫门前，吹着冰冷的风，感受到叶昭和孩子与他仅有一墙之隔，那种温暖的靠近，让他毫不畏惧寒冷和黑暗。

叶昭曾经是那样炙热而深沉地爱着他，用尽她毕生的荣华。

起初叶昭的殿里时常会传出孩子的啼哭，他哭得十分凄厉，却从来没有人去哄他，后来那个哭声就渐渐少了。

谭绍清的心揪得生疼，他知道这是叶昭对他的恨，她恨他，连同恨着他们的孩子。

可是他还是没有后悔把叶昭送回来，至少她不用与他一起受苦，不用再做那些粗重的活，不用再委屈自己，最重要的是，她可以活着，健康地活着。

这比让她恨他，更加重要。

王上始终没有给叶昭的孩子赐名，他第一次听到叶昭喊他阿离时，已经是阿离八岁那年。

那是一年的雪夜，西岚气候寒冷，谭绍清照例去偏殿外守着，风雪刺骨，他只能站在门口搓手取暖。

等到半夜，殿内火光四起，有宫人大喊：“着火了，着火了！”宫门被打开，偏殿的宫女四散奔逃。

“少主还在里面！谁来救救少主！”服侍阿离的宫女凄厉地哀求。

谭绍清听到这句话时，推开宫女就往火海里冲，浓烟滚滚，烧得他脑子发晕，在熊熊的火海中，谭绍清看到一个八岁左右的男孩儿，穿着淡青色的素衫，仓皇地站在一道火柱后，进退维谷。

谭绍清跨过火柱来到阿离面前，抱起阿离就往外走。

滚烫的火块从上方掉落下来，像烧红的炭落在谭绍清的身上，他顾不上身上的疼痛，大步流星地冲出火海。

谭绍清抱着阿离从火场走出来时，正好看到从宫外赶回来的叶昭。她今日难得去表姐家留宿，没想到宫里就遭遇了不测，她心系阿离的安危，连夜赶了回来。

谭绍清浑身被烧得皮开肉绽，乌发尽毁，一张俊颜几乎被毁了一半，他抬起头，正好和叶昭四目相对，烈烈火光中，他们看到了彼此。

多年后的重逢，他们都不曾想会在此刻。

阿离看到叶昭，却没有跑过去，而是缩在谭绍清的怀里不肯下来。

叶昭回过神，冷冷地走到谭绍清面前，她脸上没有一点笑容，眼眸如一潭深幽的死水，她把阿离从谭绍清的怀里抱过来，冷冷地说道："此人擅闯偏殿，给我带下去，赐予蛊刑。"

蛊刑是西岚最恐怖的刑罚，它不会令你毫发受损，只是一只小小的蛊虫钻入你的身体，在你的体内肆虐地游走，让你痛不欲生，生不如死。

谭绍清初次体验到蛊虫的可怖，仿佛千蚁缠身，令他动弹不得，可又极痛，那种痛是从骨子里传出来的，痛到每一根神经都在发抖。

他受完蛊刑后一度昏死过去，被人拖回房，像条死鱼一般被扔在床上。

飘雪的夜晚，叶昭拿着一瓶药膏撑着伞站在他的门前，却迟迟没有推开门。

许多年前，她只要一想到这个人，心里全是幸福，哪怕每日风餐露宿吃糠咽菜都觉得开心。

可是现在她是那么恨他，恨他因为一箱黄金就把她丢弃了，恨她那么多年的努力付出，在他眼中连一箱黄金都不如。

她不懂，他既然选择了舍弃她，为何还要出现？为何还要救阿离？

她最终还是把药丢在了地上，转身离去。

谭绍清的伤在一个月之后才完全复原，可是由于没有及时救治，他的全身留下了可怖的疤痕，这些疤痕一直蔓延至他的半张脸颊。

宫中的人都以为谭绍清是想要攀龙附凤才去救的阿离，都在暗地里瞧不起他，可是他却并不放在心上。

没有了清俊的容貌，宫里的嫔妃都不再找他作画，国巫知晓了此事，将他派去叶昭宫里教阿离读书认字。

其实琉钰从谭绍清进宫的第一日便知晓了，这么多年他没有赶他走，是可怜他的痴心。

宫人都对谭绍清丑陋的脸避而远之，阿离却很喜欢他，对任何人都冷漠的阿离只有在看到谭绍清的时候才会变得十分活跃。只要他走入殿中，阿离总会欢快地跑过去，跳到他的身上，把头紧紧地埋在他的脖颈间，喊他："老师。"

那个惹人喜欢的黏人模样就像少女时期的叶昭。只需要轻轻抱着，心里就一阵发软。

阿离很聪慧，学什么都是一学就会，尤其喜欢画画，他的字写得小小的，是正楷，写在纸上，像是落英。

他教阿离读《弟子规》："父母呼，应勿缓，父母命，行勿懒……"小小的阿离并不懂得这些文字的意思，仰头疑惑地看着他，他垂眼温和地说道："《弟子规》是教导你，以后长大了，要孝顺你的母亲，尊敬她，爱护她，懂吗？"

阿离眸光一闪，问："那父亲呢？"

"你父亲已经死了。"叶昭听到阿离说"父亲"两个字时，像是触动了她身上的某根神经，她从殿中走出来，一把将阿离拉过去，细长的指甲嵌入阿离的皮肉，瞬间把他白嫩的小脸划出一道血痕，"母亲说过的话，你为什么记不住？"

阿离痛得眼泪瞬间从眼眶里流了出来，却死死地忍住没有哭出声音来。

"这么点疼就哭，怎配做我的儿子？"叶昭抽出腰间的长鞭抽他，谭绍清冲过去挡在阿离的面前，长鞭落在谭绍清的身上，瞬间绽开一道血痕。

"阿昭，他是你的孩子，你怎么能这样伤害他。"

"你是什么东西！阿昭也是你能随便叫的？"叶昭双眼猩红，手里的长鞭并没有停下来，一鞭一鞭地抽在谭绍清的身上，像是一种发泄。

谭绍清被打得血肉模糊，却还是把阿离紧紧地护在自己身下。

后来是阿离的哭声唤回了她的意识，那个从小被她严厉管教，从来不敢哭的孩子，如今却哭得惊天动地，"母亲，你别打老师了，阿离求求你了，阿离以后不会再说让母亲生气的话了。"

叶昭收了鞭子，谭绍清趴在地上奄奄一息，叶昭在他身边蹲下，冷冷地说："是不是很疼？可是你知道吗？你所受的疼，还不如你给我的千万分之一。"

叶昭抱起阿离，"把他给我拖回去，吩咐下去，谁都不许给他上药。"

谭绍清以为自己要死了，他能感觉到，曾经那个爱他如命的叶昭，现在恨不得要他死，他趴在简陋的床榻上，看着窗外漏进来的一片月光，如霜似雪。他想起他们以前刚搬到小镇上，房子还没修葺好，屋顶空了一块砖瓦，夜里睡觉的时候能看到月光一点点从那个缝隙中漏进来，叶昭趴在他的身上，像只柔软的团子，几缕青丝拂过他的脸颊，香气动人。

他们一起抬头看月光，他闻着她的发香，抱着她柔软的身子，仿佛那便是最好的时光。

隐约间，他感到身上凉凉的，在模模糊糊的意识里，他看到一个小身影在他眼前，笨拙地把药膏倒在他的身上。

“老师，这是上好的白玉膏，我小时候被母亲打了，一涂这个就好了。”阿离趴在他的耳边说。

“你现在也是小时候啊。”谭绍清心疼道，“你母亲常打你吗？”

“比起母亲受的苦，我这点痛不算什么。”阿离懂事地说，手却在谭绍清的背上一点一点地把药推开。

“你母亲过得不好吗？”谭绍清问。

阿离擦了擦手，并没有正面回答他：“我是偷偷瞒着母亲出来的，现在要回去了，要是母亲知道我来给你送药，怕是又要生气了。”

“去吧。”谭绍清摸摸他的小脑袋。

阿离走到门口，蓦地转身，一双晶亮的眼睛看着他：“老师，你不要怪我母亲，她其实……心里很苦。”

阿离是个聪慧的孩子，有着一颗不属于这个年龄的玲珑心，懂事得让人心疼。

“你母亲无论怎样对我，我都不会怪她。”

阿离笑了笑，推门离开了。

拾壹·『蛊王的真相』

阿离带来的白玉膏果然有效，本来很难痊愈的伤，短短数天就康复了，且没有留下疤痕。

他想去叶昭的宫里看阿离，可是叶昭已经下令让他无须再来，画馆管事见他失宠了，就将他安排在画馆里做一些粗重的杂活。

有天夜里他刚躺下，阿离跌跌撞撞地来找他，他惊慌地对谭绍清说："老师，母亲又去密室了。她每次去完密室，回来都要打阿离，阿离好怕。"

谭绍清安抚地把阿离送回宫中，根据阿离说的路线来到了那间密室。

阿离所说的密室，就是叶昭每个月都要进入的炼狱，这是作为蛊王宿主的使命，也是她巨大痛苦的根源。

谭绍清走进密室，眼前的场景让他惊骇不已。那间密室里仅有一方大大的玉池，里面养着千百条蛇，叶昭坐在玉池里，此时所有的蛇正爬满她的身体，在她身上噬咬，可是咬破的地方又会迅速地恢复如初，她痛苦地在池中扭动着身体，可是却始终没有叫一声。

最后她的头顶冒出一只蛊虫，一点一点地把池中的蛇吃掉，千百条蛇入它的口，它的体积却没有丝毫的增长，而叶昭却随着蛊虫的吞噬，肌肤愈发光滑，仿佛少女般细嫩。

难怪他这么多年未见叶昭，她的容颜却几乎没有任何变化。原来都是这只蛊虫的缘故。

来到西岚国这么多年，他在皇宫里看了许多西岚国的典籍，据书中记载，这种非人的酷刑就是血祭，宿主饲养着蛊王，却月月承受着巨大的痛苦，他以前光是看典籍都觉得可怖，今日亲眼所见，更是揪心。

蛊王吃完那些蛇，又回到了叶昭的身体里，池中空无一物，仿佛刚刚所见全是一场幻觉。

"很可怕吧？"叶昭对谭绍清的到来一点都不惊讶，她将外衣披上，从妆奁台上拿出一把鎏金梳，细细地整理自己凌乱的乌发，"这就是你给我的，活着的代价。"

谁都不知道，叶昭作为西岚国的圣女，虽然从小受到万人景仰，衣食无忧，可是这份尊荣的背后，是无尽的痛苦。

蛊王每月都要以万蛇喂养，万蛇要先吃遍叶昭的肉身作为引子，最后才能被蛊王吃掉。被万蛇噬咬的痛无人知晓有多可怖，而叶昭从五岁起，就要月月经受这非人的折磨，所以她在十六岁的时候不惜逃离到离家数万里远的洛羽国，哪怕睡在街上都觉得是一种幸福，可是她的身体养着蛊王，是无法生子的，为了生下谭绍清的孩子，她把蛊王逼离自己的身体，也就是从那时候起，她的身体变得越来越差，她早就做好在生完这个孩子后死亡的准备，可是琉钰找到了她，她在伤心绝望下又回到了西岚。

蛊王因长久没有得到喂养，再次回到叶昭的身体里，更加疯狂地吞噬叶昭，叶昭日日受到蛊王的侵蚀，性情暴戾乖张，打人发疯已是常态，并非她想这样做，而是她再也无法控制自己。

谭绍清终于明白以前叶昭为何总会在梦中惊醒，为何她总是能那么奋不顾身地去追求自己喜欢的东西，原来从小到大她过的是这样的生活，她活在炼狱一般的世界里，看不到光明。

“我不知道，阿昭，我不知道你回来会是这样……我……”

“不重要了。”叶昭打断他，“到底是什么样都不重要了，只怪我痴念太深，我以为我对你倾其所有，会换来你的真心相待，可惜一切都是命中注定。”叶昭叹了口气，“你我此生夫妻缘分已尽，我会再送你一箱黄金，离开西岚国吧，你的罪已经赎够了。”

“我不是在赎罪，我……”

“你别告诉我，你还爱我。”叶昭打断他，“当初那么轻易就把我丢弃的谭绍清，现在告诉我是因为爱我才回来，你以为我会傻到相信你第三次吗？”

“有什么办法可以解除你的痛苦？你告诉我，无论是什么，我都愿意去做。”谭绍清着急地问。

“死。”叶昭的声音，像是从冰窖里发出来的。她的瞳孔里，是深不见底的黑暗。

叶昭离开之时，在谭绍清的手心里放了一盏灯，“夜路太黑，拿着吧。别再摔得一身伤。”她的身上有淡淡的茨树叶的气味，还有微醺的酒味。

她在昏暗中看着他，“如果你知道我回来会承受这样的痛苦，还会让我回来吗？”叶昭并没有等他的回答，这句更像是说给自己的呓语，她嘴角含着道不清的笑，飘飘摇摇地走出了密室。

谭绍清提着灯，失魂落魄地在宫墙内走着，清风明月下，眼前仿佛一片寒气薄雾，那些似是而非的光影晃晃荡荡，他的脚下似是一片虚无，浮浮沉沉仿佛活死人。

他以为送她回来是他做过的最正确的决定，却没想到，他送她回来只是把她送入了一个无边无尽的痛苦中，他更不懂在叶昭的心里，只要能与他在一起，哪怕这辈子生命短暂，贫穷困顿，便已是莫大的幸福。

他只是想她活着，回到西岚好好地活着，如果他知道，她活着，是这样屈辱折磨，他是无论如何，都不会做出当年那个决定的。

谭绍清终于明白叶昭曾说的那句“与你在一起的那么多年，是我唯一看见光明的日子”是何意思。

日月昭昭，他希望她光明地活着，可是他却亲手，把她推入黑暗之中。

拾贰 ·『消失』

是夜，没有光，只有月色零星散落几缕光芒，黛绿的茨园像是笼罩在一片迷蒙凄清的幽暗下。

叶昭拎着水桶在给茨树浇水。

这是叶昭在西岚种的一片茨园，这么多年，她总会在夜里走到这里，给它们浇水，和它们说话，看它们结出红色的果实，将它们酿成一壶一壶的酒，独自在树下醉饮。

她有时坐在树下哭，有时坐在树下笑，那些刺痛她的时光还在，那些属于她和谭绍清的记忆却模糊了，她看到阿离的时候，会想起那个她曾爱得天崩地裂的男人，他从黑暗的尽头走来，将她扶起，把她温柔地拥在怀里。

可是一眨眼，他又不见了。

她在临渊城里看到了他，从他在夜色中跌跌撞撞走到她宫门前的第一天，她便知道了。

她不知道他为什么要回来，她观察了他许久，他活得那样谦卑，悄无声息，像是一只蝼蚁般低贱，却还是没有离开。

她想尽办法折磨他，打他，伤害他，她以为他痛的时候她会很快乐，可是看见他痛，她的心还是会不舍，一如当年她深爱他的时候，从不忍心看到他有一丝一毫的伤害。

所有的伤害都有尽头，她不想再问缘由，他看到了最可怕的她，那个最不想让他看见的模样。

这么多年的孽缘，是该结束了。

谭绍清在藏书阁翻遍了所有典籍，想要找寻一个让叶昭摆脱痛苦的办法，可是没有一本书上有记载破解之法。

他去琉钰的府上，在他的门前跪了三天三夜，到了第四日，当琉钰打开门的时候，他几乎站不起身。

琉钰手里拿着一瓶褐色的药，看着他说："蛊王已经繁衍出新的蛊虫，只要将叶昭身上的蛊王杀死，蛊王所繁衍出的蛊虫将会成为新的蛊王，新的蛊王就会找新的宿主，到时候叶昭便可脱离苦海。"他顿了一下，"可是杀死旧蛊王并非易事，要有一人自愿将蛊王过到自己身上，然后喝下剧毒的七虫汁，将蛊王在身体里杀死。但这种方法极其惨烈，续蛊之人会经历巨大的痛苦而死，死后全身溃烂，白骨森森。你可要想好。"

"我想好了。"谭绍清拿过琉钰手中的药，没有一丝犹豫。

当天琉钰来到叶昭的寝宫用药将她迷晕，再施针把蛊王放入竹筒内，递给旁边的谭绍清："明日午时，你趁蛊王睡着，喝下七虫汁，那是它力量最薄弱之时，或能救你一条命。"

谭绍清拿过竹筒，放在怀中淡然地笑着："我贱命一条，死不足惜。"他在叶昭身边蹲下，看着熟睡的叶昭，她的唇，她的眉眼，依然如少女那般动人，他真希望叶昭永远活在娇俏可人的少女时光中，永远不要醒来。

他轻声地附在她的耳边说："阿昭，我说过，我不会让你死的。"

他看着琉钰："国师，今夜我便出城，我不想死在阿昭能找到我的地方。"

阿离探出头怯怯地问："老师，你要去哪里？"

"老师要去一个很远很远的地方。"他看着阿离。

"那阿离想你了怎么办？"

"那……便多孝敬你母亲。"谭绍清伸出手拥抱阿离，他已长成了一个小小的少年，有了与他相似的眉眼，却又像叶昭那般活泼讨喜。

这是他和叶昭的孩子，是他心尖上的宝贝。

他把脸贴在阿离的脸上蹭了蹭："告诉你母亲，黑暗就似一场梦，梦醒了，就能看见光明了。”

叶昭一直活在黑暗里，现在他要亲手把这份光明还给她。

谭绍清去过茨园便连夜离开了，琉钰为他开的城门，他坐在挂着灯盏的马车上，不知道自己要去往哪里，可是他知道，不管去往哪里，他都不会放心不下了。

他终是帮叶昭，找到了她的光明。

琉钰站在城门上，风吹开他的衣角，他轻轻地叹了口气："阿昭，希望这次，我做的是对的。"

叶昭睡了三日才醒来。

当她知道谭绍清为了帮她摆脱血祭的痛苦，带着蛊王离开了西岚国后，她像是发了疯一般跑去城外找他。最后她在一座悬崖下找到了一辆马车，在里面发现了一个破旧的银袋。

那是叶昭和谭绍清定情那年叶昭绣送给他的，图纹粗简，针脚别扭，可是这么多年，他始终将它视若珍宝，里面的银子从未拿出来用过一次，他总说除非他死了，否则钱袋永远不会离身。

叶昭摸着那个银袋，在大雪中，跪地大哭。

那一刻她才明白，他有多爱她，为了她可以舍弃这世上的所有，包括他的生命。

而他唯一的心愿，不过是希望她能光明地活着。

大雪将路铺上了厚厚的银白色，叶昭跪在冰天雪地里，把头埋入冰凉的雪中。

拾叁·『与君相守，日月昭昭』

蛊王没有了，王上着急命琉钰给蛊王找新宿主，西岚国选出了新的圣女，叶昭终于脱离了可怖的痛苦。

王上赐了一块封地给她，算是对她的补偿，她带着阿离去往自己的封地。

她的封地叫璟角，那里荒凉僻静，却最适宜种植果蔬。她在荒地上种了成片成片的茨树，把红耳坠都酿成酒送给封地的子民品尝。

每年初春，当酒封坛，她便会独自离开封地外出云游，封地的子民都当她贪玩，其实只有她自己知道，她是为了寻找谭绍清。

她始终没有见到谭绍清的尸体，所有人都说谭绍清死了，可是她坚信谭绍清没有死。

因为多年饲养蛊王，她的身体再也没有发生变化，包括容貌，始终如同少女般娇美。

许多王公贵族都不计较她生过孩子，纷纷上门提亲，却全被她拒之门外。

她走遍洛天大陆每个角落，只为寻找谭绍清，日复一日，夏来暑往，不知不觉又过去了十年。

阿离长成了清秀的少年，成了封地的新王，娶了洛烟国的公主。

而叶昭还在寻找谭绍清。

有一年，刚刚初雪时分，她在山中遇到雪豹，与它厮杀了许久才将它刺死，带着满身的伤疲惫地走到临近的小镇。

暮色渐起，小镇笼在一片云雾之中，她走入这个小镇，却闻到了一阵熟悉的味道。

香醇的花雕，里面还有红耳坠的气味，她顾不得身上的疼痛，循着香气走到了一间酒馆。

酒馆生意很好，门庭若市，里面挂满了各式各样的灯，屋檐上是八角灯，酒馆内是玲珑灯，连桌面上放的都是莲花水灯。

酒馆虽小，却有种说不出的雅致。

伙计在忙着倒酒，上菜，酒馆的角落里几个孩子正在排队。

有个白发苍苍弓着背的老头正在给他们做糖画。

叶昭好奇地走近了看，那个做糖画的老头，满头银丝，模样苍老，脸上全是疤痕，就连他的手也是满目疮痍。

叶昭在看到他的一瞬间，喉咙像是被什么堵住了，一时间颤抖得说不出话来。

他不过不惑之年，却有了古稀的容貌，他变得面目全非，可是叶昭依旧一眼便认出了他。

这是她朝思暮念了一辈子的男子——谭绍清。

他活着，他真的还活着啊。

叶昭站在原地，全身都在发抖，恨不得立即扑到他怀里。

孩子们都亲切地喊他：“丑爷爷。”

丑爷爷做出来的糖画栩栩如生，有龙有猴还有兔，孩子们心满意足地拿着糖画离去。

谭绍清摸着花白胡子，笑意盈盈。

叶昭走到他面前，“老头，给我来个糖画，我要七仙女的。”她的声音清脆，充满着熟悉的霸道。

谭绍清一下子就愣住了。

他抬头，颤颤巍巍地去看叶昭，在看到她的一瞬，枯瘦的脸抽搐了片刻。

“丑爷爷看到漂亮姐姐害羞了。”旁边一个孩子欢快地叫喊起来。

谭绍清回过神，立刻低下头收拾糖画摊：“老朽不会做七仙女，姑娘还是另请高明吧。”

他匆匆忙忙地往酒馆外走，暮色已经暗了下来，他什么都看不见，盲目地走着。

叶昭在他身后喊他：“谭绍清，这大晚上的，你什么都看不见，要走到哪里去？”

谭绍清停了下来：“姑娘，你认错人了。”

叶昭不管三七二十一，走到他面前把他扳过来，“你以为你变成老头我就不认识你了？你就是化成一堆白骨，我也能认出来！”

谭绍清不敢去看叶昭，当年他以为他吞了蛊王必死无疑，没想到他命大，并没有死，还被人救了，只是他的身体经过蛊王的吞噬，变成了鹤发鸡皮的老人，就连背也变弯了。

本是不惑之年却变成了古稀老人。

他不敢去见叶昭，更不想拖累叶昭。

这么多年，他隐居在这个小镇上，开了一间小小的酒馆，不曾想镇上的人爱喝他的酒，生意渐渐好了起来。他在酒馆里挂满了自己做的灯，都是以前叶昭喜欢的小玩意儿，他把它一件一件做出来，挂在店里，包括她喜欢的糖画。

他闲来无事就爱坐在店里，一边给孩子们做糖画，一边看着这些小玩意儿打发时间。

他没想到十年后，叶昭会来找他。

谭绍清坚持不认叶昭，甩开她的手："姑娘你芳华正茂，老朽都可以做你爷爷了，男女有别，别……毁了姑娘清白。"

叶昭一抬头，在谭绍清的脸上亲了一口，一脸无赖地说："好了，现在你毁了本姑娘清白，你要对我负责。"

谭绍清无奈："你简直胡闹。"他故意不去看叶昭，转身要走。

叶昭看耍赖不成，干脆一屁股坐在雪地里哇哇大哭："好啊，谭绍清，我千里迢迢找了你这么多年，被雪豹咬得浑身是伤，你看都不看我一眼，你好啊你，你对得起我给你生了个儿子的痛，对得起你娘吗？你走，你走，就让我一个人又痛又冷，死在雪地里好了！"叶昭哭得很大声，说得要多可怜有多可怜。

无论过去多少年，谭绍清似乎都见不得叶昭在他面前掉泪，以前她每次做错事，就耍赖，假装哭，硬挤出两滴眼泪，一看到她这般模样，他就束手无策，只能投降。

谭绍清转过头，看到叶昭一身的伤，冻得红肿的脸，心里一软又折返回去，低下身，"都这么大岁数的人了，还像个小孩子一样耍赖。"谭绍清摸了摸她脸上被雪豹抓的伤痕，心疼地问："疼吗？"

"特别疼。"她可怜巴巴地看着他，眼睛红红的。

"你还是这么年轻貌美，而我只是一个老头了。你跟着我做什么？"谭绍清叹口气。

叶昭从怀里掏出那个银袋，甩在他面前带着哭腔说："收了我的银子，从此就是我的人了！这辈子都是！你现在想耍赖啊？"

谭绍清摸着叶昭的那个银袋，上面斑驳的痕迹像是岁月的年轮。

漫漫的雪夜里，所有的光都暗了下来，谭绍清已经看不见叶昭的脸了。

他伸出手，叶昭紧紧握住，将它细细地放在自己的脸上。

他的掌心布满了粗糙的老茧，生硬地划过叶昭娇嫩的脸庞，可是叶昭却觉得无比温暖。

叶昭的泪落了下来，落进谭绍清的手心里，他心头一颤，再也忍不住心里的思念，将叶昭揽入怀中："阿昭，我好想你。"

他的心里，十年的死寂，在这一刻全都复苏了。

白雪落下来，一片一片轻悠悠地落在他们两个人的身上，落在他们重逢的夜幕中。

叶昭含泪笑了起来，把头紧紧地埋在他的怀中，"书呆子，我也想你。"

时光匆匆二十载，她最终还是找到了他，那个能给予她一生光明的人。

与君长相守，才是日月与昭昭。